강안남자 1부 3

강안남자 1부 3

초판1쇄 인쇄 | 2018년 3월 26일
초판1쇄 발행 | 2018년 4월 9일

지은이 | 이원호
펴낸이 | 박연
펴낸곳 | 한결미디어

등록일자 | 2006년 7월 24일
등록번호 | 제25100-2006-152호
주소 | 서울시 마포구 모래내로 83 한올빌딩 6층
전화번호 | 02 · 704 · 3331
팩스번호 | 02 · 704 · 3330

ISBN 979-11-5916-082-0 979-11-5916-079-0(set) 04810

* 잘못 만들어진 책은 구입처나 본사에서 교환해 드립니다.

強顔男子

강안남자

1부

3

이원호 장편소설

한결미디어
HANGYEOL
MEDIA

목차

1. 인연

민유진과는 한동안 연락도 주고받지 않았던 조철봉이다. 이맛살을 찌푸린 조철봉이 차분하게 물었다.

"백화점에서 팬티 훔치다가 들켰다구?"

"그게 아니라."

다급했던 유진의 말투가 조금 가라앉았다.

"내가 화투를 치다가 들켰어. 그래서 지금 영등포 경찰서에 있어."

"TV에도 나왔어?"

그러자 유진의 목소리가 메어졌다.

"장난 아냐, 나 남편한테 들키면 죽어."

"날더러 어쩌라고?"

"나 좀 빼내줘, 무슨 수를 써서라도, 돈은 얼마든지 낼게."

"도대체 얼마짜리를 하다가 걸렸는데? 솔직하게 말해. 그래야 일이 빨리 끝나니까."

"우리 하우스에서 여섯 명의 판돈이 10억쯤 나왔어."

"이거 TV에 못 나왔다면 신문에는 틀림없이 나겠는데."

"여섯 명이 모두 짱짱해. 그래서 이쪽저쪽에다 손을 쓰고 있는데 난 지금 자기부터 찾는 거야."

"언제 잡혀간 건데?"

"한 시간쯤 되었어."

조철봉은 손목시계를 보았다. 오전 11시 50분이다.

"알았어. 내가 지금 갈게."

전화기를 내려놓은 조철봉은 쓴웃음을 지었다. 유진이 자신부터 찾았다는 말이 떠올랐기 때문이다. 그로부터 한 시간쯤 후인 오후 1시경에 조철봉은 영등포경찰서 근처의 커피숍에서 한 사내와 마주보고 앉아 있었다. 40대 중반쯤으로 보이는 사내는 형사계의 백기철 형사로 유진을 체포해온 당사자였다.

"로비가 치열합니다만 이미 죽은 자식 나이 세는 꼴이 되었어요. 본청에 보고가 다 되었거든요."

백 형사가 눈을 가늘게 뜨고 조철봉을 보았다.

"잡혀온 여자들이 모두 한가락씩 하는 것 같습니다만 요즘 세상이 어디 옛날처럼 슬쩍 넘어갑니까? 그랬다간 위에서부터 줄줄이 목이 잘립니다."

조철봉이 머리만 끄덕였다. 이렇게 백 형사가 만나준 것만 해도 특전이다. 고검장 출신 홍성준을 통해 겨우 줄이 닿았던 것이다. 백 형사가 말을 이었다.

"원체 금액이 크고 마침 요즘이 단속 기간이라 구치소까지는 가야될 것 같습니다. 그리고 재판을 받아야지요."

"6명 중 한 명도 빠져 나올 수가 없는 겁니까?"

"당연하죠, 생각해 보십시오. 같이 도박했는데 하나가 빠져나가면 다른 사람이 가만있겠습니까? 더구나 이번 멤버들은 뒤가 든든해서 그랬다간 작살납니다."

"그렇겠군요."

"올 오아 나씽(all or nothing)이죠."

조철봉이 머리를 끄덕이자 백 형사가 자리에서 일어섰다.

"도와드리지 못해서 미안합니다. 그럼 이만."

커피숍을 백 형사가 나갔을 때 조철봉의 뒷자리에 등을 붙이고 앉아 있던 최갑중이 일어나 앞쪽에 앉았다. 그는 대화 내용을 다 들은 것이다.

"형님, 때려치웁시다."

갑중이 찌푸린 얼굴로 조철봉을 보았다.

"일이 어려운 데다 생기는 것도 시원치가 않을 것 같습니다."

"우선 면회부터 하고."

자리에서 일어선 조철봉이 정색했다.

"겉만 보고 판단하면 안 돼, 이 멍청아."

"겉만 보다니요?"

따라 일어선 갑중이 눈을 치켜뜨자 조철봉은 쓴웃음을 지었다.

"위기는 기회라는 말이 있다. 어렵게 보이는 일도 파고들면 길이 있는 법이야."

"어떻게 되었어?"

경찰서 유치장에서 조철봉을 보았을 때 민유진이 대뜸 물었다. 아직 조사받는 중이어서 유진은 지하 유치장으로도 내려가지 않았다. 주위를 둘러본 조철봉이 유진의 앞으로 바짝 다가앉았다.

"얼마 쓸 수 있어?"

"통장에 5천쯤 있어."

그랬다가 힐끔 조철봉의 눈치를 본 유진이 정정했다.

"주식에 2억쯤 있고."

"잡혀온 사람들이 빵빵하다면서?"

"그런데 혼자 사는 년 둘이 문제야."

유진이 목소리를 낮췄다.

"그년들은 그냥 재판받겠대. 그래서 변호사 선임하고 있어."

"그럼 똥줄 타는 건 넷인가?"

"넷 중 둘은 이미 남편들이 알았어. 그리고 나머지도 시간문제고."

눈물이 글썽해진 유진이 이를 악물었다가 풀었다.

"금방 사분오열되어 버렸어. 난 어떡하면 좋아. 그 작자가 알면 난 돈 한 푼 못 받고 쫓겨나."

"그동안 챙겨 놓았을 것 아냐?"

"아파트고 부동산이고 모두 내 명의로 되어 있지만 손대었다가는 쥐도 새도 모르게 죽어. 그 작자 알지 않아?"

"알긴 알지."

입술을 비틀고 웃은 조철봉이 다시 목소리를 낮췄다.

"이까짓 노름해서 잡혔다고 그 작자가 쫓아낼 리가 있나, 신경과민 아냐?"

"아냐, 정말이야."

정색한 유진이 머리까지 저었다.

"이런 일 있으면 쫓겨난다고 각서 쓰고 손에 피 묻혀서 지장까지 찍었어."

"전에도 이런 일 있었어?"

"3년 전에, 그때 그놈한테 죽을 뻔했어."

이제는 박만기가 그 작자에서 그놈으로 발전되었다. 머리를 끄덕인 조철봉이 유진을 보았다.

"그자 재산이 얼마나 돼? 당신 명의로 돼 있는 것 말이야."

"서초동의 9층짜리 빌딩이 하나, 내가 사는 곳까지 아파트가 3채, 수원의 대지가 4백 평, 충청도 옥천의 임야가 2만 평쯤."

술술 말했던 유진이 눈을 크게 뜨고 조철봉을 보았다.

"모두 합하면 시가로 120억쯤 돼."

"은행에 담보로 넣은 건 없어?"

"깨끗해, 모두."

"그럼 은행에 담보로 넣고 80억은 빼낼 수 있겠다."

조철봉이 이 사이로 말했을 때 유진은 꿀꺽 침을 삼켰다. 눈을 가늘게 뜬 조철봉이 낮게 말했다.

"지금 결정을 해. 나한테 서류 넘겨주고 은행에서 돈 빼낼지를 말이야. 그런다면 사흘 안에 끝낼 수 있어."

"그럼 난 어떡하고?"

"변호사 선임해서 재판 받는 거지. 잘하면 집행유예로 나올 수 있어."

"그때는 그놈이 다 알고 날 기다리고 있을 텐데. 나오자마자 죽이면 어떻게 해?"

"날 믿어."

조철봉이 이제는 눈을 치켜떴다.

"한국이 어디 사람 함부로 죽일 수 있는 곳이냐? 내가 경찰 특공대라도 동원해 줄 테니까."

눈만 깜박이는 유진을 향해 조철봉이 이 사이로 말했다.

"마음 단단히 먹으면 돼. 당신 명의로 되어 있는 재산이라 그자가 법적으로 나서도 불리하단 말이야. 당신한테 이것이 마지막 기회인지도 몰라."

그 순간 유진이 어깨를 늘어뜨리면서 긴 숨을 뱉었다. 그러고는 바지 주머니에서 열쇠를 꺼내 내밀었다.

"여기 은행 사물함 열쇠야. 거기에 다 있어."

"지난달은 적자입니다."

경리부장 성일준이 어두워진 얼굴로 말했다. 40세인 그는 건설회사 자금담당이었다가 회사가 부도를 맞는 바람에 지난달 채용이 되었는데 내성적인 성격이었지만 성실했다. 조철봉은 일준이 내려놓은 지난달 수지 계산서를 보았다. 영업실적은 답보 상태였으나 관리비와 운영비의 비중이 워낙 높아서 연 2개월째 적자를 내고 있는 것이다. 신입사원을 대폭 채용한 데다 사무실도 1개 층을 더 늘린 것이 주 원인이다.

"다음 달부터는 적자폭이 줄어들겠지."

혼잣소리처럼 말한 조철봉이 그때서야 앞쪽 의자를 눈으로 가리켰다.

"앉아요."

일준이 조심스럽게 앉았을 때 조철봉이 서류를 보면서 물었다.

"판매 실적 중에 중고차 2대라고 적혀 있는데 이건 뭡니까?"

"예, 지난달에 입사한 사원이 중고차 2대를 베트남 중고차 수입상한 테 판 것입니다."

조철봉의 시선을 받은 일준이 말을 이었다.

"경비 제하고 대당 30만 원씩 60만 원 이익이 발생했습니다."

남았다면 되는 것을 일준은 버릇이 되었는지 어렵게 말했다.

"신입사원이 그랬단 말이죠?"

"예, 사장님."

"누굽니까?"

"영업 1부 소속의 양경수라고 합니다."

"알았어요."

이야기를 마친 일준이 방을 나갔을 때 조철봉은 컴퓨터를 켜고 양경수의 신상기록을 보았다. 양경수는 신입사원이었지만 나이는 28세였고 대학 졸업 후에 무역회사에서 2년 동안 근무한 경력이 있었다. 면접에서도 그것이 참조가 되었었고 활달한 성품이었던 것도 기억이 났다. 가족관계는 부모와 누나가 하나로 네 식구였는데 부친 직업이 대학교수였다. 인터폰을 눌러 양경수를 부른 조철봉은 다시 앞에 놓인 지난달 수지 계산서를 보았다. 윤성희에 이어서 김동수로부터 나온 돈으로 특수사업부는 엄청난 흑자였지만 영업소는 언제 적자를 면하게 될지 예상할 수가 없는 것이다. 문에서 노크 소리가 들리더니 양경수가 들어섰으므로 조철봉은 바로 앉았다.

"거기 앉아."

조철봉이 앞쪽 의자를 손으로 가리키며 얼굴을 펴고 웃었다.

"베트남에 중고차를 팔았다면서?"

"예, 사장님."

자리에 앉은 양경수가 단정한 얼굴을 똑바로 들고 조철봉을 보았다.

"무역상한테 넘겼습니다."

"그일 때문에 불렀는데."

조철봉이 정색했다.

"양경수 씨는 무역 경험이 있으니 직접 현지 바이어를 만날 수도 있겠지?"

"예, 그렇긴 합니다만."

경수가 눈을 둥그렇게 뜨고 긴장했다.

"그럼 현지 바이어를 먼저 찾아야겠군. 능력 있는 사람으로 말이야."

"예, 그렇습니다."

"중고차 판매 계획서를 만들어봐."

조철봉이 긴장한 경수를 똑바로 보았다.

"양경수 씨가 팀장이 되어서 추진해 보는 거야. 중고차 외국 판매라면 대성자동차만으로는 한계가 있을 테니까, 한국에서 생산되는 전 차종으로."

경수의 얼굴이 상기되었고 조철봉의 말에도 열기를 띠었다.

"내가 적극 지원해줄 테니까 계획서를 만들어 보도록, 알겠나?"

"예, 사장님."

눈을 치켜뜬 경수의 목소리가 높아졌다.

"곧 작성하겠습니다."

최갑중이 회사로 찾아왔을 때는 오후 5시가 되어갈 무렵이다. 털썩, 조철봉의 앞에 앉은 갑중이 땀도 없는 이마를 손등으로 닦는 시늉을 했다.

"다 끝냈습니다, 형님."

갑중이 들고 온 묵직한 가죽가방을 탁자 위에 놓았다.

"다 깨끗해서 대출은 금방 받았지만 은행을 세 곳이나 돌아다녀야 하는 바람에 늦었습니다."

가방 안에는 85억이 들어 있는 것이다. 민유진이 준 서류로 갑중은 은행에서 담보대출을 받아 온 길이었다.

"우리 몫은 얼마나 됩니까?"

갑중이 눈을 가늘게 뜨고 물었으므로 조철봉이 쓴웃음을 지었다.

"20퍼센트야."

"그럼 17억."

"경비까지 포함해서 20억."

"형님은 양심적이십니다."

머리를 끄덕인 갑중이 돈 가방을 힐끔 보았다.

"뒤탈이 없을까요?"

"민유진이 나올 때까지 들통나지 않는다면."

"박만기가 지금쯤 민유진이 구속되어 있다는 것을 알게 되었을 것 같은데요."

"그렇다고 해도 대출을 받아 내었는지는 아직 모르겠지."

그러고는 조철봉이 정색하고 갑중을 보았다.

"민유진이 나올 때까지 박만기한테 감시를 붙여. 그 여자가 잡혀서 다 불게 되면 골치 아파진다."

"면회는 안 가실 겁니까?"

"변호사 통해서 이야기 전하면 돼."

쓴웃음을 지은 조철봉이 의자에 등을 붙였다.

"85억 대출을 받아냈다는 사실을 알게 되면 박만기는 눈이 뒤집혀서 민유진을 하루라도 빨리 석방시키려고 할 거다. 그 여자한테는 오히려 구치소가 더 안전할지도 모르지."

그날 저녁, 조철봉은 신입사원 양경수를 불러내어 일식집에서 단둘이 식사를 했다. 은밀하게 불러낸 것이라 경수는 잔뜩 긴장하고 있더니 술을 서너 잔 마시고 나서는 눈동자가 제대로 움직였다. 중고차 판매계획을 세우라고 지시한 지 아직 만 이틀도 되지 않았다.

"국내 영업은 한계가 있어."

술잔을 든 조철봉이 말했을 때 경수가 바로 앉았다. 이목구비가 반듯했고 특히 눈빛이 또렷해서 조철봉은 저절로 가슴이 뿌듯해졌다. 이놈은 눈이 살아 있다. 이 눈빛을 보내며 사기를 친다면 십중팔구 넘어가게 될 것이다.

"전국의 자동차 영업소가 4백 개가 넘는다. 그래서 경쟁을 하다보면 제 살을 깎아먹는 경우도 많아."

그러고는 조철봉이 입술 끝을 비틀며 웃었다.

"온갖 편법과 계략이 난무하지만 국내 시장은 한계가 있어서 결국은 자연스럽게 구조 조정이 될 거야."

그러고는 조철봉이 똑바로 경수를 보았다.

"나는 사기와 편법의 대가라고 스스로 자부해 왔어. 수단 방법을 가리지 않고 주변의 모든 것을 이용해서 차를 팔았지. 그런데 차츰 한계를 느껴."

긴장한 경수가 더 몸을 굳혔고 조철봉의 말이 이어졌다.

"네가 베트남에 중고차 2대를 팔았다는 보고를 듣는 순간 나는 새 길이 뚫린 것 같은 기분이 들어, 그리고."

한 모금에 술을 삼킨 조철봉이 이를 드러내고 웃었다.

"7년 전의 내 모습을 보는 것 같았어. 의욕에 넘치는, 그렇지만 매일 좌절을 당하던 때의 나를 말이야."

조철봉이 잔에 술을 채우고는 잇새로 말했다.

"너는 네 꿈을 펼칠 수 있어, 내가 밀어줄 테니까. 그것이 내 꿈이기도 하니까."

"잠깐 보십시다."

옆쪽에서 사내의 목소리가 들렸을 때 윤성희는 들고 있던 비닐봉지를 떨어뜨릴 뻔했다. 온몸에서 일시에 기운이 빠져나갔기 때문이다. 동네 슈퍼마켓 안이었는데 막 계산을 마치고 나가려는 참이다. 다가선 사내는 40대쯤으로 점퍼 차림이었다.

"신분증 좀 보십시다."

사내가 손바닥을 내밀며 말했다.

"난 동부경찰서 윤 형사올시다."

"신분증 집에다 놓고 왔는데요."

정신을 차린 성희가 눈을 똑바로 뜨고 말했다. 호랑이한테 물려가도 정신만 차리면 산다는 말을 떠올렸고 곧 어금니까지 물었다.

"그럼 댁까지 같이 가십시다."

사내가 천연덕스럽게 말하더니 턱으로 거리를 가리켰다.

"저기 차가 있습니다."

시선을 그쪽으로 돌린 성희의 얼굴이 하얗게 굳어졌다. 이번에는 정말 경찰이었기 때문이다. 흰 바탕에 청색 줄이 그어진 순찰차가 길가에 세워져 있었던 것이다.

"자, 가십시다."

사내가 성희의 어깨를 가볍게 밀었다.

"형사 생활 15년이면 한눈에 범법자를 알아내게 되지요. 특히 여자는 백발백중이오."

그러고는 사내가 고르지 못한 이를 드러내고 웃었다.

"조선족 불법 체류자지요?"

성희가 경찰서로 들어선 것은 그로부터 30분쯤 지난 후였다. 집에도 신분증이 없다고 해놓고는 그냥 그대로 경찰서에 와버린 것이다. 형사는 그런 일을 많이 겪었는지 잔소리도 하지 않았다. 형사의 책상 앞에 마주앉았을 때 성희는 주위를 둘러보았다. 지명 수배자 명단이 걸려 있는가를 보려는 것이다.

"이름은?"

컴퓨터의 전원을 켠 형사가 무표정한 얼굴로 물었다.

"바른 대로 대, 출입국 관리소의 입국자 명단하고 같아야 하니까. 틀리면 혼나."

"윤성희."

이를 악물었던 성희가 차분해진 표정으로 대답했고 형사는 자판을 두드렸다.

"주소는?"

"중국 길림성 옌벤자치주 옌지시."

성희는 조철봉의 부하가 총에 맞아 죽은 것을 보고는 경찰에 신고했을 가능성을 반반으로 보았다. 신고를 했다면 그곳에서 여자하고 있었던 이유를 설명해야 할 것이고 만일 자신이 잡힌다면 모든 죄상이 들통날 것을 각오해야 될 것이었다.

그러나 신고를 안 했다면 조철봉 일당은 눈에 불을 켜고 자신을 찾고 있을 것이었다. 이번에 잡히면 죽는다. 조철봉의 잔인한 성품을 아는지라 성희는 그 경우가 더 두려웠다. 현재 상태에서 자신에게 가장 최선의 길은 무사히 중국으로 돌아가는 것이었다.

성희는 눈을 치켜뜨고 모니터를 살피고 있는 형사를 보았다. 한국 경찰은 모든 과정이 전산화돼 있어 주민증 번호만 입력시키면 다 드러나는 것이다.

이윽고 형사가 모니터에서 시선을 떼었을 때 성희의 호흡은 아예 멈췄다.

"기간이 3년 반이나 넘었군. 다음 주 배로 추방되어야겠어."

그 순간 하마터면 눈물이 쏟아질 뻔했으므로 성희는 이를 악물었다가 곧 풀었다. 순간적으로 지금 눈물을 흘려도 어울린다는 생각이 들었기 때문이다. 두 줄기 눈물이 볼을 타고 흘러 내렸을 때 형사가 혀를 찼다.

"이봐, 아가씨, 날 원망하지 마. 나도 이 일이 좋아서 하는 게 아냐."

성희는 머리를 숙였다. 형사의 바보 같은 얼굴을 보자 웃음이 나올 것 같았기 때문이다.

윤 형사가 집에 들어섰을 때 처남 김익수가 서둘러 방에서 나왔다.

"매형, 어떻게 되었습니까?"

"다음 주에 추방될 거다."

점퍼를 벗으며 윤 형사가 눈을 치켜떴다.

"착하고 괜찮게 생겼던데, 너하고 무슨 관계냐?"

"무슨 관계라니요?"

익수가 놀란 듯 머리까지 저었다.

"동네 아줌마들이 자꾸 수군대서요."

"자식이 직장 잡아서 착실하게 일할 생각은 않고 쓸데없는 짓만 하고 있어."

"그래도 매형 실적 올리셨잖아요."

"인마, 실적은 무슨."

그때 아내가 다가왔으므로 둘은 말을 그쳤다.

"무슨 일인데 그래?"

아내가 묻자 윤 형사는 화장실로 들어갔고 익수는 현관으로 다가 갔다.

"아무 일도 아냐."

"그런데 너 어디 가?"

"나 친구 좀 만나려고."

"아니, 이 시간에 나가?"

벽시계가 밤 11시 반을 가리키고 있었다. 신발을 신은 익수가 누이를 향해 한쪽 눈을 감아보였다.

"나, 오늘 친구 집에서 잘 거야."

"아니, 저 자식이."

"그리고 곧장 집에 갈 테니까 걱정하지 마, 누나."

나이가 27살이나 되었지만 공익근무 요원으로 복무, 제대한 후에 3년째 서울의 본가와 인천의 누나 집을 오가면서 무위도식해 온 김익수이다. 아파트를 나온 익수는 곧 주머니에서 휴대전화를 꺼내들었다. 가슴 가득히 성취감이 차올랐으므로 그는 심호흡을 해야만 했다. 익수가 아파트 근처의 카페에서 이용만을 만났을 때는 그로부터 한 시간쯤 후인 밤 12시 반경이다. 용만이 자리에 앉기가 무섭게 익수는 입을 열었다.

"다음 주에 추방당한답니다, 형님."

이미 전화로 내용을 들었던 터라 용만이 머리만 끄덕였다. 익수는 용만의 후배의 후배의 친구가 되었으니 족보상 손자뻘이 된다. 용만의 시선을 받은 익수가 긴장했다. 그에게 용만은 어려운 존재였다. 용만이 입을 열었다.

"추방당할 때까지 네가 감시하고 보고해라, 알았지?"

"예, 형님."

"네 눈으로 똑똑히 봐야 돼. 사진도 찍고 말이야."

"문제없습니다, 형님."

"여기 수고비다."

용만이 주머니에서 두툼한 봉투를 꺼내 탁자 위에 놓았다.

"백만 원이야. 일 끝나면 약속대로 다시 백만 원 주마."

"고맙습니다, 형님."

앉은 채로 허리를 꺾어 절을 한 익수가 봉투를 집어 주머니에 넣었다. 그로서는 이번 일이 그야말로 하늘에서 떨어진 금덩이를 주운 것 같은 행운이었던 것이다. 그저 매형인 윤 형사한테 주안동에 불법체류 중인 조선족 여자가 있는데 동네 사람들이 자꾸 수군거린다는 정보를 준 것으로 일이 끝났다. 그러자 성실한 매형은 곧 익수를 앞세우고 주안동으로 달려가 성희를 연행해 간 것이다. 조철봉이 용만의 보고를 들은 것은 그로부터 10분쯤 후였다. 아파트의 거실에 혼자 앉아 있던 그는 수화기에서 울리는 용만의 말을 잠자코 들었다.

"다음 주에 추방당한다고 합니다, 형님."

용만이 차분하게 말을 이었다.

"추방될 때까지 감시도 붙였습니다."

"수고했다."

부드럽게 말한 조철봉이 전화기를 내려놓았다. 성희는 이제 한국에 미련이 없을 것이다.

구치소로 옮겨간 지 나흘째 되는 날 면회실로 들어선 민유진은 몸을 움츠렸다. 유리벽 너머로 박만기가 서 있었던 것이다. 경찰서 유치장을 거쳐 이곳으로 온 8일 동안 박만기는 얼씬도 하지 않았는데 소식은 들을 수 있었다. 구속된 지 이틀 후에 사건을 알게 된 박만기가 유진의 친구인 홍명옥에게 전화를 걸어 이번 일에 전혀 개입하지 않을 것이며 석방되어 나오면 즉시 헤어지겠다고 했다는 것이었다. 면회 온 명옥에게서 그 말을 전해들은 유진은 차라리 마음이 개운했다. 이미 부동산을 담보로 85억을 빼돌린 상태여서 만기를 안 보는 것이 더 나았다. 만기가 눈을 가늘게 뜨고 노려보았으므로 유진은 침을 삼켰다. 옆에 앉아 기록하고 있는 교도관이 오히려 든든했다.

"대출을 받아간 놈이 누구야?"

불쑥 만기가 물었을 때 유진은 가슴이 철렁 내려앉았지만 곧 어금니를 물었다. 만기가 면회를 온 이유는 그것밖에 없는 것이다. 이곳이 구치소만 아니었다면 만기는 칼부림을 했을지도 모른다.

"경찰서에 있을 때 대출받았으니 아직 돈에 손을 대지도 못 했을 텐데."

만기가 잇새로 말했다.

"누가 갖고 있는가만 알려주면 내가 다 용서하겠다."

"면회 끝났어요."

유진이 말하자 머리를 숙인 채 적고 있던 교도관이 놀란 듯 머리를 들었다.

"저, 면회 끝났어요."

그리고 유진이 몸을 돌렸을 때 만기가 소리쳤다.

"너, 가만 안 두겠어."

교도관이 없었다면 죽인다는 소리를 열 번도 더 했을 것이다. 박만기가 교도소 밖으로 나왔을 때 사내 하나가 다가와 섰다. 일본에서 데려온 부하 나준석이다.

"보스, 경찰서에 있을 적에 모두 5명이 면회 왔었는데 강용태란 놈은 없었습니다."

나준석이 조심스럽게 말했다. 그는 경찰서에서 유진을 면회하러 온 사람들의 명단을 빼내온 것이다. 차로 다가간 그들은 뒷좌석에 나란히 앉았다.

"여기 면회자 명단이 있습니다."

차가 출발하자 준석이 만기에게 이름이 적힌 종이를 내밀었다.

"모두 조사하겠습니다."

"그년이 어떤 용의주도한 놈의 사주를 받고 있는 거다."

앞쪽을 노려본 채 만기가 낮게 말했다.

"제 머리로는 도저히 이런 일을 벌이지 못해. 내가 그것 성격을 알아."

"변호사 이야기를 들었더니 재판을 받으면 집행유예로 나올 것 같다는데요. 변호사들이 일급입니다."

"나오기만 하면 한 시간도 못되어서 불겠지. 하지만 손을 쓸지도 몰라."

"아예 제가 애들을 데리고 이곳에서 지키고 있다가 데려오겠습니다."

"강용태는 찾고 있는 거냐?"

"깊게 잠수한 것 같습니다."

준석이 머리를 비틀었다. 강용태는 부동산을 은행에 담보로 넣고 85억을 대출해 간 유진의 대리인이다. 은행에 제출한 서류에 인적사항이 다 나와 있었으나 준석이 확인했을 때 강용태는 종적을 감춘 후였다. 그러나 62세의 강용태는 두 칸짜리 셋집에서 혼자 살고 있는 데다 일정한 직업도 없는 인물이었다. 산전수전 다 겪은 만기는 강용태가 이름만 빌려준 얼굴마담이라는 것을 대번에 알아챘다. 배후에서 조종하는 놈이 있는 것이다.

"어쨌든 그놈은 저것이 단단히 믿고 있는 놈 같다."

만기가 턱으로 구치소 담을 가리켰다.

"그러니까 85억을 맡겼겠지."

"윤성희가 배를 타고 떠났습니다."

수화구에서 최갑중의 목소리가 울렸다.

"차분한 표정이던데요."

조철봉의 대꾸가 없었어도 갑중의 말이 이어졌다.

"아마 얼른 도망치고 싶었겠지요, 그렇지 않습니까?"

"수고했다. 돌아와."

전화기를 내려놓은 조철봉은 길게 숨을 뱉었다. 윤성희가 두 번 다시 한국 땅을 밟게 되지는 않을 것이다. 또한 이쪽도 찾을 생각이 없으니 인연은 끝이 났다. 그날 밤, 조철봉은 유혜진과 함께 저녁을 먹고 양주를 반병쯤 마신 다음 아파트로 들어왔다. 혜진을 처음으로 아파트에 데려온 것이다. 아파트는 이틀 걸러서 파출부를 시켜 청소와 빨래를 하는 터라 깨끗했지만 주방은 썰렁했다. 집에서 식사는 안 하기 때문일 것이다.

"상상했던 것보다 검소하시네."

집 안을 둘러본 혜진이 웃음 띤 얼굴로 말했다.

"난 으리으리할 줄 알았는데."

"집치장에 돈 써대는 건 싫어."

냉장고에서 얼음을 꺼낸 조철봉이 응접실 탁자 위에 양주병과 잔을 갖다 놓았다.

"부동산 따위로 재산 늘리는 것도 싫고."

"그럼 꿈이 뭐예요?"

양주를 서너 잔 마신 혜진의 눈가는 조금 붉어져 있었다. 소파에 편하게 기대앉은 혜진의 다리가 조금 벌려져 있다.

잔에 술을 채운 조철봉이 가라앉은 표정으로 혜진을 보았다.

"아주 건실한 기업체의 주인."

조철봉이 눈만 크게 뜬 혜진을 향해 빙그레 웃었다.

"그러기 위해서는 더 열심히 돈을 모아야겠지."

"자동차 사업?"

"돈이 되는 일은 어떤 것이라도 다."

"자금 관리는 저한테 맡기실래요?"

"당분간은."

한 모금 술을 삼킨 조철봉의 시선이 혜진의 무릎에서 발까지를 훑어 내려갔다. 조철봉의 시선을 받은 혜진이 발가락 끝을 꼬물거렸는데 다분히 의도적이었다.

"발이 예쁘군."

시선을 든 조철봉이 혼잣소리처럼 말했다.

"발을 소중히 다루는 여자는 정숙하게 느껴져."

"경험으로 얻은 느낌인가요?"

"본능이야."

"여자가 많지요?"

불쑥 혜진이 물었지만 소파에서 일어선 조철봉이 셔츠를 벗었다.

"아파트에 온 여자는 혜진이 처음이야."

"영광이네."

"씻고 올 테니까 안방의 옷장에서 옷 갈아입어."

물론 혜진이 아파트로 데려온 첫 여자가 아니다. 조철봉이 씻고 나왔을 때 혜진은 파자마로 갈아입고는 소파에 비스듬히 앉아 있었다.

"당신은 알 수 없는 남자예요."

혜진이 정색하고 조철봉을 보았다.

"마치 양파 같아요, 껍질을 아무리 벗겨도 속이 드러나지 않는."

"다 껍질 같지만 다 알맹이일 수도 있지."

쓴웃음을 지은 조철봉이 혜진의 옆에 앉아 어깨를 감아 안았다.

"그래서 상처를 더 자주 받는다고."

혜진을 불러낸 것은 허전해진 가슴을 채우기 위해서였고 그 원인은 윤성희인 것이다. 성희에게는 나름대로 최선을 다했으며 그만큼 진정도 쏟았지만 결국은 배신을 당하고 말았다. 물론 자신의 행동이 비정상적이었고 성희를 이용한 점도 있기는 했다. 어깨를 기대온 혜진이 이제는 익숙하게 조철봉의 파자마 바지 속으로 손을 집어넣으며 웃었다.

"집에서 만나니까 마음이 편해요."

다음 날 아침, 조철봉이 출근하자마자 회사로 찾아온 최갑중의 얼굴은 밝았다. 이제는 귀고리도 뗐으며 단정한 양복 차림에다 머리도 잘 빗어 넘겨서 착실한 회사원같이 보이는 갑중이다.

"형님, 김영복의 재산은 수백억이 넘습니다. 하지만 모두 타인 명의라 제 이름으로는 재산세 한 푼 내지 않았더군요."

자리에 앉자마자 갑중이 활기 띤 목소리로 말했다.

"이번에 세금 문제로 걸린 것쯤은 눈썹 하나 까닥하지 않을 겁니다. 이것 보십시오."

주머니에서 서류를 꺼낸 갑중이 조철봉에게 내밀었다. 김영복이 지난번 국세청의 조사 대상에 포함된 이유는 응암동의 저택을 자신의 명의로 바꿔놓았기 때문이었다. 시가 20억이 넘는 저택인 것이다. 국세청의 자료를 보면 그는 세금을 체납하고 의료보험료도 내지 않았다. 갑중은 가나다순으로 김건수 다음으로 김영복의 뒷조사를 해온 것인데 의기양양했다. 서류를 본 조철봉은 쓴웃음을 지었다. 대부분의 졸부는 부동산 투기로 재산을 불려왔는데 김영복도 예외가 아니었던 것이다. 김영복이 김건수와 다른 점이 있다면 5개의 기업체를 소유하고 있는 데다 고아원까지 운영하는 사업가라는 것이었다.

"5개 기업체는 모두 사업이 잘됩니다. 연간 매출을 합하면 1천억이 넘습니다."

갑중이 말을 이었다.

"모두 음식점이나 룸살롱, 가라오케지만 말입니다. 물론 명의도 친척들 앞으로 했습니다."

"고아원은?"

"글쎄, 그곳은."

머리를 기울인 갑중이 조철봉을 보았다.

"그놈이 사회사업가 시늉을 내려고 운영하는 것 아닐까요? 그곳 조사는 하지 않았습니다."

"그럴 듯하구나."

서류에 시선을 준 채 조철봉이 혼잣소리로 말했다. 갑중은 김영복과 저택의 사진까지 찍어온 것이다. 이제는 노련해서 사진 밑에 날짜와 시간까지 적어놓았다.

"자료는 다 준비했으니까 이제 형님이 머리를 쓰실 차례입니다."

갑중이 지긋한 눈빛으로 조철봉을 보면서 말했다.

"우린 모두 준비가 되었다고요."

"우리 대상은 사기꾼이나 악질적인 졸부야. 건전하게 축재한 사람은 제외한다."

정색한 조철봉이 말하고는 서류를 덮었다.

"내가 고아원을 한번 보고 나서 계획을 세우겠다."

"위치를 아니까 제가 안내하지요."

갑중만큼 조철봉의 분위기를 아는 사람은 없을 것이다. 윤성희로 인하여 저조해진 조철봉의 기분이 이 일로 반전되기를 기대한 듯 갑중이 서두르며 말했다.

"지금 가실랍니까?"

고아원은 신도시 일산의 변두리에 위치하고 있었는데 자유로가 잘 뚫려서 한 시간 반쯤밖에 걸리지 않았다. 뒤쪽이 낮은 산이었고 고아원의 좌우는 바위투성이의 황무지였는데 마을에서도 5백여 미터 떨어진 곳에 위치하고 있어서 황량한 분위기였다. 정문 앞에 차를 세운 조철봉은 주위를 둘러보았다. 고아원의 보육 인원은 7세에서 18세까지 모두 76명이었으니 작은 규모는 아니다. 2층 벽돌로 지은 본관 건물에다 옆쪽에 단층 부속채가 두 동 더 있었다.

"꽤 큰데요."

열려 있는 정문으로 안을 들여다본 갑중이 감정 없이 말했지만 조철봉에게는 마치 훔쳐갈 물건이 크다는 것처럼 들렸다. 그때였다. 부속채에서 셔츠에 바지 차림의 여자가 나오더니 그들에게로 다가왔다. 짧은 머리에 얼굴이 흰 여자였다. 여자가 다가올 적에 옅은 흙냄새가 바람결에 맡아졌다.

"어디서 오셨죠?"

다가선 여자가 맑은 목소리로 물었을 때 최갑중이 나섰다.

"예, 저희 사장님이 사회사업에 관심이 많으셔서 찾아온 겁니다."

갑중이 눈으로 조철봉을 가리켜 보이고는 시치미를 뚝 뗀 얼굴로 말했다.

"우연히 지나다 들렀습니다만 고아원 소개를 해주실 수 있습니까?"

이건 조철봉이 시키지 않은 일이었지만 제법 능란한 수작이다. 여자의 시선이 다시 조철봉에게로 옮겨졌다. 마치 야생화 같다. 조금도 꾸미지 않고 본래의 모습 그대로인 것이 더 감동을 주는 것이다. 우연을 인연으로 이어가려면 분위기의 영향이 필수적이다. 조철봉은 그렇게 믿어왔다. 서늘한 가을의 바람 끝으로 흙냄새가 묻어나는 한적한 고아원의 정문 앞에 화장기가 전혀 없는 미모의 여인이 서 있는 것이다. 여자가 조철봉의 시선을 받더니 이마 위로 흘러내린 머리칼을 쓸어 올렸다.

"그럼 들어오시죠."

"감사합니다."

대답도 갑중이 하고는 여자가 몸을 돌렸을 때 힐끗 조철봉을 보았다.

묻는 듯한 얼굴이었지만 조철봉은 모른 척했다. 2층 건물의 현관 바로 오른쪽이 사무실이었는데 책상 3개에 소파 한 조만 놓여 있을 뿐이었다. 조철봉과 갑중을 안내한 여자가 벽 쪽에 붙여진 냉장고로 다가가더니 몸을 돌려 시선을 조철봉과 갑중의 중간 지점에다 두고 물었다.

"저, 마실 것이 생수밖에 없는데요."

"좋습니다."

서둘러 대답한 갑중이 주위를 둘러보았다.

"그런데 고아원이 조용하네요."

"애들이 아직 학교에서 돌아오지 않았고요. 유아반 애들은 오침 시간입니다."

"그렇군요."

오후 2시였다. 생수 잔을 앞에 놓은 여자가 앞에 앉았을 때 갑중이 정색하고 물었다.

"저기, 사장님, 아니 원장님은 어디 가셨습니까?"

"서울에 계세요."

"외출하셨군요."

"아뇨, 그냥 거기 계세요."

"그럼 지금 말씀하시는 분은."

"관리자 겸 보모, 그리고 주방 일까지 맡고 있는 사람이죠."

조철봉은 여자의 눈 밑이 조금 붉어진 것을 보았다. 나이는 27, 28세쯤 되었을까? 눈 밑의 두덩이 조금 나온 걸 보면 30이 되었을지도 모른다. 로션도 바르지 않은 것 같은 피부에는 솜털이 그대로 드러났고 무릎 위에 얹은 손가락은 길고 단정했지만 짧게 자른 손톱은 건강한 살색을 띠고 있다. 그때 갑중이 다시 말을 이었다.

"그럼 여기 직원은 몇 명이나 됩니까?"

"주방 일 맡은 아줌마하고 저하고 둘입니다."

"원생은 몇 명이죠?"

"현재는 65명인데요."

말을 마친 여자가 머리를 돌려 조철봉을 똑바로 보았다.

"여기 사정을 더 잘 아시려면 시청에 가보시면 될 거예요. 그리고 도움도 그쪽을 통해서 해주시는 것이 낫습니다."

조철봉은 잠자코 머리만 끄덕였다. 이제까지 그는 한 마디도 말을 하지 않았다.

"그런데 이 고아원의 원장님 성함이 어떻게 되시죠?"

갑중이 묻자 여자가 조철봉에게서 시선을 떼었다.

"김영복 씨인데요."

"어려우신 일 없습니까? 시청에다 말씀드리기 거북한 일 같은 것 말입니다."

"없어요."

여자가 머리를 저었을 때 조철봉이 자리에서 일어섰다.

"그만 돌아가자."

돌아오는 차 안에서 한동안 앞쪽만 보던 최갑중이 백미러에 대고 말했다.

"형님, 역시 김영복은 사회사업가 간판이 필요해서 고아원을 설립한 것 같습니다."

갑중이 말을 이었다.

"고아원 건물과 부지가 1천 평이 넘는 데다 뒤쪽 야산 2만 5천 평이 김영복의 아들 명의로 되어 있습니다. 상속세나 제대로 냈는지 모르겠군요."

"고아원 실상을 알아봐라."

창밖을 보며 조철봉이 말했다.

"원생이 나이별로 몇 명이고 학교는 어떻게 다니는지, 학비와 식비는 어떻게 조달하고 지원은 얼마나 받는지, 그리고."

"김영복이 어떻게 운영을 하는지도 알아보지요."

불쑥 말을 받았던 갑중이 힐끗 백미러를 보았다.

"그 여자에 대해서도 알아보겠습니다, 형님."

백미러에서 시선이 마주치자 갑중이 정색했다.

"당연한 일 아닙니까? 고아원 관리는 그 여자가 다 하는 것 같던데요."

조철봉이 시선을 떼었으므로 갑중의 기세가 높아졌다.

"그런 여자가 산골짜기의 고아원에 박혀 있다는 것도 신기하고 또."

한 호흡 말을 그쳤던 갑중이 작심한 듯 말했다.

"김영복이 식성이 어떤지는 모르지만 그런 여자를 온전하게 놔두지 않았을 것 같아서 그럽니다."

갑중이 조철봉의 분위기를 눈치채지 못했을 리가 없다. 이렇게 미리 초를 치는 것은 순전히 충정 때문이라는 것을 조철봉도 안다. 조철봉은 윤성희 때문에 갑중에게 많은 허점을 보였다고 그 순간 자책했다. 강단 있게 자르지 못하고 질질 끌어서 후유증만 사방에다 퍼뜨렸다. 배신자에게는 잔혹한 처벌을 해서 모범을 보여야 했다.

회사로 돌아왔을 때 무역팀장으로 임명된 양경수가 기다리고 있다가 조철봉을 따라 방으로 들어섰다.

"계획서를 작성해 왔습니다."

두툼한 서류를 내려놓은 경수의 두 눈은 충혈되어 있었다. 경수는 나흘 만에 계획서를 작성해 온 것이다.

"베트남의 판매망도 조사를 했고 대리인만 선정하면 됩니다."

"빠르군."

조철봉이 만족한 표정으로 서류를 훑어보았다. 사원들에게 제일 중요한 것은 일에 대한 의욕이다. 능력의 유무나 성실 불성실을 따지기 이전에 의욕이 우선이라는 것을 조철봉은 경험으로 안다. 또한 의욕은 일에 대한 성취감을 얻게 되면 배가된다. 서류에서 시선을 뗀 조철봉이 앞에 서 있는 경수를 보았다. 초조한 듯 얼굴빛이 굳은 경수는 이미 물불을 가리지 않고 뛸 자세가 되어 있는 것이다. 보스로부터 인정을 받고 있다는 자부심은 곧 의욕으로 승화된다.

"출장을 다녀오도록."

조철봉이 서류에 사인을 하면서 말했다.

"내가 경리부에 말해 줄 테니까 출장비도 넉넉히 가져가야 돼. 대리인을 선정하는 입장에서 3급 호텔에 묵으면 안 돼. 특급 호텔에서 묵고 명함도 매니저로 찍어 가도록."

"예, 사장님."

"동행할 직원은 선발했나?"

"예, 이성훈 씨가 영어 회화를 잘하고 성실합니다."

이성훈도 신입사원이다. 조철봉이 머리를 끄덕였다.

"내가 널 책임질 테니 너도 네 부하 관리는 책임져야 돼."

"알겠습니다, 사장님."

경수는 들뜬 걸음으로 방을 나갔다. 그에게는 요즘이 꿈만 같을 것이다.

다음 날 점심시간이 되었을 때 조철봉은 회사 근처의 일식당으로 들어섰다. 최갑중은 이미 방에서 회를 시켜놓고 있었지만 반찬만 건드렸을 뿐 회 접시에는 손을 대지 않았다. 조철봉이 자리에 앉았을 때 갑중이 대뜸 말했다.

"고아원 주방 아줌마한테서 샅샅이 들었습니다. 아예 30만 원을 주고 거래를 했지요."

그러고는 갑중이 빙긋 웃었다.

"아줌마는 주방 젓가락이 몇 개인가까지 다 말해 주었습니다."

"김영복은 고아원을 어떻게 운영하고 있는 거냐?"

"몇 년 동안 돈 한 푼 내지 않았답니다. 모두 시의 지원금과 박희선 씨를 돕는 자선단체의 후원으로 운영이 되고 있다는 겁니다."

말을 그친 갑중이 지금 생각났다는 듯한 얼굴로 조철봉을 보았다.

"그 여자 이름이 박희선입니다, 형님."

"그럼 그 여자가 실질적인 운영자인가?"

"관리자인 셈이지요."

회를 한 점 입에 넣은 갑중이 말을 이었다.

"희망고아원에 박희선 씨가 온 것은 2년 전이라고 합니다. 시청 소개로 오게 되었는데 김영복하고는 사이가 좋지 않다고 합니다."

"네 예상하고 어긋나지 않아?"

"예, 하지만 기분이 나쁘지는 않더군요."

갑중이 느긋하게 웃었다.

"고아원 살림을 박희선 씨가 다 꾸려나가고 있다는 겁니다. 주방 아줌마 월급까지 말입니다."

"그 여자 인적사항은?"

"30세에 미혼입니다. 희망고아원에 오기 전에는 다른 자선사업 단체에서 일을 했다는데 아줌마도 존경하고 있더군요."

"허, 그래?"

"그런 여자도 있는 모양입니다."

"세상에는 별 인간이 다 있지. 너 같은 사기꾼이 있는가 하면 나 같은 사업가도 있고."

"형님, 기분이 좋아지셨군요."

시선을 내린 채 회를 집으며 갑중이 말했다.

"그러실 줄 알았습니다."

"이젠 부담 없이 김영복의 껍질을 벗길 수가 있겠다."

그렇게 대답한 조철봉이 밝은 표정을 숨기지 않고 갑중을 보았다.

"이 기회에 고아원도 김영복이한테서 완전히 독립시켜야겠군."

김영복은 63세로 15세에 단신으로 상경하여 자수성가한 인물이었다. 갑중이 조사한 바로는 자식이 둘 있는데 아직 경제권을 물려주지 않은 상태이며 모든 일을 김영복이 직접 처리한다는 것이다. 갑중과 헤어진 조철봉이 회사로 돌아왔을 때는 오후 2시 반이었다. 자리에 앉은 조철봉은 전화기를 들었다. 다이얼을 누른 후에 신호가 갔을 때 조철봉은 심호흡을 했다.

"여보세요."

수화기에서 맑은 목소리가 울려나오자 조철봉의 가슴은 뛰었다.

"나, 어제 찾아갔던 사람입니다. 명함 드렸지요?"

"아, 네."

박희선은 조금 놀란 듯 목소리가 떴다.

"내가 오후에 찾아뵐까 하는데, 괜찮겠습니까? 상의할 일이 있어서 그럽니다만."

"무슨 일이신데요?"

"만나서 뵙고 말씀 드리는 것이 나을 것 같은데요."

희선이 망설이는 듯 대답이 없었으므로 조철봉은 말을 이었다.

"고아원 문제입니다. 시청에 이야기하는 것보다 직접 당사자를 만나는 것이 나을 것 같아서."

그러자 희선이 낮으나 분명하게 말했다.

"그러세요, 기다리겠습니다."

오후 5시여서 고아원 안은 원생들이 차 있었지만 오히려 보이지 않았던 어제보다 분위기가 가라앉아 있었다. 7, 8세쯤 되는 아이들도 조심스럽게 걷고 목소리를 높이지 않았다. 가끔 싸우는 소리가 들렸다가 곧 그친 걸 보면 큰 아이들이 질서를 잡는 것 같았다. 조철봉도 고교생쯤으로 보이는 소녀의 안내를 받고 사무실로 들어섰는데 박희선은 10분이

지나도록 나타나지 않았다. 갑중한테 30만 원을 받고 다 털어놓은 주방 아줌마가 굵은 목청으로 누구를 부르며 사무실 앞을 지나갔다. 저녁 준비를 하느라 바쁜 모양이었다. 박희선이 사무실로 들어선 것은 그로부터 5분쯤이 더 지난 후였는데 오늘도 어제와 같은 바지에 긴팔 셔츠 차림이었다.

"미안합니다. 아이 하나가 아파서 약 먹이고 재우느라 늦었습니다."

서둘러 앞쪽에 앉은 희선에게서 맑고 상큼한 바깥공기 냄새가 맡아졌다.

"아니, 제가 바쁜 시간에 찾아와서."

조철봉도 사무적인 표정으로 희선을 보았다.

"나도 고아로 자라서 이곳 생활을 조금 아는 편이지요."

그 순간 희선의 눈이 크게 떠졌다. 검은 눈동자가 더 또렷하게 드러났고 눈빛도 더 강해졌다.

"선생님도 고아세요?"

"네, 하지만 어렸을 때 입양되었지요."

정색한 조철봉은 머릿속으로 부모의 얼굴을 떠올리고는 용서를 빌었다. 부모님은 이해해주실 것이다.

"그러셨군요."

머리를 끄덕인 희선의 시선이 부드러워졌다. 다만 눈을 원상태로 돌려놓은 것일 뿐인데 조철봉이 그렇게 느낀 것이다.

"다섯 살 때인가 항상 어머니가 날 찾으러 올 것이라고 고아원 정문을 바라보고 앉았던 기억이 지금도 납니다."

옛일을 회상하듯 조철봉이 눈을 가늘게 떴다. 물론 이 장면도 IMF 때

TV에서 방영된 장면을 편집한 것이다.

"저, 주위가 소란하니까 밖으로 나가시겠어요?"

희선의 제의에 조철봉은 두말없이 자리에서 일어섰다. 아이들의 소음에 분위기가 흐트러지고 있었던 참이었다. 고아원 밖으로 나온 희선은 옆쪽 산비탈로 앞장서 갔는데 숲 사이에 작은 잔디밭이 보였고 위쪽에 나무 벤치가 놓여 있었다. 희선이 나무 벤치를 눈으로 가리키며 수줍게 웃었다.

"제가 가끔 쉬는 곳이에요, 아주 가끔."

"좋군요."

조심스럽게 따라 웃은 조철봉은 희선과 벤치에 나란히 앉아 앞쪽의 잔디밭을 보았다. 잔디밭의 앞쪽은 배추밭이다.

"저쪽에 땅을 매입하려다가 이곳에 고아원이 있다는 말을 듣고 찾아온 겁니다."

조철봉이 앞쪽을 손으로 가리켰다. 국도가 지나는 방향이다.

"그리고."

조철봉이 힐끗 희선에게 시선을 주었다가 내렸다.

"고아원에서 나오시는 댁을 본 순간에 놀랐습니다. 날 귀여워해주셨던 보모하고 닮아서요."

이번에는 조철봉이 희선을 정면으로 보았다.

"지금은 어디 사시는지, 그리고 솔직히 이름도 모릅니다."

"참, 전 박희선이에요."

희선이 시선을 내린 채 말했다.

"그런데 선생님은 성공하셨네요. 보모님도 살아계시면 기뻐하실 거예요."

"그래서 말인데요."

서늘한 가을바람 끝에 다시 흙냄새가 맡아졌고 앞쪽 배추밭은 이미 산그늘에 덮였다. 조철봉이 낮게 말을 이었다.

"제가 돕고 싶습니다. 은혜를 갚아야지요."

"지난번에도 말씀드렸지만."

그러나 희선이 지난번과는 다른 표정으로 조철봉을 보았다. 조철봉은 희선의 검은 눈동자에 자신의 얼굴이 볼록하게 박혀 있는 것을 보았다.

"그럭저럭 꾸려나가고 있으니까 꼭 도움을 주시겠다면 시청을 통해서 전해주세요."

"그럼 고아원의 이전 계획은 세워져 있겠지요?"

불쑥 조철봉이 묻자 희선이 눈을 둥그렇게 떴다.

"이전 계획이라뇨?"

"모르고 계십니까?"

조철봉이 쓴웃음을 지었다.

"하긴 미리 말해 줄 필요는 없겠지요. 옮겨갈 장소만 마련하면 될 테니까."

"무슨 말씀이세요?"

"제가 근처 토지를 매입하려다가 알게 되었는데 이 고아원 부지에다 건물주가 노인들을 위한 실버타운을 건설할 계획이라고 하더군요."

주위를 둘러본 조철봉이 정색하고 말을 이었다.

"주위 경관도 좋으니까 실버타운을 건설하면 수백억이 남는 장사가 될 겁니다. 뒤쪽 임야도 모두 고아원 건물주의 소유라니까 위락 시설도 충분히 들어갈 수 있을 것이고."

"말도 안 돼요."

얼굴이 하얗게 굳어진 희선이 조철봉을 보았다.

"우린 옮겨갈 수 없어요. 이제야 겨우 당국의 허가를 받고 아이들을 안정시켰는데 이제 알고 보니까."

희선이 조철봉을 마치 김영복이나 되는 것처럼 노려보았다.

"그럴 흉계를 꾸미고 이곳에 고아원을 무허가로 짓고 땅을 매입했군요."

"희선 씨가 모르고 계셨다면 이용당하신 것이지요."

입맛을 다신 조철봉이 앞쪽으로 시선을 돌렸다. 이제는 그늘이 잔디밭까지 덮여 있었다.

"하지만 어찌합니까? 이미 고아원 부지는 허가가 난 땅이라 실버타운을 건설하는 데 별 문제가 없습니다. 건물주가 고아원을 옮긴다면 옮길 수밖에요."

"어떻게 하나."

희선이 낮게 말했을 때 조철봉이 정색했다.

"뭐가 말입니까?"

"제가 건물주를 겪어봐서 잘 알아요. 그 사람이 이보다 좋은 환경으로 고아원을 옮겨줄 사람이 아녜요."

얼굴이 발갛게 상기된 희선이 조철봉을 보았다.

"아이들이 정을 붙이고 있는 이곳을 떠날 수는 없어요. 무슨 방법이 없을까요?"

"시청에 가보라고 하시더니."

희선의 시선을 잡은 조철봉이 부드럽게 웃었다.

"저한테 부탁하시는 겁니까?"

"아뇨, 그게 아니라."

희선의 얼굴이 더 붉어졌다.

"답답해서."

"제가 도와드리지요."

순식간에 얼굴을 굳힌 조철봉이 희선을 향해 돌아앉았다.

"틀림없이 건물주는 희선 씨가 사실을 추궁하면 아니라고 잡아뗄 겁니다. 무슨 말인지 이해가 되시죠?"

"네."

"그러니 건물주한테는 모른 척하십시오. 미리 말했다가는 그자가 손을 쓸 테니 일이 더 어렵게 됩니다."

착한 학생처럼 희선이 머리를 끄덕였을 때 조철봉이 성실한 선생처럼 차근차근 말했다.

"제가 시킨 대로만 하시면 아마 희선 씨 뜻대로 될 겁니다. 저를 믿으세요."

그날 밤 11시경, 조철봉이 포장마차에 들어섰을 때 구석에 앉아 있던 주인 여자가 일어섰다. 놀란 듯 눈이 크게 떠졌고 입까지 조금 벌어져 있다. 오늘은 구석에 한 쌍의 남녀가 앉아 있었는데 안주 한 접시에 소주가 세 병 놓인 걸 보면 여전히 장사는 잘 되지 않는 듯 했다. 반대쪽 자리에 앉은 조철봉이 눈으로 안주를 가리켰다.

"곰장어, 조개, 닭똥집을 한 접시씩."

여자에게 시선도 주지 않고 조철봉이 담배를 꺼내 물며 말했다.

"그리고 소주 두 병."

박희선과 헤어지고 나서 최갑중을 불러내 저녁을 먹으면서 이미 소주 두 병을 마시고 온 것이다. 여자가 말없이 안주를 준비할 때 남녀가 일어나 계산을 하고 나갔으므로 포장마차 안에는 전처럼 둘만 남았다. 안주가 준비되기 전에 여자가 어묵 국물에다 소주를 가져다 놓아서 조철봉은 담배를 안주 삼아 소주를 연거푸 두 잔 마셨다. 그러고는 전에 여자에게 내놓았던 레퍼토리를 착실하게 보관시켜 놓은 기억의 창고에서 꺼내 보았다. 실수가 있으면 안 되는 것이다. 마누라가 돈을 갖고 도망쳤다고 한 것이 먼저 기억났다. 그리고 자식이 하나 있었는데 혈액형이 달라서 캐물은 결과 다른 놈의 자식이었다고 했다. 마누라가 나도 모르게 집이고 땅이고 다 팔아서 자식과 함께 미국으로 도망쳤다고 아주 궁상떨며 말했던 것이다. 한 모금에 소주를 삼킨 조철봉이 눈을 가늘게 뜨고 여자를 보았다. 박희선과 헤어진 지 다섯 시간이 되었지만 아직도 흥분은 가라앉지 않았다. 눈을 또렷하게 뜨고 자신의 한 마디 한 마디를 경청하던 희선의 얼굴이 지금도 생생하게 떠올랐다. 지금까지 만난 어느 여자한테서도 받지 못했던 이 감동을 나는 될 수 있는 한 오래 간직할 것이다. 그러기 위해서는 희선을 향해 끓어오르는 욕정을 쏟아버릴 대상이 필요했다.

"난 미국에 갔다가 어제 왔습니다."

빈 잔을 쥔 채 조철봉이 말하자 도마질을 하던 여자가 퍼뜩 머리를 들었지만 시선을 주지는 않았다. 여자도 긴장하고 있는 것이다. 조철봉이 가볍게 말을 이었다.

"LA에 사는 내 친구가 그 여자 이야기를 해줘서요. 그 여자란 도망간 내 전처 말입니다."

여자는 대답하지 않았지만 도마를 치는 식칼의 속도가 많이 느려졌다.

"여자가 아이를 미국인한테 양자로 보냈다고 해서요."

그때 여자가 처음으로 시선을 주었다가 곧 내렸다. 잔에 술을 채운 조철봉이 얼굴을 일그러뜨리며 웃었다.

"내 자식은 아니지만 그 말을 듣고는 며칠간 잠을 못 잤습니다. 그래서 찾아간 것이죠."

그때 여자가 먼저 익힌 곰장어를 조철봉의 앞에 내려놓았다. 건강한 붉은 손톱과 힘줄이 선 손등을 본 순간 불끈 욕정이 치솟아 올랐으므로 조철봉은 길게 숨을 뱉었다. 이 숨을 여자는 다른 각도로 해석할 것이다.

"그런데 이미 입양이 끝난 데다 난 아무런 권리가 없다고 하더군요. 그래서 그놈 얼굴만 보고 돌아왔습니다."

"아저씨."

여자가 차갑게 부르는 바람에 조철봉은 가슴이 덜컹 내려앉았다. 여자가 똑바로 조철봉을 보았는데 정색한 얼굴이었다.

"저, 술 한 잔 주세요."

그러고는 여자가 입술을 비틀고 웃었다.

"아저씨는 참 열심히 사시네요."

조철봉의 가슴이 다시 내려앉았다. 그 말이 어떤 의미건 간에 꼬리는 잡은 것이다.

산전수전 다 겪었다고 자부하는 조철봉의 관점에서 보면 일은 성사가 된 것이나 같다. 초장부터 대뜸 한 번 달라면서 시작된 이런 스타일의 접근전은 승부가 빨리 결정됨과 동시에 후유증이 작다. 물론 접근전에서 강타를 각오해야 하는데 지난번에 조철봉은 어묵 국물을 뒤집어쓴 적이 있다. 여자는 술을 물 마시듯이 넉 잔을 들이마시더니 붉어진 눈으로 조철봉을 보았다. 술을 마시는 동안 여자는 말은커녕 시선도 주지 않았지만 조철봉은 느긋하게 오늘 밤의 체위를 구상하고 있었다.

"차라리 지난번처럼 돈 내놓고 흥정하는 것이 나은 것 같네요."

"그런가?"

정색한 조철봉이 서둘러 지갑을 꺼내더니 백만 원짜리 수표를 내밀었다.

"내 아들 이야기는 양념이었어, 받아."

"분위기 조성은 잘 했어요."

수표를 받아 쥔 여자가 술병을 들더니 남은 소주를 한 모금 삼키고는 정색했다.

"장사 끝낼 테니까 천막 걷는 것 도와줘요."

그러나 간단하게 보였던 포장마차 정리에 시간이 꽤 걸렸다. 안주 상자를 따로 챙겼고 천막과 물통, 가스와 그릇 등을 리어카 안에 싣는 동안 조철봉은 저고리와 넥타이까지 벗고 서방처럼 거들었다.

"리어카는 저 집에다 맡기면 돼요."

리어카의 손잡이를 쥐면서 여자가 턱으로 길 건너편의 횟집을 가리켰다.

"아저씨는 여기서 기다려요. 횟집 사람들이 보면 이상하게 생각할 테니까요."

"숨도 안 쉬고 있을 테니까."

조철봉이 웃음 띤 얼굴로 여자를 보았다.

"뒷문으로 도망치지나 말라구."

"그렇구나."

눈을 크게 뜬 여자가 바지 주머니에서 수표를 꺼내더니 내밀었다.

"둘 중 하나가 믿어줘야지. 자 받아."

"아니, 내가 믿을게."

조철봉이 머리를 저었다.

"나에게는 지금 이 순간이 그만큼의 가치는 있어. 당신이 수표를 받을 때부터 에너지가 힘차게 충전되는 기분이었거든."

"곧 나올게."

여자가 익숙한 솜씨로 무거운 리어카를 끌고는 골목을 나갔다. 골목 앞은 4차선 대로였는데 횡단보도는 왼쪽에 있어서 여자는 곧 시야에서 사라졌다. 전신주에 등을 붙이고 선 조철봉은 담배를 꺼내 물었다. 골목 안으로 서늘한 바람이 훑고 지나가자 주위에 배어 있던 생선 비린내가 코끝을 스쳤다. 술에 취한 사내 둘이 골목 안을 기웃거리더니 사라졌다. 포장마차를 찾는 것 같았다. 조철봉이 골목 밖으로 나왔을 때 여자는 막 횡단보도를 건너는 중이었다. 횡단보도를 건넌 여자가 횟집으로 다가가다가 시선을 돌려 조철봉을 보았다. 그러더니 손을 반쯤 들었다가 내렸다.

12시가 넘었으므로 4차선 차도는 차량의 통행이 줄었고 인도에도 행인이 드물었다. 조철봉은 빌딩 벽에 기대섰다. 횟집 주차장 구석에 리어카를 세워놓은 여자가 곧 무거운 안주 상자를 힘들게 들고 나왔다. 청바지에 점퍼 차림으로 머리는 짧게 잘랐고 운동화를 신었다. 여자가 다시 이쪽으로 머리를 돌렸으므로 조철봉은 손을 들어 보였다. 그러자 여자가 이를 드러내고 웃었다. 조철봉은 심호흡을 했다. 여자의 웃는 모습을 본 순간에 갑자기 가슴이 내려앉는 것 같은 느낌이 들었기 때문이다. 횟집 안으로 여자가 들어섰을 때 조철봉은 벽에서 등을 떼고 앞으로 나왔다. 그러고는 마침 다가오는 택시를 세웠다. 택시 뒷좌석에 오르고 나서 횟집을 보았지만 아직 여자는 나오지 않았다. 그러나 분명히 나올 것이다.

"갑시다."

조철봉이 좌석에 등을 붙이며 말했다.

"웬일이야, 이 시간에?"

눈을 크게 뜬 서경윤이 문을 열어주면서 물었지만 싫은 눈치는 아니었다. 12시가 넘은 시간이어서 주위는 조용했다. 잠자코 안으로 들어선 조철봉이 저고리를 벗자 경윤이 받는다.

"술 마셨어?"

"응, 조금."

"무슨 일 있어?"

"회사일 때문에."

영일은 곤하게 자고 있었는데 집 안을 둘러본 조철봉은 살림이 더 늘어난 것을 보았다. 구석에 김치냉장고가 새로 놓였고 영일이 책상까지 들여 놓은 데다 커튼도 갈았다.

"내일 이 곳 부동산에다 내놔."

바지를 벗으면서 조철봉이 엄숙하게 말했다.

"내가 30평형 아파트로 옮겨줄 테니까 말이야."

"어떻게?"

경윤의 눈이 더 커졌다.

"돈도 다 떼였지 않아?"

"은행에서 융자를 받든지 해서 만들 테니까 그런 걱정은 말고."

머리를 돌린 조철봉이 자고 있는 영일을 보았다.

"영일이나 당신한테 더 나은 환경이 필요해."

조철봉의 바지를 걸면서 경윤은 더 이상 입을 열지 않았다. 경윤은 달라졌다. 눈빛만 보아도 조철봉은 자신을 어려워하고 존경하며 순종하고 있다는 것을 안다. 조철봉이 씻고 나왔을 때 경윤은 이미 방안의 불을 끄고 침대 머리맡의 작은 등만 켜 놓았다.

"피곤할 텐데 오늘은 그냥 자."

잠옷으로 갈아입고 선 경윤이 시선을 내린 채 말했으므로 조철봉은 피식 웃었다.

"널 안고 싶어서 손님하고 헤어지자마자 이곳으로 달려온 거야."

지금쯤 횟집 앞거리를 헤매던 포장마차 여자는 집에 들어갔을 것이었다. 그러고는 100만 원권 수표를 꺼내 살펴보고 있을 것이 틀림없다. 아마 내일 아침에 은행 문이 열리자마자 수표 확인을 하겠지. 조철봉이 침대에 눕자 경윤은 옆에 찰싹 붙었다.

"전화하기도 미안해서 기다리기만 했어."

"요즘 골치 아픈 일이 많아."

경윤의 잠옷을 벗기면서 조철봉이 다시 포장마차를 떠올렸다. 위조수표가 아니라는 말을 들었을 때 여자는 어떤 얼굴을 할까? 알몸이 된 경윤은 조철봉의 손끝이 훑어 내려갔을 때 뜨겁게 달아오르기 시작했다. 같이 살 때에는 이런 적이 없었다는 것을 다시 떠올린 조철봉의 욕정도 배가되었다. 경윤은 이종학과 간통을 할 때 이렇게 금방 달아올랐을 것이었다. 그리고 지금도 그렇다. 이종학과는 법적으로 갈라섰지만 이 여자는 지금 간통하는 느낌인지도 모른다.

"자기야, 해줘."

어느덧 경윤이 두 다리를 벌리고는 조철봉의 어깨를 잡아당기고 있었다.

"못 참겠어."

그러나 조철봉의 애무는 계속되었다. 끝없이 솟아나는 샘물을 끈질기게 마셨을 때 경윤은 영일이를 아랑곳하지 않고 높게 신음을 뱉으며 몸부림을 쳤다. 애무만으로 절정에 오르고 있는 것이다.

인생은 승부의 연속일 뿐이다. 조철봉은 아우성을 치는 경윤의 배에 머리를 박고 눈을 치켜떴다. 지느냐 이기느냐의 싸움일 뿐, 공존 관계는 없다. 절정에 오른 경윤이 온몸을 굳히면서 발가락 끝이 바깥쪽으로 잔뜩 꺾어졌다. 이제 신음은 단말마의 비명으로 변했다. 상반신을 세운 조철봉은 경윤을 내려다보았다. 나는 같은 실수를 반복하지는 않을 것이다. 나는 아무도 안 믿는다.

눈을 부릅뜬 김영복이 고아원에 들어선 것은 오후 3시경이었다. 김영복은 변호사 이호진과 동행이었는데 박희선을 보더니 거칠게 말했다.

"박 총무, 나 좀 봅시다."

희망고아원에서 희선의 공식 직함은 총무인 것이다. 사무실로 따라 들어선 희선이 자리에 앉기도 전에 영복이 탁자 위에 서류를 내팽개쳤다.

"도대체 왜 이런 거요? 이렇게 배은망덕해도 되는 거요?"

"배은망덕이라뇨?"

정색한 희선이 영복을 쏘아보았다. 서류는 보지 않아도 안다. 며칠 전에 시청과 인권단체, 시민단체 등 10여 군데에다 제출한 진정서인 것이다. 이제 영복은 큰일 났다. 아마 지금부터 여러 단체에서 쏟아지는 면담 요청과 항의 방문이나 전화에 도망을 가야 될 것이다.

"제가 거짓말을 했다면 벌을 받겠어요."

희선이 딱 부러지게 말을 이었다.

"저는 증거도 다 갖췄고, 증인도 세울 수 있으니까 회장님도 마음대로 하세요."

"아니, 이 여자가?"

영복이 금방이라도 달려들 것처럼 상반신을 세웠다가 곧 어깨를 늘어뜨렸다. 진정서 내용에 억지나 거짓이 없다는 건 그 자신도 알고 있는 것이다. 진정서에 희선은 영복이 고아원 회장 직함만 가진 채 2년 동안 한 푼도 운영비를 내지 않았다고 썼다. 원생 한 명이 위급한 수술을 받게 되었을 때 영복은 자선단체에 알아보라고만 하고 연락을 끊는 바람에 희선이 간신히 자선단체의 도움을 받아 살려낸 내용도 있다. 영복의 재산이 수백억이 넘는데도 원생들이 경작한 배추를 뽑아 트럭으로 싣고 간 일도 적었다. 그리고 결정적인 내용은 영복이 고아원 부지와 인근 임야를 이용하여 부동산 투기를 노린다는 것이었다.

"내가 언제 이 땅으로 부동산 투기를 하려고 했어?"

버럭 소리친 영복이 주먹으로 탁자를 쳤을 때 사무실 안으로 대여섯 명의 원생이 우르르 들어왔다. 모두 고등학생으로 코밑에 거뭇한 수염이 보이는 놈도 있다.

"왜 선생님한테 소리치는 거야?"

그중 한 녀석이 영복에게 버럭 소리쳤다.

"당신이 뭔데 우리 선생님을 욕해?"

다른 하나가 소리쳤을 때 수염 난 녀석이 영복을 노려보았다. 불량한 눈이었다.

"시청하고 신문사 앞에서 데모할 거야."

녀석이 잇새로 말했다.

"애들 다 데리고 대통령한테도 갈 거야. 우릴 이용해서 네 배만 불렸다고 다 불 거야."

"아니, 이런."

기세가 꺾인 영복의 얼굴이 하얗게 굳기 시작했다.

그때 변호사가 나섰다.

"박 총무, 우선 애들부터 내보냅시다."

"너희들은 나가 있어라."

희선이 말하자 씩씩대던 녀석들이 곧 우르르 나갔다. 영복이 올 경우에 대비해서 머리통이 큰 원생들을 대기시켜 놓은 것이 분명하지만 어쩔 수가 없는 노릇이다.

"박 총무, 우리 그간의 인연을 생각해서라도 문제를 좋게 해결합시다."

변호사가 부드러운 표정으로 말했다.

"이래서 서로 좋을 게 없지 않습니까?"

"이대로 당하고 있을 수만은 없습니다."

머리를 저은 희선의 표정은 단호했다.

"더 이상 참지 못하고 그런 것이니까 결론을 내야겠어요."

"아니, 어떤 결론을 말입니까?"

"고아원 운영에서 손을 떼세요."

"그거야 어렵지 않지요. 지금도 다."

"고아원 부지와 인근 임야를 모두 사회단체에 기부해 주세요."

그러자 영복의 입이 딱 벌어졌다.

김영복이 고아원 근처의 부동산에다 고아원 부지를 포함한 임야까지를 내놓은 것은 나흘 후였으니 그로서는 사흘이 한계였다. 박희선과 헤어진 당장부터 사무실은 물론이고 집, 휴대전화까지 불이 나도록 울렸기 때문이다. 사회단체에다 인권협, 시청, 신문사에서 만나자는 요청이 쇄도했다. 영복은 사흘 동안 도망을 다녀야 했다. 그러다가 그가 결정적인 타격을 받은 것은 사흘째 되는 날 저녁에 집으로 청와대에서 전화가 온 것이었다. 청와대라는 말에 혼비백산하며 속옷까지 적셨는지 마누라가 전화기에 대고 영복에게 악다구니를 했던 것이다.

"빨리 나갈수록 좋소."

부동산 사무소에다 대고 영복이 잇새로 말했다.

"빨리만 나간다면 가격은 조정해줄 거여."

하마터면 영복은 얼마든지 깎아 주겠다고 말할 뻔했다.

"글쎄요, 그것이."

전화를 받은 국제부동산 사장 배동술의 말투가 느려졌다. 저쪽이 급하면 이쪽은 여유를 부리는 것이 부동산 사업가의 상식이다.

"요즘 이곳 같은 벽지에 매매가 일어날 리가 있습니까? 더구나 요즘 경기가."

"가격은 시세보다 내려 주겠다니까."

마침내 영복이 피를 토하는 심정으로 말했다.

"내가 반값으로라도 넘길 거여."

"반값이라도 평당 5천 원씩이면 1억 2천5백인 데다가 고아원 건물과 대지까지 합하면 2억은 되지 않습니까? 누가 그 돈을 이곳 같은 벽지에 쑤셔 넣겠습니까?"

"1억 5천으로 다 넘길 테니까 알아봐요."

전화기를 내려놓은 영복은 이를 악물었다. 싼 가격으로 고아원을 넘겨 버리는 것은 박희선에 대한 앙갚음의 의미도 있다. 그리고 지금은 한시가 급하다. 이놈저놈이 찾기 전에 고아원과 인연을 끊어버려야 하는 것이다. 그렇게 되면 무슨 단체인지 지랄들인지는 닭 쫓던 개가 지붕 쳐다보고 선 꼴이 될 것이었다. 그래서 그날 오후에 1억 5천에 살 임자가 나타났다는 동술의 전화를 받았을 때 영복은 1억 5천짜리 복권에라도 당첨된 것처럼 반가웠다. 갑자기 목표를 잃어버려 낙망한 자선단체나 인권단체, 특히 박희선의 얼굴이 떠오르자 가슴까지 뛰었다. 단숨에 자유로를 달려가 계약을 끝냈을 때 영복은 새삼 자신에게 운이 따른다고 확신했다.

"운이 좋으셨습니다."

영복이 떠나자 동술이 조철봉과 최갑중을 번갈아보며 말했다.

"저 땅을 가만 두면 1년쯤 후에는 사신 가격의 세 배는 됩니다."

"허, 그래요?"

조철봉이 정색하고 동술을 보았다.

"하지만 난 팔 생각이 없습니다."

"아, 그러십니까?"

동술이 건성으로 끄덕였다. 실제로 운이 좋은 것은 오직 자신이라고 속으로 생각하는 중이었던 것이다. 매도 청탁이 오고 나서 반나절 만에 매입자가 나타나 계약을 한 경우는 부동산 경력 22년 만에 처음이다. 반나절 만에 수수료 3백을 챙긴 것이다.

"어쨌든 저 고아원의 주인은 선생님이 되셨습니다."

턱으로 옆쪽 야산을 가리킨 동술이 말했다. 야산 전체와 그 너머의 고아원까지 이제 조철봉의 소유가 된 것이다.

"고아원이 꽤 큰데 가 보셨던가요?"

"지나다가 보았지요."

자리에서 일어선 조철봉과 갑중은 아직도 들떠 있는 동술을 남겨두고 부동산 사무실을 나왔다. 그때 갑중이 정색한 얼굴로 조철봉을 보았다.

"고아원에 들르실랍니까?"

사무실로 들어섰을 때 박희선은 열심히 계산기를 두드리는 중이었는데 이맛살까지 찌푸리고 있었다. 인기척에 머리를 든 희선이 놀라 자리에서 일어섰다.

"갑자기 웬일이세요?"

"아이들 먹이려고 고기를 사왔는데."

조철봉이 턱으로 창밖을 가리켰다. 마침 최갑중이 차에 싣고 온 쇠고기를 원생들과 함께 나르는 중이다.

"쇠고기 70근이면 아이들 배불리 먹일 수 있을까? 한 명당 한 근씩 계산해서 사왔는데."

"많아요."

눈을 크게 떴던 희선이 곧 이를 드러내고 웃었다.

"실컷 먹겠어요."

"필요한 것 있으면 말해요."

희선의 앞에 앉은 조철봉이 눈을 가늘게 뜨고 희선이 펼쳐놓은 장부를 보았다. 수입과 지출을 계산하고 있었는지 숫자가 가득 적혀 있다.

"글쎄, 그것은 시청이나 사회단체에 이야기한다니까요."

이제는 희선의 표정도 밝아졌다.

"신경쓰지 마세요, 쇠고기는 고맙지만."

"내가 고아원 부지하고 땅까지 다 매입했으니까 이 건물도 내 소유가 되었는데."

조철봉이 눈만 깜박이는 희선을 향해 빙그레 웃었다.

"신경 안 쓸 수가 없단 말이오."

"정말이세요?"

정색한 희선이 묻자 조철봉은 머리를 끄덕였다.

"김영복이 팔려고 내놓은 것을 내가 다 매입했습니다."

"그럼 조 사장님이 건물주가 되셨나요?"

"이제 김영복은 이곳과 아무 상관이 없습니다."

"잘 되었네요."

"모두 희선 씨가 애쓴 덕분이지."

"그건 다 애들을 위해서."

"앞으로 희망고아원의 운영자금은 다 내가 냅니다. 단체에 매달릴 필요가 없단 말입니다."

조철봉이 부드러운 눈빛으로 희선을 보았다.

"그러니까 나한테 운영비와 필요한 것을 전부 청구하란 말입니다."

그때 고기를 다 나른 갑중이 사무실로 들어섰다. 희선에게 예의바르게 목례를 하고 난 갑중이 조철봉을 보았다.

"사장님, 일 다 끝났습니다."

"그럼 너 먼저 돌아가."

"사장님은 언제 가시려고."

"난 여기서 오늘 밤 묵고 갈 테니까 내일 아침에 차를 보내."

"여기서요?"

갑중이 눈을 둥그렇게 떴고 희선도 놀라 조철봉을 보았다. 조철봉이 희선에게 물었다.

"내가 잘 방은 있지요?"

"방이야 있지만."

"그럼 오늘 밤 묵으면서 고아원 운영에 대한 상의를 합시다."

희선이 입을 다물었고 갑중은 입맛을 다시더니 조철봉에게 머리를 숙였다.

"그럼 내일 아침 8시까지 차를 보내겠습니다."

갑중이 사무실을 나갔을 때 희선이 조심스럽게 물었다.

"주무시고 가도 돼요?"

"앞으로 자주 묵을 겁니다."

소파에 등을 붙인 조철봉이 주위를 둘러보는 시늉을 했다.

"고향에 온 것 같은 기분이 들어요. 어릴 적 일도 떠오르고."

"제가 저녁 준비할게요."

시계를 본 희선이 서둘러 자리에서 일어섰다. 오후 5시가 조금 넘어 있었다.

"아이들에게 고기를 먹이게 돼 기뻐요."

원생들과 함께 고기를 굽고 고깃국까지 끓여 푸짐한 저녁을 먹고 사무실로 돌아왔을 때는 저녁 8시가 다 되어 있었다. 커피 잔을 든 희선이 사무실로 따라 들어서며 웃었다.

"아이들이 이미 원장이 바뀌었다는 것을 다 알고 있어요."

희선이 눈으로 밖을 가리켰다.

"분위기가 밝죠? 다른 때는 이 시간에 조용했거든요."

밖은 아이들의 떠들썩한 소음으로 가득 차 있었는데 웃음소리가 이곳저곳에서 울렸다. 한 모금 커피를 삼킨 조철봉이 앞에 앉은 희선을 보았다. 바지에 엷은 스웨터 차림의 희선은 오늘도 화장하지 않은 맨얼굴이었지만 생기 띤 표정이다.

"희선 씨는 왜 결혼을 하지 않았지요?"

"제가 결혼하지 않은 것을 어떻게 아셨어요?"

희선이 눈을 둥그렇게 떠 보였지만 곧 얼굴을 펴고 웃었다.

"어쩌다 보니까 이렇게 되었어요. 그런데 조 사장님은요?"

"난 이혼했습니다."

"그러세요."

머리를 끄덕인 희선이 시선을 내렸으므로 조철봉이 말을 이었다.

"하지만 지금도 좋은 관계를 유지하고 있지요. 아이를 전처가 키우고 있어서요."

결론만 말하면 맞는 말이다, 서경윤은 이제 조철봉에게 흠뻑 빠져들어 있는 상황이니까. 조철봉이 희선의 내리깐 눈썹을 지그시 보았다.

"난 고아로 자라서 형제가 없습니다. 그래서 말인데."

마침 희선이 시선을 들었고 눈이 마주쳤다.

"사장님 호칭도 듣기 거북하니까 희선 씨가 나한테 오빠라고 불러 주었으면 행복하겠는데, 어때요?"

"그건 안 돼요."

희선의 눈 밑이 조금 붉어진 것을 조철봉은 놓치지 않았다.

"그럼 조금 더 겪어보고 나서 희선 씨가 결정하도록 하지."

커피 잔을 내려놓은 조철봉이 자리에서 일어섰다.

"우리 산책이나 나갈까? 그 배추밭이 보이는 벤치로."

희선이 잠자코 따라 일어섰으므로 조철봉은 사무실을 나왔다. 가을 저녁의 바깥공기는 서늘했다. 산 밑에 위치해 있어서 이곳은 일찍 해가 지고 기온도 더 낮다. 어느새 어둠에 덮인 고아원 앞마당에는 아이들이 보이지 않았고 건물 안은 환하게 불이 켜져 있었다. 조철봉의 뒤를 따르던 희선이 정문을 나섰을 때 나직이 말했다.

"날씨만 서늘해지면 김장 걱정부터 되었어요. 그래서 배추를 심었는데."

"김영복이 다 가져간 거요?"

"아니, 김장할 분량은 남아 있지만 배추만 있다고 되나요?"

"그런 걱정은 지금부터 안 해도 돼."

걸음을 멈춘 조철봉이 다가선 희선을 부드러운 시선으로 보았다. 양념거리 장만이 아니라 김치 공장을 세워줄 수도 있는 것이다. 다만 그것이 실버타운에 공급할 물량이 되어야만 한다.

"희선 씨가 어떤 꿈이 있다면 마음 놓고 펼칠 수도 있어."

희선이 다시 시선을 내렸으나 조철봉은 차분하게 말을 이었다.

"이것도 사업이야. 의욕만 가지고는 어렵다는 걸 희선 씨도 잘 알고 있을 거야."

어둠에 덮인 벤치로 다가가 나란히 앉았을 때 희선은 어깨를 움츠렸다. 이쪽은 더 서늘했기 때문이다. 저고리를 벗어 조철봉이 희선의 어깨 위를 덮었다.

"싫어요."

했지만 희선은 조철봉이 저고리를 세게 누르자 곧 가만있었다. 그 순간 둘의 숨소리까지 들릴 만큼 주위는 조용해졌다.

"사람 인연이라는 것이 참 묘하지."

한동안이 지나서야 조철봉이 정적을 깨뜨렸다.

"우연히 이곳을 찾았다가 희선 씨를 본 순간부터 내 인생이 달라진 느낌이야."

그러고는 조철봉은 소리 없이 웃었다.

"내가 고아원의 소유주가 될 줄은 전혀 상상도 하지 못했어."

"좋은 일 하신 거예요."

희선이 앞쪽을 본 채 말했다.

"후회하지 않으실 거예요."

"당연하지."

팔을 뻗친 조철봉이 희선의 어깨를 감싸 안았다.

"희선 씨를 이렇게 만나게 되었는데 어떤 것도 아깝지가 않아."

희선이 가만히 있었으므로 조철봉은 팔에 힘을 주어 당겨 안았다. 다시 주위에 정적이 찾아왔고 풀벌레 소리만 귀를 울렸다. 희선은 한쪽 볼을 조철봉의 가슴에 붙인 채 고르게 숨을 뱉었다. 어두워서 표정은 보이지 않았지만 상반신이 굳어 있다는 것이 느껴졌다.

"나는 한 번도 진정한 사랑을 해본 적이 없어."

조철봉이 다시 입을 열었다.

"이제까지 나는 이용만 당해왔어. 그래서 앞으로는 그렇게 살지 않으려고 해."

희선이 눈을 깜박이는 것이 셔츠의 촉감으로 느껴졌다. 길게 숨을 쉰 조철봉이 말을 이었다.

"착하게, 원칙대로 사는 사람들이 바보 취급을 당하고 손해를 보는 세상이야. 앞으로 나는 그렇게 살지 않을 거야."

"추워요."

희선이 속삭이듯 말했으므로 조철봉은 머리를 숙였다. 그러고는 희선의 반듯한 이마에 입술을 붙였다. 희선의 이마는 찼다. 어둠 속이었지만 희선의 눈동자가 드러났고 다시 얼굴을 붙인 조철봉의 입술이 내려왔을 때 희선은 눈을 감았다. 희선의 입술에서는 오렌지 맛이 났다. 입술 안은 따뜻했고 조철봉의 입술이 헤집고 들어서자 입이 벌어졌다. 조철봉은 망설이는 희선의 혀끝을 찾아내어 입안으로 끌어들였다. 곧 저항을 푼 희선의 혀가 길게 조철봉의 입안으로 들어왔다. 조철봉의 혀는 희선의 혀를 감고 문질렀으며 곧 갈증 난 듯 빨아들였다. 어느덧 희선의 두 팔은 조철봉의 허리를 부둥켜안고 있었다.

"이제 그만."

겨우 얼굴을 뗀 희선이 헐떡이며 말했을 때 조철봉은 선선히 머리를 끄덕였다.

"그래, 희선이가 원한다면."

상반신을 세운 조철봉이 이제는 정색하고 희선의 볼을 감싸 안았다. 희선이 얼굴을 맡긴 채로 가만히 조철봉을 보았다.

"희선이 마음이 열릴 때까지 기다릴게."

희선이 시선만 내렸으므로 다시 조철봉은 입술을 붙였다가 떼었다.

"나도 우리 인연을 오래 간직하고 싶어, 죽는 날까지."

그러자 희선이 머리를 끄덕였다.

"그래요."

"춥다, 들어가자."

조철봉이 자리에서 일어섰을 때 희선이 저고리를 건네주었다.

"어서 입으세요."

그러고는 이를 드러내고 웃었다.

"추웠지요?"

"아니, 열이 나서 견딜 만했어."

"방은 따뜻하니까 괜찮아요."

"애들 방 기름 걱정은 마, 내가 어렸을 적 고아원 생활은 방이 추웠던 기억밖에 없어."

다가선 희선이 조철봉의 손을 잡았다.

"자꾸만 불안해요."

"왜?"

희선이 조심스러운 시선으로 조철봉을 보았다.

"요즘 꿈을 꾸고 있는 것만 같거든요."

"지금 나오려는 것 같습니다."

나준석의 다급한 목소리가 수화구를 울렸다.

"오늘 풀려나는 사람은 다섯 명이라니까 금방 잡을 수가 있습니다."

"놓치지 마라."

전화기를 귀에 붙인 채 박만기가 손목시계를 보았다. 오후 3시 반이다. 민유진은 집행유예 2년을 언도받고 오늘 출감하는 것이다. 구치소 앞에서 세 시간 전부터 대기하고 있는 준석의 흥분된 목소리가 다시 이어졌다.

"나옵니다."

만기는 크게 심호흡을 했다. 유진을 나오는 즉시 잡아 다그치면 10분도 안 되어 빼돌린 돈을 토해낼 것이었다. 잡기만 하면 된다. 전화기를 고쳐 쥔 만기는 차창 밖으로 구치소 정문을 보았다. 정문 앞에는 수십 명의 남녀가 모여 있었는데 모두 석방되는 사람들의 가족일 것이다. 그

속에 준석과 5명의 부하가 섞여 있는 것이다.

"어때? 아직 안 나왔어?"

짜증이 일어난 만기가 물었을 때 준석이 당황한 듯 더듬거렸다.

"사장님, 잠깐 제가 알아보고 다시 연락드리겠습니다."

그러고는 전화가 끊겼으므로 만기는 이맛살을 찌푸렸다. 길 건너편에 차를 세워두고 있어서 이쪽에서도 구치소를 나오는 사람들이 환히 보였지만 모두 남자였던 것이다. 준석이 허겁지겁 정문 쪽으로 다가가더니 시야에서 사라졌다. 여자라서 늦게 내보내는지도 모른다. 만기가 스스로 위로했다. 여우 같은 유진이 밖에서 기다리고 있는 것을 모를 리가 없는 것이다. 그래서 눈치를 살피면서 안에 숨어 있을지도 모른다. 그러나 이미 독 안에 든 쥐다. 나올 구멍은 이곳밖에 없다. 그때 휴대전화가 다시 울렸으므로 만기는 서둘러 귀에 붙였다.

"사장님, 접니다."

준석의 떨리는 목소리가 수화구를 울렸을 때 만기는 온몸이 싸늘해지는 것을 느꼈다. 심상치 않은 예감이 일어난 것이다.

"사장님, 두 시간 전에 그, 그 여자가 구급차에 실려 병원으로 갔답니다. 저도 그 차를 보았는데."

이를 악물고만 있는 만기의 귀에 준석의 잔뜩 겁에 질린 목소리가 이어졌다.

"대한병원이라고 하는데요. 제가 지금."

만기는 차분한 동작으로 휴대전화를 접어 내려놓았다. 끝났다.

그 시간에 조철봉은 최갑중과 함께 인천공항의 주차장을 빠져나오고 있었는데 유진이 탄 비행기가 이륙하는 것까지 확인하고 나온 참이다. 유진은 일단 인천에서 가장 가까운 중국에서 두어 달을 지내다가 프랑스로 건너갈 예정이었다.

"후련하군요."

고속도로에 들어섰을 때 갑중이 백미러를 보고 말했다.

"떠나는 사람의 표정이 밝아서 더 개운합니다."

"그 여자 소원대로 외국에서 왕비처럼 살겠지."

쓴웃음을 지은 조철봉이 좌석에 등을 붙였다. 유진의 요구대로 돈은 외국은행에 예치시켰으니 외국에서 마음대로 빼 쓸 수가 있을 것이었다. 유진이 석방되기 직전에 쓰러져 응급차에 실려서 나올 때가 가장 위험했지만 정문 앞에서 기다리던 만기의 부하들은 눈치를 채지 못했다. 만일 탄로가 날 것에 대비해서 갑중은 경호회사 직원 10명을 정문에 대기시켰다가 돈만 지급하고 돌려보냈다. 유진은 구급차가 병원에 도착하자마자 차를 바꿔 타고 공항으로 온 것이다. 석방된 길이니 누가 말리겠는가? 조철봉은 눈을 감았다. 이것으로 민유진의 일은 끝났다.

조철봉이 회사로 돌아왔을 때는 오후 5시 반이 되어 있었는데 기다리고 있던 양경수가 사장실로 따라 들어섰다. 베트남 출장에서 돌아온 경수는 중고차 판매에 열중하는 중이다. 판매 대리인도 선정해 놓은 데다 수출팀도 보강시켜서 경수는 눈빛만 보아도 의욕이 넘쳤다.

"사장님, 전일중고차 강 사장하고 계약을 끝냈습니다."

경수가 생기 띤 목소리로 말했다. 중고차 매매상인 강 사장은 한국에서 중고차를 모으는 역할을 하게 되는 것이다. 이로써 시스템은 다 구비되었다.

"강 사장이 인사를 드린다고 지금 기다리고 있습니다만."

"모셔와."

"알겠습니다."

서둘러 방을 나간 경수가 곧 40대 중반쯤의 건장한 사내와 함께 들어섰다. 중고차 매장에 가면 수십 명의 매매상이 진을 치고 있는데 모두 차에 대해서는 일가견이 있는 데다 각종 서류, 법적 문제에다 은행 업무까지 두르르 꿴다. 그들의 영업 능력은 거대 자동차회사의 영업사원보다 나으면 나았지 뒤지지 않는 것이다. 인사를 마치고 자리에 앉았을 때 강 사장이 웃음 띤 얼굴로 조철봉을 보았다.

"제가 자금 능력만 있었다면 직접 수출을 했을 것입니다."

"당연하지요."

조철봉이 따라 웃었다. 그러나 자금만 있다고 되는 것도 아니다. 마진율이 적은 데다 드문드문 수출을 하게 되면 행정업무에 진이 빠져버리는 것이다. 강 사장이 말을 이었다.

"한 달에 50대는 자신 있습니다. 지켜봐 주십시오."

"강 사장님 능력을 믿습니다."

화답한 조철봉이 얼굴을 펴고 웃었다. 현지 대리점의 주문에 따라 트럭에서부터 버스, 중·소형차까지 맞추는 일이 강 사장의 몫이었다. 자금은 오성자동차 서비스에서 댈 테지만 주문에 맞추는 작업이 제일 중요한 것이다. 강 사장이 정중한 대접을 받고 사무실을 나갔을 때 조철봉이 정색하고 경수를 보았다.

"지금은 강 사장과 같이 일하지만 곧 우리 스스로 중고차를 확보해야 돼. 그래야 마진폭이 늘어난다."

"알고 있습니다."

"그러고 나서 현지 판매도 우리가 직접 맡아야 해."

그렇게 되면 판매 마진까지 갖게 되는 것이다. 국내 시장은 수요보다 공급이 초과되어 피를 말리는 제 살 깎아먹기 경쟁이 시작된 지 오래였다. 그래서 갖가지 수단이 개발되었지만 시장 한계가 있는 터라 별무신통이 되는 경우가 많았다. 신입사원을 대거 뽑은 오성자동차 서비스는 아직도 적자 운영 상태였고 활로를 수출에서 찾으려는 것이다.

퇴근시간이 되었을 때 조철봉은 박희선의 전화를 받았다. 희선이 사무실로 전화를 해온 것은 처음이었으므로 조철봉의 가슴은 뛰었다. 이것은 아주 드문 현상이다.

"웬일이야?"

조철봉이 묻자 희선은 주저하며 말했다.

"아이 하나가 교통사고를 당했어요. 학교에서 오다가 뺑소니를 당했는데."

"저런."

"지금 응급실에 있는데 수술을 해야 돼서요. 그런데….."

"그래서?"

"저, 돈이….."

"이런."

눈을 치켜뜬 조철봉이 자리에서 일어섰다.

"거기 어디야? 내가 지금 갈 테니까."

"고양시 성모병원인데요."

서둘러 사무실을 나오던 조철봉은 이제는 고아원 원장이 다 되었다고 생각했다.

조철봉이 병원에 도착했을 때는 그로부터 한 시간쯤 후인 7시경이었다. 병원의 현관 앞에는 이미 최갑중이 기다리고 있었는데 조철봉의 연락을 받고 먼저 달려와 수속을 끝낸 것이다. 차에서 내리는 조철봉의 앞으로 갑중이 다가와 섰다.

"지금 수술 중입니다."

조철봉이 대답 대신 주위를 두리번거리자 갑중은 혀를 찼다.

"희선 씨는 수술실 앞에 있습니다."

그러더니 갑중이 병원 안으로 들어서려는 조철봉의 옷깃을 당겨 멈춰 세웠다.

"형님, 이게 무슨 꼴입니까?"

"무슨 꼴이라니?"

"우리가 지금 뭘 하고 있느냔 말씀입니다."

"병원 앞에서 이야기하고 있잖아, 인마."

"고아원 원장 노릇만 하실랍니까?"

그러자 조철봉이 눈을 치켜떴다.

"머릿속에 단단히 박아둬라. 박희선은 희망타운의 대표다."

"희망타운이라니요?"

"희망고아원은 헐어버리고 1만 평 대지에 실버타운이 건설된단 말이다."

"허가가 났습니까?"

눈을 둥그렇게 뜬 갑중이 묻자 조철봉은 정색하고 머리를 끄덕였다.

"해당 지자체에서 적극 지원하겠다는 약속을 받았다."

"그렇다면."

"사회사업가로 기반을 굳힌 박희선의 얼굴이 필요하지. 물론 나는 실소유주로 박희선을 조종할 것이고."

"그렇군요."

"당분간 너도 희망고아원의 개가 아프다는 연락이 오더라도 방울 소리를 내며 달려가야 된다."

"고아원에 개는 없던데요."

"실버타운이 건설되면 투자금의 다섯 배는 남는단 말이야. 정신 똑바로 차려."

"예, 형님."

수술실 앞에 앉아 있던 희선은 조철봉을 보자 반색을 했다. 희선의 옆에는 고아원의 머리 큰 아이 서너 명이 붙어 있었는데 조철봉을 보자 일제히 허리를 굽혀 절을 했다. 조철봉이 정색하고 인사를 받더니 갑중을 돌아보았다.

"애들이 아직 저녁을 안 먹었을 거야. 최 이사가 데리고 가서 밥 먹어."

"예, 사장님."

아주 성실한 표정이 된 갑중이 고등학생으로 보이는 원생들을 재촉하더니 곧 시야에서 사라졌다.

"고마워요. 그리고 죄송해요."

그때서야 희선이 겨우 인사를 했다.

"바쁘실 텐데 그냥 사람만 보내시지."

"애는 어때?"

"생명에는 지장이 없다고 했어요. 다리를 다쳤으니까 수술도 어렵지는 않대요."

"그렇다면 수술 끝나고 병실에 입원시키고 나면 희선이하고 둘이 있을 수가 있겠구나."

수술실 앞에는 둘뿐이었지만 조철봉은 목소리를 낮췄다.

"병실에 간병인을 배치시켜놓고 희선이는 나하고 외출하도록 하지."

"어디로요?"

"모처럼 바깥 구경을 시켜주려는 거야. 희선이는 따라만 오면 돼."

"그래도."

희선은 시선을 내리더니 머리를 끄덕였다.

"멀리 가지는 말아요, 그럼."

희선은 이제 조철봉을 완전히 의지하고 있는 것이다. 수술실 앞 벤치에 희선과 나란히 앉은 조철봉의 입에서는 저절로 만족한 숨이 길게 뿜어져 나왔다. 희선은 조철봉과 어깨가 닿았지만 떨어지려고 하지 않았다.

임진각 근처의 샛길에서 차를 세웠을 때 희선이 머리를 돌려 조철봉을 보았다. 전조등은 껐지만 계기판의 불빛을 받은 희선의 눈동자가 또렷하게 드러났다.

밤 10시 반이 되어가는 시간이라 주위는 짙은 어둠에 덮였고 위쪽의 자유로를 달리는 차량의 엔진음만 가끔씩 들려올 뿐이다. 조철봉의 시선과 마주쳤을 때 희선은 곧 눈썹을 내렸는데 긴장하고 있는 것이 역력히 드러났다. 온몸을 굳히고는 손끝 하나 까닥이지 않는다.

곧 조철봉은 희선의 숨소리도 들었다. 스웨터 차림인 희선의 아랫배가 미세하게 오르락내리락하는 것이 그 흐린 불빛 아래에서도 드러났다. 차 안에는 한동안 정적이 덮였는데 그것은 조철봉이 의도적으로 조장한 것이었다. 희선은 차츰 숨이 막혀가는 것 같은 기분이 되어갈 것이다.

지금 인적 없는 샛길에서 철통보다 더 단단한 차 안에 둘이 함께 있는 것이다. 더구나 주위는 짙게 어둠이 덮여 둘만의 상황이 더욱 강조되었다. 이런 때 사랑 타령을 늘어놓아 소음을 일으킬 조철봉이 아니다. 정적이 곧 대사이며 미세한 둘의 숨소리는 배경음악인 것이다.

또한 이런 때 어설픈 터치로 쓸데없는 프리 드로를 먹을 조철봉이 아니다. 조철봉은 숨소리를 내며 기다렸다. 시선을 앞쪽의 어둠 속으로 향한 채 등을 의자에 붙이고는 여유 있게 기다렸다. 만일 희선이 이 상황에서 난데없이 입을 열어 돌아가자는 등 분위기를 깬다면 그 수준에 맞는 행동으로 대응하면 된다.

시간이 지날수록 조철봉은 희선의 숨결이 빨라지는 것을 알 수 있었다. 불과 몇 분밖에 지나지 않았지만 희선은 긴 시간으로 느껴졌을 것이다.

그러나 조철봉은 끈질기게 기다렸다. 지금까지 공을 들인 것이 제대로 흡수가 되었다면 희선의 불안과 초조감은 곧 기대감으로 바뀔 것이었다. 다시 시간이 지났고 차 안의 공기는 더 뜨거워졌다. 희선은 2분도 안 되는 사이에 세 번째 마른 침을 삼켰는데 발과 손, 그리고 어깨까지 조금씩 꼬무락거리기 시작했다.

이제 거의 다 전염이 된 것이다. 말도 글도 다 필요 없다. 이런 분위기에서는 쌍방이 열기를 발산만 함으로써 과정은 자연스럽게 생략될 수가 있다. 희선이 네 번째 마른침을 삼키고 났을 때 조철봉은 팔을 뻗어 희선의 어깨를 끌어당겼다. 희선이 기다렸다는 듯이 허물어져 왔고 곧 얼굴이 포개졌다. 조철봉의 입술이 덮쳐왔을 때 희선은 입을 열어 혀를 내주었다. 조철봉은 먼저 신음을 뱉었다. 이것은 아직도 남아 있을지도 모르는 희선의 긴장과 수줍음을 위한 전주곡이나 같다.

희선에게 따라 부르라는 선도자의 선창도 된다. 희선이 옅게 신음을 따라 내었을 때 조철봉은 그 와중에도 입술 끝을 비틀고 웃었다. 조철봉은 희선의 혀를 빨면서 여유 있게 희선의 바지를 벗겨 내었다. 희선이 잠깐 몸을 비틀었지만 조철봉이 한 번 강하게 바지를 내리자 곧 힘을 풀었다. 이제 희선은 스웨터에 팬티 차림이 되었다.

운동화는 어느 틈에 벗겨졌는데 한쪽 발에만 양말이 신겨져 있다. 조철봉은 희선을 안은 채로 바지와 팬티를 벗어 내리고는 희선을 안아 자신의 배 위에 올려놓았다. 그러고는 운전석을 뒤로 끝까지 밀었을 때 희선이 아랫입술을 물고 조철봉을 내려다보았다.

"싫어요."

"왜? 위가 싫어?"

그러면서도 조철봉이 희선의 팬티를 차분하게 벗겨내었다.

"난 잘 못해, 그래서."

희선이 조철봉의 위에서 몸을 숙이면서 말했다. 귀에 닿는 희선의 숨결이 뜨거웠다.

조철봉은 허리를 틀어 희선의 몸과 합쳤다. 희선이 엷은 신음을 뱉으면서 가만있었으므로 조철봉은 스웨터를 아래에서 위로 벗겨냈다. 그러는 동안에도 희선은 움직이지 않았다. 그러나 희선의 샘은 뜨거웠으며 이미 넘쳐나고 있었다. 조철봉이 신음처럼 말했다.

"네 몸은 아름답다."

희선의 브래지어를 풀어 내리자 적당한 크기의 젖가슴이 눈앞에 가득 찼다.

"이렇게 멋진 몸은 처음이야."

그때서야 희선이 허리를 움직이기 시작했는데 가쁜 숨소리에 섞인 신음이 점점 높아지기 시작했다. 그러나 희선은 말대로 서툴렀다. 자극에 달아올라 고조되어 가면서도 멈췄다가 엎드리는 바람에 리듬이 자주 흐트러졌다. 조철봉은 희선의 젖가슴을 애무하면서 다시 기다리기 시작했다. 이런 경우에는 희선에게 맡기는 것이 낫다고 판단했기 때문이다. 서투른 상대를 리드한답시고 자기위주로 치달아 간다면 잘못되기 십상이다. 운동회 때 아이하고 어른이 한 발씩 묶고 달릴 적에는 아이 걸음에 맞춰야 잘 나가는 것이다. 희선이 엎어졌다 일어서기를 반복하면서도 절정으로 올라가기 시작했다. 조철봉은 아직도 선창을 계속하고 있었는데 희선은 이제 답창을 더 크게 외쳤다. 희선의 젖가슴과 배에 땀이 맺히면서 차 안은 외침과 몸부림으로 가득 찼다. 그러고는 마침내 희선이 절정에 닿으면서 비명을 질렀다. 조철봉의 몸 위에 웅크린 채 마음껏 신음을 토해낸 것이다. 희선을 감싸 안은 조철봉은 머리만 틀고 차 앞쪽에 붙은 전광시계를 보았다. 5분 25초밖에 걸리지 않았다. 만일 조철봉이 리드를 했다면 희선의 반응에 맞추느라 시간과 체력이 훨씬 더 소모될 가능성이 많았을 것이다. 희선을 안은 채 조철봉은 다시 애무를 시작했다.

"나 이렇게 좋았던 때가 처음이야."

조철봉이 엉덩이를 쓸며 말했을 때 신음만 뱉던 희선이 숨을 멈췄다.

"정말?"

"그럼 왜 거짓말을 하겠니?"

"난 정말 처음이야."

희선이 조철봉의 몸에 빈틈없이 붙으면서 말했다.

"이렇게 좋은지 몰랐어."

"그럼 항상 네가 위에서 해."

"싫어."

머리를 저은 희선이 다시 여운을 느낀 듯 몸을 비틀었다. 정상위로 진행했던 것보다 두 배는 더 효과가 있었다고 조철봉은 자위했다. 희선은 조금 전에 자신이 대포를 발사하지 않았다는 것도 모르는 숙맥인 것이다. 그래서 아직 남성이 그대로 있었으므로 조철봉이 희선에게 물었다.

"다시 해줄까? 이번에도 그대로 할래?"

30분쯤 지난 후에 조철봉은 차를 몰아 자유로로 들어섰다. 희선은 옆자리에 머리를 기대고는 눈을 감고 있었는데 온몸이 의자에 딱 붙었다. 반대편에서 비치는 차량의 전조등이 스치고 갈 때마다 조철봉은 희선의 얼굴을 보았다. 눈을 감고 있어서 표정은 드러나지 않았지만 입술 끝이 조금 올라가 있다.

"희선아."

앞쪽을 향한 채 조철봉이 낮게 부르자 희선이 눈을 떴다.

"응?"

"좋았니?"

"응."

그러고는 희선이 조철봉을 향해 몸을 돌려 앉았다. 돌아누웠다는 표현이 맞을 것이다. 스치고 지나는 불빛에 희선의 생기 띤 얼굴이 드러났다.

"나 행복해."

그 말에 조철봉은 희선이 숙맥이라는 것을 다시 확인했다.

저녁 무렵, 조철봉이 컴퓨터의 전원을 끄고 벽시계를 올려다 보았을 때 양경수가 사장실로 들어섰다.

"사장님, 가실 시간이 되었습니다."

머리를 끄덕인 조철봉은 자리에서 일어섰다. 오늘은 중고차 매매상인 강병도가 술을 한잔 사겠다고 초대를 한 것이다. 계약을 한 후로 벌써 여러 번 초대를 받았지만 차일피일 미루다가 오늘로 약속이 정해졌다. 회사를 나올 적에 경수가 조철봉의 차를 운전했다. 룸살롱으로 직행하는 터라 술을 마시고 나서 대리운전을 시킬 작정이었다. 압구정동의 룸살롱으로 향하면서 경수가 백미러를 향해 말했다.

"강 사장 능력은 뛰어납니다. 벌써 이번 달 주문량을 채워 놓았습니다."

베트남의 판매 대리인이 이번 달 주문한 차량은 모두 55대였는데 차

종이 버스에서 트럭까지 8종이나 되었다. 그런데도 강병도는 보름 만에 주문량을 채운 것이다. 경수가 말을 이었다.

"베트남 대리인은 다음 달에 주문량을 1백 대 정도로 늘린다고 합니다."

그만하면 상당한 물량이다. 매출액이 5억 가깝게 될 것이고 순이익이 2천5백 정도 된다. 물론 강병도는 공식 수수료 2천5백에다가 비공식으로 남는 이익이 그 배는 될 것이다. 중고차 구입가격을 적정가보다 후려쳐서 싸게 들여오면 그만큼 제 몫이 되기 때문이다. 그들이 룸살롱 현도에 도착했을 때는 저녁 7시 반이었고 이미 강병도는 룸에서 기다리고 있었다.

"어서 오십시오, 사장님."

반색을 하며 일어서는 병도의 얼굴에는 술기운이 번져 있었다. 탁자에는 벌써 고급 양주와 안주가 가득 놓였고 아가씨가 시중을 드는 중이었다.

"요즘은 일찍 예약하고 들어와야지 늦으면 아무리 끗발이 높아도 찬밥이 되거든요."

물이 좋은 곳에서는 그렇다는 말이다. 아니나다를까 마담이 득달같이 달려오더니 분주하게 인사를 하고 나서 데려온 아가씨들의 미모는 뛰어났다. 조철봉도 눈을 크게 뜰 정도였으니 룸살롱 출입이 전무하다시피 한 경수는 긴장으로 몸이 굳어져 있었다. 오늘은 조철봉이 주빈이어서 상석에 앉은 다음 아가씨 중에서도 제일 상급이 파트너가 되었는데 마담은 자신이 있는지 마음에 드느냐는 등 인사치레도 하지 않았다. 병도는 단골인 모양으로 떠들썩하게 이것 시키고 저것 물으면서 분위기를 이끌었다. 술좌석에서 이런 유형은 꼭 필요하지만 대개 실속은 없다. 분위기를 이끄는 사이에 제 파트너를 놓치는 경우가 종종 있는 것이다. 술잔을 서너 번 돌렸을 때 조철봉은 문득 옆에 앉은 아가씨가 안주도 제대로 챙겨주지 않는다는 것을 깨달았다. 그저 병도의 농담에 웃고 묻는 말에 대답하고는 있었지만 옆에 앉아 있으면서 몸도 닿지 않는다. 머리를 돌린 조철봉은 옆에 앉은 아가씨를 차분하게 보았다.

긴 생머리는 어깨까지 풍성하게 내렸는데 앉아 있는 모습이 어깨와 가슴, 그리고 허리의 선까지 그림처럼 고왔다. 말할 것도 없지만 이목구비도 어느 곳 하나 흠이 없는 미인이다. 긴 속눈썹은 모조가 아니었으며 웃음 띤 표정도 자연스러웠다. 조금 전에 소개할 때 23세에 이름이 문현이라고 했다. 외자 이름이다. 조철봉의 시선을 받은 아가씨가 머리를 돌려 정면으로 마주보았다. 여전히 얼굴에는 웃음기가 떠올라 있다.

"왜 그렇게 보세요?"

아가씨가 맑고 부드러운 목소리로 물었을 때 조철봉의 가슴이 이글거리기 시작했다. 너무 자신만만하게 보이는 것이다.

"응, 그냥 이뻐서."

조철봉은 시선을 돌렸다. 사기꾼은 저마다의 특성이 있다고 알려졌지만 단수가 높을수록 당연히 일반인과 똑같아지며 아주 고단수가 되면 존경받는 인격체로 보인다. 그리고 그 정점의 경지에는 자신이 치는 사기가 진실이며 선이라고 확신하는 인격이 형성되는 것이다. 그러나 조철봉의 경지는 조금 달랐다. 조철봉은 자신이 사기꾼이라는 의식이 분명했던 것이다. 초보 사기꾼의 일반적인 특성을 꼽으라면 자신의 주변을 과장하는 것이다. 사업한다면서 은행지점장 이름을 제 집 개처럼 부르거나 고위 공직자와의 친분을 과시하는 인물이면 한 번쯤 뒤를 캐 볼 만하다.

중급 사기꾼쯤 되면 그런 과시는 하지 않는다. 어느 정도 사기의 기반을 닦아놓은 터라 여유를 부리며 자연스럽게 역량이 드러나도록 공작을 한다. 그러다가 가능성이 없으면 손을 터는데 피차 손해가 적다. 그리고 고급 사기꾼은 저절로 주위에 군상이 꼬이는 인격체인 경우가 많다. 따라서 사기도 피해자가 나서서 당하는 경우가 많으며 마지못한 듯 움직이는 터라 피해자는 하소연도 못 한다.

조철봉은 다시 지그시 문현의 옆모습을 보았다. 사기꾼의 관점에서 보면 문현은 중급 수준이다. 그리고 앞쪽에서 아직도 떠들고 있는 병도는 초급이다. 그렇다면 나는 어느 수준인가? 그때 문현이 머리를 돌리고는 조철봉을 보았다.

"제가 마음에 들지 않으세요?"

이미 옆에 앉혀 놓고 술잔을 대여섯 잔이나 돌린 상황에서 여자가 먼저 이렇게 묻는 것은 자신이 만만하다는 의미였다. 얼굴은 지금도 웃고 있었지만 싫다면 당장 가겠다는 뜻이기도 하다. 조철봉이 천천히 얼굴을 일그러뜨리며 웃었다.

"너는 사고로 죽은 내 여동생하고 눈과 입이 꼭 닮았다."

거짓말이다. 그 말에 눈을 크게 떴지만 문현도 그 말을 다 믿지는 않는 것이 분명했다. 조철봉이 말을 이었다.

"5년 전에 신문에 났을 거야. 비행기가 추락했을 때 말이야."

"아아."

5년 전에 비행기가 추락한 것은 사실이다. 사기는 사실에 바탕을 두어야 신빙성이 짙어진다. 비행기 추락사고로 그때 죽은 여자가 어디 하나둘인가? 문현의 얼굴에 웃음기가 가셔졌다. 그러나 아직 감동은 일어나지 않았다.

"아까 꼭 닮았다는 말은 거짓말이야. 그냥 문득 걔 생각이 났을 뿐이야."

조철봉이 불쑥 말을 덮었을 때 문현의 눈빛이 더 흐려졌다. 거짓말을 거짓말이라면서 덮는 수법은 진실성을 보여주는 효과가 있다. 그러나 자주 쓰면 진짜로 거짓말쟁이처럼 보인다. 문현이 처음으로 땅콩 안주를 집더니 앞쪽 접시에 놓아주었다.

"안주 좀 드세요."

이것으로 소기의 성과는 달성되었다. 자신이 마음에 들지 않느냐고 문현이 승부수를 던졌을 때 가부를 선택해야 되는 기로에서 그냥 보낸다면 이쪽이 패한 꼴이 될 것이다. 우선 주저앉게 만드는 데는 성공했다. 팁 주고 앉히는데 자존심 상하게 무슨 그따위 수작까지 하느냐고 묻는다면 아주 재미없게 인생을 사는 것이 된다. 그럴 바에는 아예 퇴폐 이발소에 가서 얼굴에다 수건을 덮은 채로 일을 치르는 게 낫다.

"전 여기 나온 지 한 달 되었어요."

문현이 묻지도 않았는데 나직하게 말했다.

"그래서 아직 서툴러요. 이해해 주세요."

머리를 끄덕인 조철봉이 문현에게 술잔을 건네주었다. 서툴기는 하다. 하지만 이런 수작이 손님에게 신선하게 보이는 가장 쉬운 방법인 것이다.

"이차 나가시죠."

양주를 두 병 비우고 났을 때 병도가 당연한 코스라는 표정으로 말했다.

"다 이야기해 놓았습니다."

그때 당황한 경수가 헛기침을 했다.

"사장님, 저는."

"아, 그럽시다."

조철봉이 경수의 말을 자르고는 문현을 돌아보았다.

"마담 들어오라고 해."

문현이 방을 나가자 조철봉은 웃음 띤 얼굴로 경수를 보았다.

"준비 다 하셨다는데 뺀다면 위선이지. 그리고 너만 혼자 가도록 할 수는 없어."

"저는 괜찮습니다."

"사양하지 마라."

그때 문현을 앞세우고 마담이 들어섰는데 이미 이야기를 들은 듯 먼저 말했다.

"그럼 애들 옷 갈아입히겠습니다."

"이차 계산은 내가 할 테니까."

조철봉이 지갑을 꺼내어 내밀었다.

"여럿 있는데 실례니까 마담이 밖에서 이차비 빼내 가."

"아니, 사장님."

정색한 병도가 손까지 저었지만 조철봉의 강한 눈빛을 받은 마담이 끄덕였다.

"알겠습니다."

마담이 아가씨들을 데리고 밖으로 나갔을 때 병도가 술기운으로 붉어진 얼굴을 들고 조철봉을 보았다.

"사장님은 능력 있으시다고 소문이 났더군요. 거래하게 되어서 영광입니다."

어떤 능력인지는 알 수 없었지만 조철봉은 얼굴을 펴고 웃었다.

"저도 마찬가지입니다."

술을 마시면 본색이 드러난다는 말은 과장된 표현이다. 술에 취할수록 연기력이 늘어나는 상대도 있는 것이다. 병도는 술이 센 것처럼 들이켰지만 거의 다 발밑에 놓은 양동이에 버렸다. 옆에 앉은 파트너와 미리말을 맞춘 모양으로 병도가 잔을 받으면 파트너는 엽차를 다른 술잔과바꿔치기를 한 것이다. 병도는 사기꾼이다. 본색을 숨기고 연기력도 떨어지는 초급이다. 그때 마담이 아가씨들을 인솔하고 들어섰는데 분위기가 바뀌었다. 손님 접대용으로 입은 옷은 대개가 짧은 스커트의 선정적인 차림이었지만 지금은 모두 바지에 간편한 재킷이나 스웨터를 입었다. 문현은 진바지에 긴팔 블라우스 차림이었다.

"여기 지갑 받으세요."

마담이 조철봉에게 지갑을 건네주며 눈웃음을 쳤다. 예의상 얼마를빼내었는지를 말하지 않았지만 지갑에 든 백만 원권 수표 30여 장은 보았을 것이다.

유치한 수단이긴 하나 이런 분위기에는 백 마디의 말보다 더 효과가있는 것이다.

사장 회장 명함을 백 장 뿌리는 것보다도 더 강한 인상을 받게 된다.

밖으로 나왔을 때 문현이 조철봉의 팔을 끼더니 낮게 말했다.

"제 집으로 가요. 호텔비 쓰실 것 없어요."

"그럴까?"

대리운전 기사가 대기하고 있었으므로 그들은 병도, 경수와 헤어져 차에 올랐다. 문현의 집은 원룸 하우스로 상도동이라고 했다.

"강 사장은 현도에 자주 들르나?"

차가 속력을 내자 조철봉이 생각난 듯 물었다. 그러자 예상했던 답이 돌아왔다.

"모르겠어요. 온 지 얼마 안 되어서."

이차비를 빼고도 오늘 밤 매상이 3백은 나왔을 것이었다. 이런 곳에 자주 들른다면 아주 특별한 부류이다. 그때 문현이 조철봉의 어깨에 상반신을 기대었다.

"오빠는 알아요?"

"뭘?"

"내가 지금 처음 이차 간다는 것."

조철봉은 머리를 끄덕였다. 기본적인 거짓말이다.

상도동의 원룸 하우스는 15평 규모로 제법 컸고 화장실과 주방, 거실이 각각 분리되어 있어서 말 그대로 방 하나짜리 주택이었다. 방으로 들어선 조철봉이 앙증맞은 소파에 앉아 방안을 둘러보았다. 가구도 모두 고급 제품으로 TV는 일제였고 오디오는 영국제인 데다 책상 위에는 최신형 노트북이 놓여 있다. 팁만 받고는 10년쯤 벌어야 이 정도의 살림을 장만할 수 있을 것이다.

"집 안 장식이 아담하구나."

조철봉이 그렇게 칭찬했다. 문현이 처음 이차를 나간다고 한 것을 트집 잡을 필요도 없는 것이다. 어차피 오늘 지나면 끝나는 사이인데 기분 상하게 만들면 피차 손해이다.

"오빠, 내가 먼저 씻을까?"

블라우스를 벗으며 문현이 말했다.

"거기 파자마 있으니까 갈아입어."

턱으로 구석 쪽 선반을 가리킨 문현이 화장실로 들어섰을 때 조철봉은 쓴웃음을 지었다. 집에 남자 파자마까지 준비해 놓고서 이차는 처음이라니, 금방 들통날 거짓말을 한 문현의 경박함이 술기운을 더 떨어트렸다. 지금까지 조철봉은 거의 돈을 내고 여자를 안지 않았다.

물론 돈이 미끼가 된 적은 있지만 직접 거래는 하지 않은 것이다. 포장마차 주인을 결정적인 순간에 놔두고 떠난 것도 그런 맥락이다. 열심히 일하는 여자의 모습을 보고는 그저 가슴으로만 성취감을 느끼기로 했던 것이다. 문현이 가운 차림으로 화장실에서 나왔을 때 조철봉은 아까 그 모습 그대로 소파에 기대앉아 있었다.

"어머, 오빠, 옷 갈아입지 않았어?"

눈을 동그랗게 뜬 문현의 모습은 육감적이다. 실크가운 하나만 걸친 터라 알몸의 윤곽이 거의 드러났다. 엄지발톱에만 진홍 매니큐어를 칠한 발가락은 얼굴형을 닮아 갸름한 모양이었다. 머리를 든 조철봉이 정색하고 문현을 보았다.

"난 조금 색다른 걸 하고 싶은데, 괜찮겠니?"

"뭘?"

문현이 이를 드러내고 웃었다.

"어떻게? 너무 심하면 안 돼."

"내가 가격은 잘해 줄 테니까, 네가 할 수 있는 것만 말해 봐."

"오빠 변태 아니지?"

"조금 자극을 받고 싶을 뿐이야."

"그럼 오빠한테는 특별케이스로."

조철봉의 사타구니에 손을 올려놓은 문현이 아름다운 얼굴에 고민하는 기색을 띠었다.

"뒤로 하는 건 한 장 줘야 돼."

"그리고 또?"

"묶고서 하는 것도 한 장, 만일 때린다면 등하고 엉덩이만 해줘야 하고 그땐 세 장이야."

"당연히 그래야지."

그러자 문현의 눈에 생기가 띠었다.

"그룹으로 한다면 옆방 애들 둘을 불러올 수 있어. 그럼 걔들 몫까지 세 장은 줘야 돼."

"물론 줘야지."

"그땐 내가 약 줄게. 한 알만 먹어도 세 시간은 가니까 걱정할 것 없어."

"걱정은 무슨."

"어떤 걸 할 거야?"

문현은 마담이 이차 계산을 할 때 갖고 나간 조철봉의 지갑을 본 것이 분명했다.

부르는 단위가 한 장인 것은 조철봉의 지갑에 든 백만 원권 수표 한 장을 말하는 것이다. 문현의 시선을 받은 조철봉이 다시 물었다.

"약값은 얼마인데?"

"약값은 서비스로 그냥 줄게."

다시 흰 이를 드러내고 웃은 문현이 조철봉의 사타구니를 부드럽게 쓸었다.

"오늘 오빠한테 죽고 싶어."

가운 사이로 아담한 젖가슴이 드러났다.

2. 애모

조철봉은 신음했다. 이 분위기는 자신이 의도적으로 조장한 것이다. 그냥 문현이 지시한 대로 파자마를 갈아입고 기다렸다가 얌전하게 샤워를 하고 나와서 같이 침대로 올라가면 되었던 것이다. 그리고 나서 새벽에 기어 나올 적에 내일 차비 하라고 십만 원쯤 놔두고 가면 범생 손님 취급을 받게 될 것이다. 파투를 내려고 작정을 했고 그것이 기대 이상이 되었지만 조철봉의 가슴은 편치 않았다. 처음에 문현이 자신이 마음에 들지 않느냐고 물었을 때부터 벼르고 있다가 기어이 지금 풀어버린 것이다. 그러나 문현의 껍질을 벗겨내고 나니 기대를 하지 않았는데도 허탈해졌다. 문현의 재촉하는 듯한 시선을 받은 조철봉이 슬그머니 웃었다.

"우리 입으로 하자."

"입으로?"

문현이 눈을 동그랗게 떴다.

"어떻게? 빠는 거야?"

"아니, 말로."

이제는 눈만 깜박이는 문현을 조철봉이 지그시 보았다.

"너는 벗고 누워. 나는 이대로 앉아 있을 테니까. 그러고는 말로 섹스를 하는 거지."

"오빠는 날 건드리지도 않고?"

"그렇지."

"그럼 폰 섹스같이?"

"다르지. 우린 서로 볼 수가 있고 냄새까지 맡을 수가 있지 않아? 넣지만 않을 뿐이지 완벽하다. 더 자극적이고."

"그럼 기계가 있는데."

문현이 눈에 생기를 띠었다.

"기계를 써도 돼?"

"네 마음대로."

"얼마 줄 건데?"

이차 계산했지 않아? 하는 말이 목구멍까지 솟았지만 조철봉은 다시 슬쩍 웃었다. 문현은 자신이 두 번 다시 오지 않을 줄을 아는 것이다. 앞으로 또 볼 가능성이 있는 손님에게는 이렇게 노골적으로 돈 이야기를 하지 않는 법이다.

"네 분위기를 봐서 줄게."

조철봉이 부드럽게 말했다.

"자꾸 돈 이야기를 하면 내가 미안해지지 않아?"

"알았어."

자리에서 일어선 문현이 서랍을 뒤지더니 묵직한 기계(?)를 들고 돌아왔다. 그러고는 기계에 달린 전선을 끌어 벽에 붙은 전기 콘센트에 꽂더니 곧 가운을 벗어던졌다. 그러자 티 한 점 없는 알몸이 드러났다. 어느 한 곳 손색이 없는 몸이었다. 침대에 누운 문현이 머리를 돌려 조철봉을 보았다.

"오빠, 넣을까?"

그 순간 조철봉은 지갑을 꺼내 수표 한 장을 문현에게 내밀었다.

"그만해, 됐어."

문현이 다시 눈을 동그랗게 떴을 때 조철봉은 얼굴을 일그러뜨렸다.

"내가 졌다."

"오빠, 뭘?"

"넌 몰라도 돼."

"그럼 이것 하지 마?"

머리를 끄덕인 조철봉이 문현을 보았다. 문현은 나름대로 열심히 살고 있는 것이다. 전문가는 전문가를 인정해줘야 한다.

"열심히 살아라."

"오빠, 고마워."

수표를 탁자 위에 내려놓은 문현도 정색하고 일어나 앉았다. 알맞게 솟은 젖가슴이 탄력 있게 출렁거렸다.

"나도 오빠가 내키지 않는다는 걸 알고 있었어. 옷도 벗지 않고 앉아 있었거든."

그러고는 문현이 소리 없이 웃었다.

"하지만 말로 하는 섹스는 신선한 발상이었는데 조금 아쉽다."

사장실로 들어선 최갑중은 예의 바르게 조철봉을 향해 절을 했지만 눈을 치켜뜨고 있어서 덜렁거리는 분위기는 여전했다. 오전 10시 반이어서 사무실 분위기가 가장 활기를 띨 시간대이다. 소파의 앞쪽에 앉은 갑중은 바로 본론을 꺼냈다.

"강병도는 전과 3범입니다. 사문서 위조, 사기, 공갈협박이 각각 한 건씩이더군요."

그러고는 갑중이 비죽 웃었다.

"역시 형님은 성견지명이 있으십니다. 그놈은…."

"잠깐만."

이맛살을 찌푸린 조철봉이 갑중을 보았다.

"우리 사이니까 말인데 말은 똑바로 하자. 성견지명이 아니라 선이야, 선견지명."

"내가 선견지명이라고 했습니다."

"그럼 똑바로 발음해."

"에이."

입맛을 다신 갑중이 눈을 가늘게 떴다가 조철봉의 시선을 받더니 헛기침을 했다.

"그놈은 중고차를 성남의 창고에서 꺼내왔습니다. 그런데 성남의 창고가 공장이더군요."

"무슨 공장이야?"

"차대 번호를 바꾸고 도색까지 하는 공장이란 말씀입니다."

"그렇군."

"훔친 차를 개조하는 거죠. 창고에 일당이 몇 명 있었는데 수시로 들락거리면서 차를 끌어왔습니다. 강병도가 그놈들을 지휘하더군요."

갑중은 조철봉의 지시로 강병도의 뒷조사를 한 것이다. 룸살롱으로 초대를 받은 다음 날 아침에 지시를 받고 사흘 만에 내막을 알아냈으니 갑중의 조사력도 전문가 수준이다.

"형님, 잘못되면 형님까지 연루가 됩니다. 서둘러 손을 쓰셔야…."

이제는 정색한 갑중이 말했을 때 조철봉이 머리를 들었다.

"양경수를 불러서 경찰에 고발해."

"양경수를 시켜서 말입니까?"

"담당자니까. 아마 경찰은 차를 훔치는 조직까지 잡으려고 할 테니까 적극 협력을 해야 될 것이다. 너도 거들어."

"그렇게 해야지요."

"우리가 정보 준 것을 강병도가 눈치채게 하면 안 돼."

"경찰이 그 비밀은 지켜줄 겁니다."

갑중이 서둘러 방을 나갔을 때 조철봉은 숨을 길게 뱉었다. 강병도는 훔친 차를 개조해서 넘겨 왔던 것이다. 직접 수출하면 위험성이 더 커지는 터라 방패막이로 이쪽을 이용해왔다. 사기꾼은 사기꾼을 알아보는 법이다. 강병도는 이쪽에 대해서 방심을 했다. 퇴근 무렵이 되었을 때 조철봉은 박희선의 전화를 받았다. 박희선과의 연락은 최갑중이 맡고 있었는데 오늘은 연락이 되지 않는다는 것이다.

"오늘 시청에서 찾아왔어요. 실버타운 허가가 났다면서 둘러보고 갔는데…."

희선이 주저하듯 말했다.

"정말인가요? 그럼 고아원은?"

"그곳에다 완벽한 시설로 다시 짓는 거지. 그래서 희선이 꿈대로 고아들을 보살피게 되는 거야."

"실버타운하고 같이요?"

"그렇지. 의지할 곳 없는 고아들과 외로운 노인들이 좋은 시설에서 함께 생활하는 거야."

자리를 고쳐 앉은 조철봉의 말이 열기를 띠었다.

"김영복은 제 사욕만 차리려고 그런 계획을 세웠지만 난 아냐. 내 어렸을 때부터의 꿈이었다고. 그러다가 희선이를 만나고 나서 그 꿈을 실현할 계획이 구체화된 거야."

팔은 안으로 굽는 법이다. 희선이 누구인가? 이미 손아귀에 들어와 있지 않은가?

전화기를 내려놓은 희선은 한동안 앞쪽의 창을 본 채 움직이지 않았다. 조철봉의 자신만만한 목소리가 아직도 귓속에 남아 있는 느낌이었고 얼굴도 눈앞에 떠올랐다. 실버타운이 건설되면 근처의 땅값이 폭등하리라는 것을 모르는 희선이 아니다. 그래서 김영복의 음모를 분쇄했던 것이 아닌가? 이윽고 어깨를 늘어뜨린 희선은 가늘게 숨을 내쉬었다. 그러나 조철봉은 다르다. 설령 돈을 번다고 해도 복지사업을 외면할 사람은 아닌 것이다. 더욱이 그는 고아 출신이 아닌가? 그때 전화벨이 울렸으므로 희선은 생각에서 깨어났다. 전화기를 귀에 붙인 희선은 수화기에서 울리는 조철봉의 목소리를 들었다.

"내가 지금 그곳으로 가고 있어."

"왜요?"

"뭔가 꺼림칙해서, 실버타운 문제 말이야."

"뭐가요?"

"시에서 그렇게 빨리 허가가 날 줄은 몰랐어. 시에서 나한테 그럴 의사가 있느냐고 묻기에 검토를 해보겠다고만 했는데 말이야."

"그래요?"

"그렇게 빨리 허가가 날 줄 알았다면 희선이하고 먼저 상의를 하는 건데."

"괜찮아요, 저는."

"희선이가 실버타운의 운영을 맡아줬으면 해, 대표로."

"전 싫어요."

"어쨌든 한 시간 후에 고아원 앞 큰길로 나와 있어. 내가 가고 있으니까."

희선은 벽시계를 보았다. 저녁 7시 10분이 되어가고 있었다. 8시 정각에 희선이 큰길로 나와 섰을 때 서울 쪽 길에서 달려오는 차량의 불빛이 보였다. 이곳은 이차선 국도였지만 저녁 8시만 되면 차량의 통행도 뜸해지는 벽지인 것이다. 주위는 어두운 데다 바람 끝이 찼으므로 희선은 어깨를 움츠렸다. 달려온 차가 옆에서 멈추었고 예상했던 대로 운전석에는 조철봉이 앉아 있었다. 잠자코 차에 오른 희선이 따뜻한 공기를 쐬더니 몸서리를 쳤다.

"추웠구나."

조철봉이 부드럽게 말하고는 희선의 뺨을 손바닥으로 덮었다. 손이 따뜻해서 볼이 금방 녹는 느낌이었다.

"난 저녁 안 먹었는데, 같이 저녁 먹자."

"어디로 가는데요?"

"가까운 일산으로 가지."

차를 발진시키면서 조철봉이 웃음 띤 얼굴로 희선을 보았다.

"술도 한잔하고. 그리고 희선이는 내일 아침 일찍 고아원에 돌아가."

"안 돼요."

눈을 크게 뜬 희선이 머리까지 저었을 때 조철봉이 자르듯 말했다.

"내 말대로 해. 밤늦게 들어가면 더 이상하게 보이지 않겠어?"

차에 속력을 더하면서 조철봉이 말을 이었다.

"솔직히 말해서 난 3년 가깝게 섹스를 해본 적이 없어. 아니 3년이 더되었는지도 몰라."

희선이 숨을 죽이고 앞쪽만 보았고 조철봉의 목소리가 차 안을 울렸다.

"희선이하고 그때 차 안에서 했을 때 내가 그렇게 좋았던 때가 처음이라고 했었지? 그건 오랜만에 했기 때문이야."

"그만해요."

"너도 좋다고 하구선."

"싫어."

몸을 웅크린 희선이 눈을 흘겼다. 이제 다시 며칠 전 밤의 분위기로 돌아가기 시작하는 것이다.

"희선아."

조철봉이 한 손을 뻗어 희선의 허벅지 위에 올려놓았다. 그러자 희선이 두 손으로 조철봉의 손을 감싸 안았다.

저녁을 먹고 모텔방에 들어왔을 때는 10시 반이 되어 있었으니 아직 이른 시간이었다. 희선은 주춤대며 서 있더니 겨우 창가의 의자에 앉았는데 조철봉과 시선도 마주치려 하지 않았다. 저고리를 벗어 옷걸이에 건 조철봉이 방안을 둘러보았다. 지은 지 얼마 되지 않은 새 모텔이어서 가구는 잘 정돈되었고 침대도 깨끗했다. 다만 천장이 온통 거울로 장식되어 있어서 정상위 때 희선이 놀랄 가능성이 있었다. 희선에게 다가간 조철봉이 두 볼을 손으로 감싸 쥐었다.

"어색하지?"

희선이 가만있었으므로 조철봉은 부드럽게 입을 맞췄다. 이럴 때 홀홀 벗고 침대로 먼저 들어간 다음에 씻고 올래? 하고 묻는다면 희선은 절망할 것이었다. 조철봉은 반쯤 구부린 자세로 희선의 입을 맞추면서 조심스럽게 옷을 벗겼다. 희선이 차츰 불안감과 어색함을 떨치는 것이 느껴졌고 브래지어와 팬티 차림이 되었을 때는 조철봉을 밀치더니 침대로 뛰어가 시트를 뒤집어썼다. 다음번에는 내가 씻고 올 테니 침대에 들어가 있어, 하는 단계로 발전될 수 있을 것이다. 차분하게 옷을 벗은 조철봉이 시트를 들치고 들어서자 웅크리고 있던 희선이 먼저 안겨왔다.

"불을 꺼요."

"그대로 둬."

희선의 브래지어와 팬티를 벗겨낸 조철봉이 알몸을 가슴에 품었다.

"네 몸을 샅샅이 보고 싶으니까."

"싫어."

희선이 몸을 뒤틀었지만 조철봉이 시트를 와락 걷어냈을 때는 더 이상 거부하지 않았다. 조철봉은 희선의 알몸을 승자의 쾌감과 성취감까지 느끼면서 내려다보았다. 희선은 가슴을 두 손으로 감싸 안은 채 웅크리고 있었지만 구부린 자세가 또한 색정적이었다. 조철봉은 입술을 희선의 어깨에서부터 댔다. 어깨에서 겨드랑이로 그리고 가슴에 붙인 손을 떼고 유두에 닿았을 때 희선이 옅게 신음했다. 유두는 콩알만 했고 이미 단단하게 세워졌다. 조철봉은 유두를 입안에 넣은 채 한참이나 혀로 굴렸다. 혀끝이 살짝 닿을 때마다 희선은 움찔거렸고 나중에는 두 손으로 조철봉의 머리를 감싸 쥐었는데 미끄러져 내려간 손이 샘에 닿았을 때 이미 그곳은 넘치고 있었다.

소철봉의 입술이 가슴에서 떨어져 아랫배로 내려온 순간 희선은 기대에 부풀어 허리를 들썩였다. 방안에는 희선의 가쁜 숨소리에 섞인 신음이 가득 찼고 어느덧 거리낌도 없어졌다. 이윽고 조철봉의 입술은 샘을 찾아 갈증 난 사람처럼 움직이기 시작했다. 희선이 샘물을 퍼 올리는 것처럼 허리를 추켜올렸다가 비명 같은 신음을 뱉으며 떨어졌고 두 팔로 조철봉의 어깨를 자꾸 끌어당겼다. 그러나 조철봉은 서두르지 않았다. 애무에 열중하다 언뜻 시선을 들었던 조철봉은 희선이 눈을 치켜뜨고 천장의 거울을 보고 있는 것을 알았다.

이제 희선은 거울의 용도까지 제대로 이용하고 있는 것이다. 마침내 그 자세 그대로 희선이 하체를 뻗으면서 절정으로 솟아올랐다. 마음껏 탄성을 뱉으면서 조철봉의 머리를 허벅지 사이로 끌어당긴 희선의 몸은 땀으로 범벅이 되어 있었다. 조철봉은 만족했다. 성취력이 강한 남자일수록 사정의 순간보다 여자의 절정감에 더 무게를 두는 것이다. 조철봉이 상반신을 세우고 체위를 잡았을 때 늘어져 있던 희선이 눈을 겨우 떴다.

"해도 되겠니?"

조철봉이 부드럽게 물었을 때 희선은 대답 대신 다리를 벌렸다.

전일자동차의 강병도가 일당과 함께 구속되었지만 오히려 오성자동차 서비스 측에는 전화위복이 되었다. 그것은 강병도의 중고차 매매 조직인 전일자동차 판매 조직을 흡수해버렸기 때문이다. 전에 강병도가 해온 것처럼 훔친 차를 개조해서 수출하지는 못 하게 되었으나 체제는 다 갖춰졌다. 베트남의 주문을 받으면 자체에서 중고차를 구입하여 수출하는 것이다. 전일자동차 영업과장이었던 유진경이 사장실로 들어섰을 때는 오후 5시경이었다. 유진경은 전일자동차 조직이 오성자동차 서비스에 흡수된 후에 대리 직책을 받고 근무하게 되었지만 만족한 눈치였다. 규모 면에서 오성이 전일보다 1백 배는 더 큰 회사였으므로 대리도 과분했지만 조철봉은 유진경의 능력을 인정한 것이다.

"드릴 말씀이 있습니다."

테이블 앞에 선 진경이 정색을 한 얼굴로 조철봉을 보았다. 날씬한 체격에 얼굴이 동그란 미인형이었지만 눈빛이 강하고 입술선이 야무졌다. 인사기록을 보면 이혼녀이고 자식은 없다. 조철봉의 시선을 받은 진경이 말을 이었다.

"90년형 벤츠 3대가 매물로 나왔는데 현금만 주면 싸게 구입할 수 있습니다."

"벤츠가?"

"네, 소유주는 한 사람이니까 가격 흥정도 쉽습니다."

낮은 목소리로 말한 진경이 다시 강한 눈빛이 되었다.

"사채업을 하는 여자인데 잘하면 차도 팔 수 있을 것 같습니다."

"유 대리는 그 여자를 어떻게 알지?"

"강병도 씨가 가끔 사채를 얻어 썼기 때문에 안면이 있습니다."

"그럼 유 대리가 흥정을 해보도록."

조철봉이 말하자 진경의 눈썹이 조금 찌푸려졌다.

"가격 흥정은 오해받기 쉬운 일이라 사장님이 직접 하시는 것이 낫지 않겠습니까?"

조철봉이 눈만 치켜떴을 때 진경의 말이 이어졌다.

"그리고 그 여자는 저희 같은 말단은 잘 만나주지 않거든요."

"벤츠가 3대나 있는 거물이라 그런가?"

"사채 시장에서 천억 가까운 돈을 굴리고 있는 거물이죠."

"그럼 만나보기로 하지."

"저녁 7시로 약속을 해놓겠습니다."

"그러지."

진경이 방을 나갈 때 문 앞에서 최갑중과 마주치더니 비켜섰다. 방으로 들어선 갑중이 뒤를 돌아보는 시늉을 했다.

"새로 온 직원입니까?"

"전일자동차에서 옮겨온 직원이야."

"괜찮은데요."

소파에 앉은 갑중이 힐끗 조철봉의 눈치를 보았다.

"형님은 역시 여자를 고르는 안목이 있으십니다."

"무슨 수작을 하려는 거냐?"

"박희선 씨가 실버타운 대표 역할을 아주 잘 하고 있습니다. 오늘 저 하고 같이 시청에 가서 공사 허가를 받아냈습니다."

"그것 잘됐군."

조철봉이 얼굴을 펴고 웃었다.

"이제 공사만 시작하면 되겠다."

"박희선 씨는 시청에서도 인정해주고 있더군요. 아주 일이 수월하게 풀렸습니다."

"시에도 좋은 일이니까."

그러고는 조철봉이 문득 정색했다.

"너, 지금 나간 유진경 대리한테 가서 오늘 저녁에 만날 사채업자에 대해서 알아봐."

조철봉이 갑중에게 손가락 하나를 펴보였다.

"여자인데 1천억 재산가란다."

"나, 최애영입니다."

자리에서 일어선 여자가 손을 내밀었을 때 조철봉은 얼굴을 펴고 웃었다. 최애영은 40대였지만 30대 중반쯤으로 보일 만큼 피부가 매끄럽고 탄력이 있었다. 중간쯤의 키에 통통한 체격이었는데 악수를 나눈 악력이 센 데다 손바닥에 굳은살이 박였다. 거친 일을 해온 손이었다. 애영의 사무실은 광화문 뒤쪽 5층 빌딩의 3층으로 면적은 10평쯤 되었다. 그것을 반으로 나눠 반은 직원 서너 명이 사용하고 나머지 공간이 사장실인 것이다. 낡은 천이 덮인 소파에 조철봉과 유진경이 앉았을 때 애영이 사무실 쪽에다 소리를 쳐 커피를 가져오라고 했다. 이쪽 의사는 물어

보지도 않는다.

"사장님 이야기는 지금 구속된 강병도한테서 들었습니다."

조철봉의 명함을 보면서 애영이 힘찬 목소리로 말했다.

"그 도적놈이 내 돈 5천을 빌려가더니 구속이 되어 버렸어요. 하지만 아파트 전세 계약서를 담보로 잡았으니까 돈은 빼낼 겁니다."

머리만 끄덕이며 조철봉은 잠자코 애영을 보았다. 만난 지 1분도 안되었지만 애영의 환경을 짐작할 수 있었던 것이다. 5층 빌딩도 애영의 소유라고 들었는데 사무실은 좁고 싸구려 집기는 낡았다. 아마 직원들 월급도 최저 수준일 것이다. 그러나 틀림없이 애영은 호화로운 저택에서 거주할 것이며 가구도 모두 수입품일 것이다. 벤츠를 3대나 굴린 것만 보아도 알 수가 있다.

"그럼 본론으로 들어갑시다."

애영이 눈을 가늘게 뜨고는 조철봉을 보았다. 조금 의아한 표정 같기도 했고 화가 난 것 같기도 했으므로 옆에 앉은 진경은 가슴을 조였다. 조철봉은 입만 꾹 다물고 있었기 때문이다.

"내 벤츠 3대는 90년형이지만 모두 10만 킬로도 안 뛰었어요. 얼마로 가져가실 거죠?"

쏘아붙이듯 애영이 물었을 때 조철봉은 머리를 돌려 진경을 보았다. 대신 대답하라는 신호로 알아들은 진경이 입을 열었다.

"사장님, 그것은."

"잠깐만."

진경의 말을 가로막은 애영의 시선이 다시 조철봉에게 옮겨졌다.

"사장님 대답을 듣고 싶어요."

"원하시는 가격을 드리지요."

조철봉이 느긋한 표정으로 애영을 보았다.

"그 대신 같이 식사나 하십시다."

그 순간 애영이 눈을 깜박이며 조철봉과 진경을 차례로 보았다. 조금 당황한 표정이 되었고 드세었던 기세가 가라앉은 것 같아 보였다. 애영으로서는 전혀 예상하지 못한 대답이었을 것이다.

"아니, 그렇지만."

애영이 입을 열었을 때 이번에는 조철봉이 말을 막았다.

"원하시는 가격을 다 드린다고 했습니다. 저하고 식사만 같이 해주신다면."

"이해가 안 가는데."

눈을 다시 가늘게 뜬 애영이 조철봉을 쏘아 보았다. 진경은 이제 애영의 표정이 의심으로 가득 차 있다고 느꼈다.

"도대체 그게 무슨 말이에요? 내가 얼마를 불러도 다 준다니?"

"철저하게 사업하시는 분이 이치에 맞지 않는 가격을 부르실 리가 있습니까? 그래서 믿고 맡기는 거죠."

그러고는 조철봉이 정색했다.

"어떻습니까? 내일 저녁에 시간을 내주실랍니까?"

애영이 다시 눈을 깜박이기 시작했으므로 진경은 참았던 숨을 길게 내쉬었다.

돌아오는 차 안에서 한동안 입을 다물고 있던 진경이 머리를 돌려 조철봉을 보았다.

"왜 그러셨어요?"

"왜 그러다니?"

"부르는 대로 주시겠다는 말씀 말이에요."

"그것이 어쨌다고?"

"턱도 없이 높게 부를 여자예요."

그러자 조철봉이 빙긋 웃었다.

"내기할까?"

"어떻게요?"

"그 여자는 아마 내일 중으로 내 뒷조사를 다 할 거야, 그리고는 적당한 가격을 부를 거야."

진경이 입을 다물었으므로 이번에는 조철봉의 시선이 옮겨졌다.

"저녁이나 먹을까?"

"사장님 시간 있으세요?"

"왜 그렇게 물어?"

"항상 바쁘신 것 같아서요."

쓴웃음을 지은 조철봉이 다시 시선을 돌렸다. 전일자동차에서 진경이 옮아온 지 열흘이 되었지만 얼굴을 마주친 적도 드물었던 것이다.

"어쨌든 그 여자가 내일 저녁 약속을 해준 건 생각 밖이었어요."

앞쪽을 본 채 진경이 혼잣소리처럼 말했다.

"저는 가슴이 조마조마했었습니다."

일식집 앞에서 차를 세운 조철봉과 진영은 방에 들어가 마주앉았다. 러시아워여서 눈에 띄는 일식당에 들어온 것이다.

"저는 강 사장의 섹스 파트너였습니다."

불쑥 진경이 말했으므로 조철봉은 머리를 들었다. 진경의 강한 눈빛과 부딪친 조철봉이 두어 번 눈을 깜박여보였는데 입가에는 부드러운 웃음기가 떠올랐다. 진경이 그 자세 그대로인 채 말을 이었다.

"필요하면 절 불러 만족을 채우곤 했지요. 그러고는 용돈을 주었습니다."

"나한테 그런 고백을 하는 이유는?"

"전일에서 옮아온 직원은 다 알고 있는 사실이니까 곧 사장님 귀에 들어갈 것이라 미리 말씀을 드리려는 의도도 있습니다."

"그런가? 다른 의도도 있어?"

"사장님의 신임을 받고 싶다는 생각도 들었습니다."

"난 회사 직원과는 섹스를 안 해, 질서가 문란해지거든."

그렇게 말했지만 조철봉의 눈앞에 미스 강의 볼륨 있는 알몸이 떠올랐다. 그러나 그 관계는 내부 정보를 얻기 위해서 어쩔 수 없었던 일이라고 자위했다. 조철봉이 진경에게 머리를 끄덕여 보였다.

"하지만 유 대리의 그 용기는 인정해 주겠어. 자신감 같이 보이기도 하지만."

"그럼 그것만으로도 성과는 있는 셈이네요."

진경이 입술 끝을 올리며 웃었으나 조철봉은 정색했다.

"돈을 받고 섹스를 하는 관계였다고는 하지만 강 사장한테 조금도 미련을 갖지 않는 것 같군."

"그 사람은 조루였습니다."

태연하게 말한 진경이 조철봉을 똑바로 보았다.

"그 짧은 시간에 만족한 것 같은 연극을 하는 것이 고역이었어요."

"그렇겠군."

마침내 조철봉이 얼굴을 펴고 웃었다.

남자는 타인이 조루라는 고백을 들을 때 행복해진다. 진경은 남자의 습성을 많이 연구해온 것이다.

"얼마나 짧았는데?"

"길어야 1분이었습니다."

"단거리 기록을 세우겠군."

음식이 들어 왔지만 조철봉의 입맛은 달아났다. 진경은 아직도 유혹을 계속하고 있는 것이다. 조루 이야기는 거짓말 같다.

식사와 함께 술을 마셨는데 진경의 주량은 셌다. 소주 세 병을 거의 반씩 나눠 마셨는데도 진경은 얼굴색도 변하지 않았다.

"사장님, 겁나시죠?"

네 병째 소주를 시켰을 때 진경이 불쑥 물었다. 무슨 말인지 알았지만 조철봉이 눈을 크게 떴다.

"뭐가 말이야?"

"저 건드리는 것."

"그렇게 보이나?"

"부하 직원한테 약점 잡히면 관리가 힘들 것이라고 생각하시는 거죠."

조철봉은 정색하고 진경을 보았다. 32세로 인사카드에 기록되어 있지만 윤기 있는 피부에 길게 늘어뜨린 생머리는 20대 중반이라고 해도 믿을 것이다. 학력은 고졸에 중고차 매매업 경력은 6년이나 되었고 그 전의 기록은 없다. 진경이 짙게 그늘이 진 눈으로 조철봉을 보았다.

"저를 오늘 드릴 테니 가지세요."

"유 대리 취했어."

"섹스를 하고 싶어요."

"다른 놈 찾아봐."

그러고는 조철봉이 빙긋 웃었다.

"내가 다른 곳을 소개시켜 줄 수도 있어."

웃었지만 조철봉의 가슴은 부글부글 끓었다. 내일 진경이 멀쩡한 얼굴로 출근한다면 당장에 사직서를 받을 것이다. 한편으로 도대체 내가 어떻게 보였기에 이런 상황까지 되었나 하는 자책감이 들었으므로 조철봉의 가슴은 더 답답해졌다. 그때 최갑중의 전화가 걸려오지 않았다면 조철봉은 자리를 박차고 나갔을 것이었다. 당장 이쪽으로 오라는 조철봉의 명령에 갑중은 30분도 안 되어서 달려 들어왔다. 진경은 그때까지도 멀쩡한 얼굴로 소주를 마시고 있었는데 갑중이 들어서자 일어나 공손하게 인사까지 했다.

"차장님, 무슨 일입니까?"

찬바람을 일으키며 자리에 앉은 갑중이 진경과 조철봉을 번갈아 보았다. 갑중은 사무실에서 진경을 본 터라 안면은 있다.

"우리가 술이 취했는데 네가 유 대리를 집까지 데려다 줘야겠다."

"예, 밖에 기사가 있으니 기사더러."

그때 진경이 정색하고 말했다.

"저는 택시 타고 가겠어요."

"아, 그러시지."

식탁 위의 소주병을 다시 훑어본 갑중이 얼른 대답했다.

"내가 택시를 잡아드리지."

"저, 내일부터 회사 나오지 않겠습니다."

진경이 말하자 조철봉은 머리를 끄덕였다.

"그렇게 하지."

"기분 나쁘게 해드려서 죄송합니다."

"아니, 천만에."

자리에서 일어선 진경이 조철봉에게 머리를 숙여 보이더니 방을 나갔고 어리둥절하던 갑중도 정신을 차리고는 따라 나갔다. 갑중이 돌아온 것은 10분쯤 후였는데 아직도 영문을 모르겠다는 듯이 눈을 크게 떴다.

"형님, 어떻게 된 일입니까?"

둘이 있는 터라 그렇게 갑중이 묻자 조철봉이 입맛을 다셨다.

"너, 저 여자 뒷조사를 해봐, 내일 당장."

"회사 그만둔다고 하지 않았습니까?"

"그래도 하라면 해."

"하지요."

갑중이 진경의 자리에 놓인 술잔을 들더니 눈을 가늘게 뜨고 보았다.

"색기가 흐르는 여자였는데요, 그렇지 않습니까?"

"미친년이다."

"미친년이 색기까지 흐르면 더."

조철봉의 안색을 살핀 갑중이 입을 다물더니 술잔을 내려놓았다. 갑중은 조철봉이 건드리려다가 차인 줄로 아는 것이다.

조철봉이 나이트클럽에 온 것은 오랜만이었다. 그동안 발길을 뚝 끊고 있었던 이유는 속이 뻔하게 드러나 보이는데도 시치미를 뚝 떼고 노닥거리는 군상들이 역겨웠기 때문이다. 간혹 뭘 모르고 찾아온다면 뭐, 그저 그렇군 하고 느끼게 되겠지만 차츰 깊게 빠져들면 마약 같은 작용을 한다. 밤만 되면 온몸이 근질거리게 되는 것이다. 나이트클럽에서의 춤은 곧 섹스 때의 전희와 같다. 테이블에 앉아 파트너를 기다릴 때의 설렘은 첫날밤에 신부를 기다릴 때의 설렘 이상이다. 왜냐하면 아직 어떤 신부가 나타날지 정해지지도 않았으니까.

그래서 프로는 여자 손님이 한 명 없더라도 끈질기게 기다린다. 그리고 클럽 안에 그야말로 눈에 번쩍 띄는 여자 또는 남자가 나타났을 때 피를 말리는 전쟁이 시작되는 것이다. 프로는 웨이터가 파트너를 데려다 주기를 기다리지 않는다. 홀을 둘러보고 나서 직접 고르는데 상대방의 테이블로 돌진해 가서 뻔뻔하게 끼어 앉는 때도 있다. 점잔을 빼거나 시치미를 뚝 떼고 있다가는 10만 원짜리 테이블 술값을 바가지 씌우려고 작정한 임대아파트 아줌마 패거리에게 당하기 십상이다.

나이트클럽은 곧 축소판 전쟁터요, 생존경쟁의 무대인 것이다. 용기와 능력, 그리고 치밀한 작전이 있어야 성공한다. 귀청이 터질 것 같은 소음 속에서 짧은 시간에 승부를 내야만 성공하는 것이다. 넓은 홀에서 수백 쌍의 눈이 주시하고 있을 것이라고 생각한다면 오산이다. 자세히 보면 알겠지만 수백 쌍 남녀의 눈은 제각기 짝을 찾아 번들거리고 있어서 당신과 눈이 맞았다면 모를까 당신 따위에는 대부분 관심을 갖고 있지 않은 것이다. 그래서 프로는 대담하게 돌아다닌다. 그리고 대부분 거칠다. 예전에는 미국에서 왔다고 하면 한 번쯤 더 봐주었지만 요즘은 다시 국내산의 인기가 높아졌다.

나이트는 본래 테헤란 밸리 따위와는 체질이 맞지 않아서 코스닥이 폭락했다고 손님이 줄지 않는다. 손님이 줄어드는 날을 요일별로 보면 월요일이 제일 적고 금요일이 가장 많다. 그것은 월요일에 남편이 술 먹는 경우가 드물고 금요일은 많은 것과 상관이 있을지도 모른다. 연휴가 낀 공휴일 전에도 손님이 적으며 명절 전, 여름휴가 기간, 어음을 막는 매월 말일도 손님이 적다. 비가 오거나 추운 날도 그렇다.

많이 꼬이는 날은 반대로 공휴일 후, 명절 후, 여름휴가 후, 어음을 막고 살아난 월초, 그리고 아파트단지 부녀회장 선거가 많은 봄과 가을, 운동회가 끝난 날 등인데 이것은 여자들을 기준으로 잡은 것이라 여자들만 모인다고 생각한다면 세상을 헛산 것이다. 남자들은 그것을 귀신같이 알아차리고 몰려드는 것이다.

오늘 조철봉은 갑중과 동행이었는데 컨디션이 별로 좋지 않았다. 물론 진경 때문이다. 나이트에 온 것도 진경 때문에 상한 기분을 아예 폭삭 바닥에서 젖어 뭉개버리자는 생각이 들었기 때문이다. 성진 나이트에는 조철봉의 담당 웨이터가 있었는데 나이는 60이 다 되었다. 성진에서만 15년을 근무했고 웨이터 생활로 자식 둘을 대학까지 졸업시키고 결혼시켰다. 조철봉은 둘째아들이 결혼할 적에 축의금도 보낸 사이여서 웨이터 200번과는 인간적으로 맺어져 있다.

"잘 오셨습니다."

조철봉과 갑중을 안쪽의 박스 좌석에 안내한 200번이 정색하고 말했다.

"오늘 귀한 손님이 오셨거든요. 조 사장님이 아주 운이 좋으십니다."

"아니, 나는?"

갑중이 눈을 치켜떴지만 200번은 싱긋 웃기만 했다. 그는 누가 주인 인지 안다.

200번이 조철봉의 귀에 입을 붙였다.

"아주 깨끗하고 미인입니다. 그리고 수준이 있습니다."

그만하면 완벽한 조건이다. 깨끗하다는 것은 이런 곳에 물들지 않았 다는 뜻이며 미인에다 수준이 있다는 것은 갖출 건 다 갖췄다는 의미였 다. 웨이터 생활로 20여 년을 보낸 200번은 한번 보기만 해도 수준을 알 아맞힌다. 제 아무리 꾸며도 200번을 속일 수는 없는 것이다.

"일행이 둘입니다. 어떻게 하실랍니까? 제가 좌석으로 모시고 갈까 요, 아니면?"

"내가 가지."

조철봉이 결정했다. 수준이 있는 여자라면 이쪽에서 가는 것이 예의 다. 부리나케 사라졌던 200번이 곧 다시 나타나더니 준비가 됐다는 신 호를 했으므로 조철봉은 자리에서 일어섰다.

"형님, 그럼 다녀오십시오."

갑중이 인사를 했다. 잘하면 일행 중에서 한 명을 건질 수가 있는 것 이다. 여자는 왼쪽 구석의 박스 좌석에 앉아 있었는데 일행들은 팔렸는 지 혼자였다. 조철봉이 다가갔을 때 여자는 시선을 들었는데 과연 미인 이었다. 짧게 자른 머리에 두 눈은 약간 치켜 올라갔지만 또렷했고 콧날 과 입술 윤곽이 선명했다. 그래서 여자 주위에 웨이터가 두 명이나 붙어 있다가 200번에게 쫓겨났다.

"말씀드린 사장님이십니다."

조철봉이 머리를 숙여 보이고는 옆자리에 앉았을 때 200번이 소개했다.

"수준이 맞으실 겁니다. 제가 장담합니다."

이곳에서 여자들에게 제일 듣기 좋은 소리를 꼽으라면 수준이 높다는 말일 것이다. 수준은 교양과 부, 미모까지 포함시킨 뜻으로 통용되는데 듣는 사람에 따라서는 다르기는 하다. 제비에게 수준이 높다는 말은 돈이 많다는 뜻으로만 들리며 한 건 위주의 놈팡이에게는 미모가 뛰어나다는 말로 해석된다. 200번이 분주하게 조철봉의 앞에 술을 따르고 얼음냉수를 만들어 놓으며 분위기를 조성했다.

"정말 요즘 이런 짝을 만드는 건 오랜만입니다. 두 분 다 오늘 운이 좋으셨습니다."

뻔한 수작이었지만 이런 분위기에서는 낯이 간지럽지 않다. 조철봉이 머리를 돌려 여자를 보았다.

"춤 추실랍니까?"

"전 못춰요."

낮으나 또렷한 여자의 목소리에 비음이 섞여 있었으므로 조철봉은 불끈 열이 났다. 200번이 사라졌을 때 조철봉이 여자에게 바짝 다가앉았다.

"오늘은 내 후배를 위로해 주려고 왔는데 이곳에 잘못 온 것 같군요."

여자가 시선을 주었으므로 조철봉은 쓴웃음을 지었다.

"몇 달 전에 교통사고를 당해서 그 친구는 성불능이 되어버렸습니다. 그래서 지난달에 이혼을 당했지요."

조철봉을 바라보는 여자의 시선에 호기심이 섞였다. 입맛을 다신 조철봉이 말을 이었다.

"아직 새파랗게 젊은 놈이 안됐어요. 그런데 문제는."

조철봉이 정색하고 여자를 보았다.

"욕망은 있는데 그것이 움직이지 않는다는 것입니다. 그러니 본인은 더 고통스럽다는 것이죠."

"안됐네요."

여자가 비음으로 말하더니 곧 쓴웃음을 지었다.

"이런 곳에 데려오신 건 잘못하신 것 같네요."

"사람은 남의 불행을 보면 자신의 행복을 현실적으로 느끼게 됩니다."

조철봉이 손을 들더니 자신의 사타구니를 가볍게 두드려 보였다.

"나는 그것을 실감하려고 그놈을 이곳에 데려왔는지도 모릅니다."

"잔인하시네요."

여자가 희미하게 웃었으므로 조철봉의 가슴이 다시 뛰었다. 이곳에서는 모든 동작이 다 성적으로 해석되는 것이다. 웃을 때 입이 벌어지면 다리가 벌어지는 것으로, 손가락을 빨면 성기를 애무하는 것으로 생각해도 된다. 음악이 다시 바뀌었을 때 조철봉이 여자의 팔을 잡았다.

"나가십시다. 제가 리드를 할 테니까 가만 계셔도 됩니다."

여자가 이번에는 선선히 일어섰다. 홀에 나가 여자의 허리에 손을 감았을 때 조철봉은 옅은 장미향을 맡았다. 여자의 분위기와 어울리는 향내였다.

"향과 분위기가 어울리십니다."

조철봉이 귀에 대고 낮게 말하자 여자는 목을 움츠렸다. 성감대를 건드린 것이다. 나긋한 허리를 당겨 안은 조철봉이 리드했을 때 여자는 제법 익숙하게 따라왔다. 춤을 못춘다는 것은 거짓말이었지만 조철봉은 전혀 놀라지 않았다. 여자의 눈가와 목덜미가 이제 바로 드러났고 희미한 주름살로 보면 30대 후반쯤이다. 잔뜩 물이 오른 나이여서 하룻밤에 일당십은 해치울 수도 있을 것이었다. 조철봉은 옆으로 틀면서 다리를 끼워 넣으며 여자의 중심부분을 치고 지나갔다. 여자는 아무런 내색을 하지 않았는데 이번에는 조금 더 강하게 건드렸을 때 그때서야 놀란 듯 퍼뜩 시선을 들었다.

"미안합니다."

시선이 마주쳤을 때 조철봉은 정색하고 말했다. 그러고는 여자의 허리를 더 당겨 안았다.

"그놈은 내 의지로 컨트롤이 잘 안 됩니다."

"의도적으로 그러신 건 아니고요?"

하면서도 여자가 엉덩이를 빼지 않으므로 조철봉은 소리 죽여 숨을 뱉었다.

이것으로 한 걸음 더 나갔다. 최갑중을 성불능으로 만든 수작은 화제를 섹스로 직접 옮기기 위한 것이었다. 갑중이 팔자에 없는 성불능자가 되었지만 이런 분위기에서 여자를 유혹한답시고 구르몽이나 김소월의 시를 읊조리거나 대통령 선거 이야기를 꺼냈다가는 당장에 웨이터를 불러 소금을 가져오라고 할 것이었다. 네 번, 다섯 번, 여자의 샘을 왼쪽, 오른쪽, 위쪽, 아래쪽을 건드리고 지나는 동안 조철봉은 여자의 숨결이 더워지는 것을 알 수 있었다. 이윽고 음악이 끝났을 때 여자는 나른해져 있었는데 마치 전희가 끝난 후의 모습이었다.

"내 자리로 가십시다."

조철봉이 말하자 여자는 잠자코 따라왔다. 여자 테이블에 일행이 돌아와 있을 것이었고 그때는 분위기가 깨질 것이었다. 그리고 여자는 성불능인 갑중에 대한 호기심도 몇 퍼센트쯤 작용했을 것이 틀림없다. 자리로 돌아왔을 때 갑중은 반색을 하고 일어섰는데 그 모습이 왠지 안쓰럽게 보였다.

"어서 오십시오."

갑중이 부산하게 여자에게 자리를 권하고 술잔과 물 잔을 차려 주는 것은 일행을 기대하고 있기 때문이다.

"아까 말한 내 후배입니다."

조철봉이 말하자 여자는 정중하게 머리를 숙였다.

"말씀 들었습니다."

"아이구, 제 말씀도 해 주시던가요?"

갑중이 감격한 표정으로 조철봉을 보았다.

"감사합니다, 형님."

"자, 기운내고 술 한잔하자."

술잔을 들면서 조철봉이 말했다. 그러면서 다른 손으로 여자의 손을 쥐었을 때 여자는 마주 쥐었다. 그것은 마치 성불능이 아닌 조철봉에게 보내는 호의 같았다.

조철봉은 아직 여자의 이름도 모른다. 설령 알려준다고 해도 십중팔구 가명일 터라 구태여 알 필요도 느끼지 않았다. 갑중이 앞쪽에서 눈을 희번덕거리고 있었지만 조철봉은 여자의 손을 당겨 자신의 철봉 위에 놓았다. 움찔 놀란 여자가 손을 뺐지만 조철봉이 다시 당겼을 때는 가만 있었다.

"저, 친구분들은 어디 계십니까?"

참다못해 갑중이 물었을 때 여자가 눈을 가늘게 떴다. 아까 욕망은 있지만 그것이 서지는 않는다고 했던 조철봉의 말을 떠올린 듯 안쓰럽다는 표정이었다.

"지금 춤을 추고 있는 모양인데요."

"이쪽으로 모셔오지요. 제가 모시고 올까요?"

여자가 난처한 표정이 되었으므로 조철봉이 여자의 귀에 입을 붙였다.

"불쌍하지만 어떻게 합니까? 그저 보고 즐기기나 하라고 부르십시다."

"그럼 그럴게요."

이제 여자의 손은 마치 제 물건인 양 조철봉의 철봉을 덮고 있었는데 살짝 쥐기까지 했다. 여자의 말이 끝나자마자 갑중이 등을 들어 200번을 부르더니 여자 일행을 모셔오라고 지시했다. 그동안 조철봉은 테이블 밑으로 손을 뻗어 여자의 스커트 속을 더듬었다.

"다리를 조금 벌려줘."

조철봉이 귀에 대고 속삭이자 여자는 다리를 벌렸다. 그러고는 이제 조철봉의 철봉을 바지 위에서 단단히 쥐었다. 조철봉이 바지 지퍼를 끌어내렸을 때 여자는 질색한 듯 손을 빼더니 곧 참지 못하겠다는 듯 손을 뻗어 이제는 바지 밖으로 솟아나온 철봉을 쥐었다. 그때는 조철봉의 손가락이 여자의 샘 속을 휘젓고 있는 중이었다. 여자의 샘은 넘쳐나고 있었고 이미 팬티는 흠뻑 젖었다.

"아이구, 어서 오십시오."

이제나저제나 하고 앞쪽을 보며 기다리던 갑중이 일어나 반겼을 때 둘은 애무를 멈췄다. 여자 일행은 둘이었는데 그런대로 수준급이었다.

"어서 앉으시지요."

앉은 채 조철봉이 건성으로 인사했을 때 여자가 손을 재빠르게 움직여 철봉을 바지 속에 넣고 지퍼를 올려주었다. 갑중은 여자 둘을 좌우에 앉게 하더니 만족한 듯 웃었다.

"자, 한잔하시지요."

여자들의 잔에 술을 따르느라 부산한 갑중을 보며 조철봉은 손가락을 물수건으로 꼼꼼히 닦았다. 그러자 여자가 무릎으로 조철봉의 다리를 툭 쳤다. 조철봉도 그렇지만 갑중은 여자들에게 영계인 셈이었다. 두 여자는 호기심 어린 시선으로 갑중을 보며 이것저것을 재고 있었는데 갑중이 누구인가? 때로는 의젓해졌다가 때로는 치근덕거리면서 여자들의 호감을 샀다. 그것을 바라보는 조철봉의 여자는 더욱 안쓰러운 표정이 되어 있었다.

"우리 방으로 옮기십시다."

조철봉이 제의하자 먼저 옆의 장미향이 찬성했고 여자 둘 중 하나가 머뭇거렸지만 곧 만장일치가 되었다. 홀의 이층은 방이다. 다시 불려온 200번은 방으로 옮길 것을 지시하자 5분도 채 안 돼 준비를 마쳤다. 이층의 방에는 노래방 시설까지 있는 데다 소음 차단이 되어서 문만 닫으면 안에서 돼지를 잡아도 모르는 것이다. 방값과 노래방 사용료를 내야 하므로 웨이터의 수당은 더 많아진다. 방에 자리 잡고 앉자마자 200번이 다가와 여자 둘 중 하나에게 귓속말을 했다. 눈치 빠른 200번이 쪽수를 맞추려고 여자 하나에게 춤 상대를 물색해 온 것이다. 여자가 나갔을 때 조철봉이 갑중에게 말했다.

"너도 춤추고 와."

"예, 그럼."

기다렸다는 듯이 갑중이 자리에서 일어서더니 여자에게 손을 내밀었다.

"나가실까요?"

갑중이 방을 나갔을 때 조철봉은 길게 숨을 뱉었다.

"저 자식, 뒷감당을 어떻게 하려고."

"뒷감당이라뇨?"

"욕망이 솟으면 저놈은 제 물건이 선 것으로 착각을 하는 겁니다."

"어머나, 그래서요?"

"그러다가 막상 부딪쳤을 때 제 물건이 늘어져 있는 것을 알고는 절망을 하지요."

"저런."

"어떤 때는 침대를 머리로 받기도 하고 호텔 창문으로 뛰어내리려고 소동을 피운 적도 있었습니다."

"저걸 어째."

그때 조철봉이 여자의 스커트를 들치더니 팬티를 끌어 내렸으므로 여자가 질색을 했다.

"왜 이래요?"

"앞으로 15분은 시간이 있습니다."

"누가 들어오면 어쩌려고."

"그럴 리는 없지만."

자리에서 일어선 조철봉이 문으로 다가가 로크를 눌러 잠그고 돌아왔다.

"자, 그럼."

그러고는 조철봉이 선 채로 바지와 팬티를 같이 무릎까지 벗어 내렸다. 그러자 철봉이 건들거렸고 여자의 눈 주위가 붉게 물들었다. 요염한 모습이다. 자리에 앉은 조철봉이 여자의 허리를 끌어안았을 때 여자가 스스로 팬티를 벗었다.

"빨리 끝내야 돼요."

"나중에는 오래 해달라고 할 텐데."

"난 빨라요."

여자가 조철봉의 무릎 위로 앉더니 서둘러 철봉을 잡아 샘에 넣었다. 조철봉과 여자는 거의 동시에 신음했다. 조철봉의 목을 두 팔로 감아 안은 여자가 서두르듯 몸을 움직이기 시작했다.

"아아, 좋아."

머리를 뒤로 젖힌 여자가 탄성을 뱉었다. 언제 누가 노크를 해올지 모르는 상황인 터라 여자의 움직임은 거칠었다.

그러나 숨 가쁜 신음 소리와 함께 여자는 금방 절정으로 솟아오르고 있었다. 여자의 엉덩이를 두 손으로 움켜쥔 조철봉은 몸을 맡긴 채 기다렸다. 이윽고 여자가 온몸을 굳히면서 바짝 몸을 밀착시키더니 비명 같은 탄성을 길게 뱉어내었다.

절정에 오른 것이다. 그러고는 죽어가는 사람처럼 토막 신음이 이어졌다. 조철봉이 여자의 귓불을 물면서 물었다.

"아직 시간 있는데, 더 해줄까?"

여자가 그 와중에도 머리를 끄덕였으므로 조철봉은 쓴웃음을 지었다. 어느 정도 여운이 가신 여자를 테이블 위에 눕힌 조철봉이 선 채로 행위를 시작했을 때는 잠시 후였다. 여자는 아무것도 개의치 않았다. 조철봉이 허리를 움직일 때마다 거침없이 탄성을 뱉어내었는데 다리를 휘젓다가 술잔이 바닥으로 떨어져 깨졌다. 여자가 두 번째 절정에 오른 것은 딱 4분 후였다. 함께 끝까지 간 조철봉도 여자 위에 엎드린 채 잠시 움직이지 않았다.

"자, 그만."

조철봉이 몸을 떼었을 때 여자도 테이블 위에서 몸을 일으켰는데 그때서야 정신이 난 듯 서둘러 팬티를 찾아 입었다.

"어때? 스릴 있었지?"

문의 로크를 풀며 조철봉이 묻자 여자는 시선을 내렸다. 조철봉이 손목시계를 내려다보았다.

"8분 20초 동안에 두 번 올랐지? 이런 경우는 처음일걸?"

여자는 대답하지 않았지만 그렇다는 표정 같았다.

갑중이 돌아온 것은 그로부터 3분쯤이 지난 후였다. 물론 여자와 함께였는데 둘의 분위기는 좋았다. 자리에 앉을 때도 바짝 붙어 앉더니 서로의 잔에 술을 따르고 눈을 맞추며 웃었다. 조철봉은 시계를 내려다보았다. 10시 반이다.

"형님, 이차로 나가시지요. 여긴 조금 답답하지 않습니까?"

갑중이 제의했다. 이미 말을 맞춘 듯 갑중의 파트너는 눈웃음만 치고 있었다.

"어, 가만, 이쪽 의견도 물어야지."

정색한 조철봉이 옆에 앉은 여자를 돌아보면서 낮게 말했다.

"친구한테 이야기해."

그러자 머리를 끄덕인 여자가 일어서더니 눈짓으로 갑중의 파트너를 불러 같이 방을 나갔다.

"형님, 저는 다 되었습니다."

문이 닫히자마자 갑중이 눈을 희번덕거리며 말했다.

"바짝 끌어안고 비벼대었더니 여자가 먼저 밖으로 나가자고 한 겁니다."

"그래?"

"나이트 나가자마자 갈라서지요. 형님도 공사는 다 해놓으셨지요?"

"그야 물론이지."

공사를 이곳에서 벌써 다 끝냈다고 갑중에게 말할 수는 없는 노릇이다. 눈을 치켜뜬 갑중이 입맛까지 다셨다.

"오랜만에 회포를 풀게 되었습니다."

그때 문이 열리더니 여자들이 들어섰는데 조철봉의 예상대로 갑중의 파트너는 안색이 좋지 않았다. 좋지 않은 정도가 아니라 화가 난 듯 갑중과 멀리 떨어져 앉더니 시계를 보는 시늉을 했다.

"집에 중요한 일이 생겨서 우린 먼저 가야겠어요."

갑중의 파트너가 내쏘듯이 말하고는 자리에서 일어섰고 조철봉의 여자도 따라 일어섰다. 당황한 갑중이 손까지 내밀었다.

"아니, 갑자기."

"쟤가 급한 일이 생겨서 그래요."

조철봉의 여자가 조철봉과 갑중을 번갈아 보면서 사과했지만 갑중의 파트너는 인사도 하지 않고 나가버렸다. 여자들이 방을 나갔을 때 조철봉이 눈을 치켜뜨고 있는 갑중에게 말했다.

"너, 혹시 그 여자 기분 상하게 한 일 있어?"

"아니, 전혀 없습니다."

어깨를 부풀린 갑중이 잇새로 말했다.

"그 망할 년이 지가 먼저 밖으로 나가자고 하고선 갑자기."

"나도 일이 다 되었는데 네 파트너가 저러는 바람에 허사가 되었다."

입맛을 다신 조철봉이 의자에 등을 붙였다. 조철봉의 여자로부터 갑중의 성불능 사연을 들은 갑중의 파트너는 틀림없이 몸서리를 쳤을 것이었다. 호텔방에서 같이 떨어져 죽자고 할지도 모른다고 생각했을 수도 있다. 나이트를 나왔을 때는 11시였는데 약이 오른 갑중은 남은 술을 모조리 들이켜 많이 취해 있었다. 갑중을 먼저 택시에 태워 보낸 조철봉은 심호흡을 했다. 아까부터 영일이 생각이 난 것이다. 조철봉이 대림동의 30평형 아파트에 들어섰을 때는 밤 12시가 다 되어 있었다. 문을 열어준 서경윤은 조금 전에 전화를 한 터라 놀라지는 않았지만 술 냄새가 싫다는 듯 조금 물러섰다.

"술 많이 마셨어?"

"조금, 일 때문에 어쩔 수 없어."

"옷 벗고 씻어."

서경윤이 사근사근 말했다. 오피스텔에서 이곳 30평형 아파트로 옮긴 것은 지난달이다. 가구도 새로 장만했고 TV는 50인치인 데다 냉장고는 외제였다. 전남편 이종학과 살 때보다도 나은 환경이다. 조철봉은 옆방으로 들어가 영일이가 자는 모습을 들여다보았다. 그러나 영일이의

118

호적상 성은 아직도 이씨인 것이다.

다음 날 오후 5시경이 되었을 때 외출 준비를 하고 있던 조철봉에게 최갑중이 찾아왔다. 갑중은 얼굴이 부석부석했지만 여전히 활기 띤 모습으로 부하 직원 유진경에 대해 설명했다.

"형님, 유진경에 대해서 알아보았습니다."

소파에 앉은 갑중이 정색한 얼굴로 조철봉을 보았다.

"아주 골치 아프게 살고 있던데요."

"골치 아프지 않은 사람이 있나?"

조철봉이 앞쪽에 앉으며 투덜거렸다.

"나도 아직 어젯밤 술기운으로 골치가 아프다."

"유진경은 고약한 놈하고 동거하고 있습니다."

"고약한 놈이라니?"

"건달인데 폭력전과 3번에다 사기, 협박 전과가 각각 2번씩인 놈인데 동네에서 소문이 났더군요."

"무슨 소문?"

"매 맞고 산다고요. 유진경이 두 번이나 응급실에 실려 갔고 한 번은 자살하려고 아파트 3층에서 뛰어내렸다고 합니다."

"요즘 세상에 그런 일도 있나?"

"신문이나 방송만 보면 그런대로 살 만한 세상이지요. 지독한 일은 얼마든지 있습니다."

"어떻게 해서 그런 놈을 만났지? 수준이 비슷해야 만나고 살고 그런 것 아니냐?"

"글쎄, 그렇게 공자님 말씀처럼 되는 것이 아니라니까요."

갑중이 눈을 치켜뜨고 조철봉을 보았다.

"그놈은 사채업을 했답니다. 유진경의 부친이 그놈한테 5천인가를 빌렸다가 갚지 못하고 도망치자 그놈이 유진경이를 인질로 잡고 살게 되었다는 겁니다."

"경찰에 신고도 안 했어?"

"그놈하고 혼인신고가 되어 있어서 가정사라고 우기면 할 수 없지요."

"인사카드에는 이혼한 것으로 되어 있어."

조철봉이 쓴웃음을 지었다.

"네 말대로 골치 아프게 사는구나, 그 여자."

"동네 아줌마들한테 들었습니다만 불쌍했습니다."

"그렇군."

그러자 갑중이 미간을 모으고는 조철봉을 보았다.

"형님, 감동받지 않았습니까?"

"감동은 무슨."

"다른 때의 형님하고는 달라 보여서."

"그 여자가 일식집에서 나한테 뭐라고 한 줄이나 알아?"

"뭐라고 했는데요?"

"나하고 섹스를 하자고 하더구나. 구속된 전일자동차의 강병도는 조루라 1분도 안 갔다면서."

입만 쩍 벌린 갑중을 향해 조철봉이 다시 쓴웃음을 지었다.

"내 이야기를 듣고 어떤 생각이 드냐?"

"그 여자가 혹시."

120

"남편하고 공모했을 가능성이 많아."

정색한 조철봉이 손목시계를 보더니 자리에서 일어섰다.

"만일의 경우에 대비해서 조치를 해놓아야겠다."

"그런 일이 있었군요."

따라 일어선 갑중이 입맛을 다셨다.

"그렇다면 손을 써 놓겠습니다."

사채업자 최애영과의 약속은 7시였으니 만나야 한다. 최애영도 조사를 해놓아서 단골 미용실까지 알아놓았다.

조철봉은 7시 정각에 프린스호텔의 로비로 들어섰다. 최애영은 아직 오지 않았으므로 조철봉은 자리를 찾아 입구 쪽을 향하고 앉았다. 46세의 최애영은 9년 전에 남편과 사별하고는 조그만 건설회사를 물려받아 억척같은 생활력으로 돈을 모았다. 건설회사를 팔고 사채업으로 변신한 것은 3년 전이다. 그리고 3년 동안 최애영은 자본금을 2배로 늘린 것이다.

최애영이 들어선 것은 약속 시간보다 15분이나 지난 후였다. 자주색 정장 차림의 애영은 조철봉을 보더니 거침없이 다가와 앞자리에 앉았는데 마치 일숫돈을 쓰려는 사람을 만나주는 것 같은 분위기였다. 애영의 남자관계는 없다. 그 방면의 조사에서 타의 추종을 불허하는 갑중이 내린 결론이다.

"자, 그럼 용건부터 끝내고 저녁을 먹을까요?"

불쑥 애영이 말했으므로 조철봉은 쓴웃음을 지었다. 아직 커피도 시키지 않은 것이다. 용건이 잘 끝나지 않으면 저녁을 못 먹게 될 공산이 크다.

"좋습니다. 얼마로 파시겠습니까?"

조철봉이 묻자 애영은 주저 없이 대답했다.

"차값이 1억 5천이 넘는 데다 10만 킬로도 안 뛰었으니까 대당 5천은 받아야겠어요."

애영은 차령이 12년이 되었다는 말은 뺐는데 의도적이었다. 조철봉이 웃음 띤 얼굴로 애영을 보았다. 이 여자는 지금 이쪽을 떠보고 있는 것이다. 프로 장사꾼은 단방에 거래가 되는 것을 싫어한다. 설령 좋은 조건에 이루어졌더라도 더 욕심이 생기기 때문이다. 더 끌었다면 더 좋은 조건이 되었을 것이라고 후회하게 되는 것이다. 그렇다고 길게 끌기만 했다가는 죽을 쑤게 된다. 끌 때까지 끌었다가 적절한 시기를 잡는 것이 중요하다고 믿는 것이다.

"차가 12년 되었으면 고물 취급을 당하는 게 정상입니다. 아무리 잘 굴러가고 부품이 새것이라도 연수가 지나면 값이 깎이지요."

"당연해요."

의외로 선선히 머리를 끄덕인 애영이 종업원을 불러 차를 시키더니 의자에 등을 붙였다.

"그럼 흥정은 계속하기로 하고 잠깐 참고로 물어보십시다."

애영이 다시 정색하고 조철봉을 보았다.

"나한테 꼭 저녁을 같이 먹자는 이유는 뭐죠?"

"분위기가 너무 답답해서요."

종업원이 커피를 내려놓고 돌아가자 조철봉이 말을 이었다.

"차를 사고팔아서 도대체 이익을 얼마나 남긴다고 그렇게 삭막하게 거래를 해야 합니까? 얼마든지 좋은 분위기에서 얼마든지 서로 좋게 거래를 할 수가 있는데 말입니다."

"그렇다면 얼마나 좋아요? 하지만."

조철봉의 시선을 받은 애영이 쓴웃음을 지었다. 어쨌든 처음으로 쓴웃음이라도 지은 것이다.

"업종마다 각각 스타일이 다르겠죠. 내가 하는 일은 그렇게 여유가 있지를 않아요. 삭막할 수밖에 없어요."

"난 이혼을 했지요."

정색한 조철봉이 말하자 애영이 눈을 가늘게 떴다. 갑자기 사생활을 털어 놓는 상대도 애영에게는 경계의 대상인 것이다. 조철봉이 말을 이었다.

"내가 너무 돈만 밝힌다고 이혼을 당한 겁니다. 난 그때 돈밖에 몰랐으니까."

애영의 얼굴에서 의심의 표정이 슬슬 호기심으로 옮아가는 것을 조철봉은 느낄 수가 있었다. 사기를 치려면 먼저 자신을 비하하고 질책하라, 그것이 상대방에게 우월감을 느끼게 하면서 방심하도록 만드는 것이다.

"난 섹스도 의무적이었지요. 와이프와의 성생활에도 소홀했습니다. 오직."

"알 만해요."

애영이 길게 숨을 뱉었다. 이제 가슴이 열리기 시작하는 것이다.

"젊을 때 깜박 잊고 지나고 나서 후회할 때가 많지요."

그러자 조철봉이 지그시 애영을 보았다.

애영은 앞에 앉은 이 건달 비슷한 자동차 판매상이 조금 웃긴다고 생각했다. 저녁을 먹어야 거래를 하겠다는 뻔한 수작을 붙이더니 이제는 난데없이 제 사생활 이야기를 꺼낸 것이다. 그렇지만 이놈 말대로 흥미가 일어났다. 누가 먼저 흐물거리게 될지는 두고 봐야 알겠지만 결국 흐물거린 측이 거래에서 손해를 볼 것이다. 가소로운 감정을 꾹 누르고 애영은 조철봉을 정색하고 보았다.

"그럼 지금도 혼자 사세요?"

"그럴 리가 있습니까?"

조철봉이 빙긋 웃었다.

"애인이 여러 명 있지요, 하지만 깊게 정을 주지는 않습니다."

"그렇군요."

애영은 이 작자가 조금 솔직하다고 생각했다. 버젓이 애인이 여럿 있다고 한 것이 이쪽을 여자로 치는 것 같지가 않아서 약간 기분이 상했지만 경계심은 가셨다.

"그럼 저녁 식사를 하십시다."

그래서 조철봉이 권했을 때 애영은 부담 없이 따라나섰다. 호텔 2층의 일식당에서 저녁을 먹는 동안 애영은 정종을 딱 두 잔 마셨다. 혼자 살면서 주량이 늘어 양주 한 병은 거뜬히 마시게 되었지만 오늘은 삼간 것이다. 아직 거래가 끝나지 않았기 때문이기도 했다. 식사를 마쳤을 때는 저녁 8시 반이었다.

"그럼 한잔 더 하러 가실까요?"

시계를 내려다본 조철봉이 물었을 때 애영이 눈썹을 모았다.

"저녁 먹기로 했지 않아요?"

"술도 저녁에 포함이 되어 있는 겁니다."

이 단계에서 어떻게 그건 아니라고 할 수 있겠는가? 삭막하게 거절할 이유도 없는 데다 정종을 대폿잔으로 두 잔 마신 후여서 애영의 컨디션은 좋았다.

"어디로 갈 건데요?"

그렇게 애영이 묻자 조철봉은 잠자코 일어섰다.

"분위기를 훨씬 부드럽게 해줄 겁니다."

조철봉이 애영을 데려간 곳은 바로 어젯밤에 갑중과 들렀던 나이트클럽이다. 차를 호텔 주차장에 두고 택시를 타고 온 것이다. 행선지를 거리 이름으로만 알려준 터라 애영은 클럽 앞에 섰을 때 놀란 듯 눈을 크게 떴다.

"들어가십시다."

조철봉이 가볍게 팔을 끌자 애영은 못 이기는 척 따라 들어섰다.

"아이고, 어서 오십시오."

현관에서 연락을 받은 200번이 계단 밑에 대기하고 있다가 반색했다.

"사장님, 오랜만에 오셨습니다."

"그래, 한 일 년 되었나?"

"아마 더 되었을 거 같은데요."

200번은 그들을 바로 어젯밤에 앉았던 좌석에 안내했다. 클럽 안은 손님이 많았는데 금요일이기 때문일 것이다. 자리에 앉았을 때 홀 안을 둘러본 애영이 쓴웃음을 지었다.

"몇 년 전에 한 번 와봤어요. 많이 달라졌네."

"뭐가 말입니까?"

"분위기가, 전에는 이렇게 밝지 않았어."

"대중화된 것이죠."

소음이 컸으므로 이야기를 나누려면 목청을 높이는 수밖에 없다. 목청을 높이면 싸우지 않는 이상 분위기는 더 가까워지게 마련이다. 그때 200번이 보조와 함께 술과 안주를 들고 다가왔다. 시키지 않았어도 양주와 안주를 차려오는 것이다. 조철봉은 안주를 내려다보면서 감탄했다.

"내가 일 년이 넘도록 안 왔는데도 내가 좋아하는 안주를 기억하고 있구먼."

"일 년 전에 남기신 술도 보관하고 있습니다, 사장님."

200번이 공손하게 말했다.

바로 어젯밤에 남긴 술을 말하는 것이다.

잠시 사라졌던 200번이 돌아왔을 때는 조철봉이 폭탄주를 만들어 애영과 한 잔씩 마시고 난 후였다.

"사장님, 나가시겠습니까?"

200번이 은근한 표정으로 조철봉을 보았다.

"물론 옆 사모님이 허락하신다면 말씀입니다."

"난 안 추겠어."

머리를 저은 조철봉이 애영을 향해 쓴웃음을 지어보였다.

"이 친구는 도사여서 최 사장님이 춤을 추지 않으신다는 것을 대번에 알아차린 것 같습니다."

"그래요?"

애영이 200번을 흘겨보았지만 기분이 상한 것 같지는 않다. 그러자

200번이 정색하고 애영에게 말했다.

"사장님이 저하고 꽤 오래 알고 지냈습니다만 여자분을 모시고 온 것이 오늘 처음입니다."

"두 분 손발이 잘 맞네."

하면서도 애영이 얼굴을 펴고 웃었다.

"내가 춤 안 춘다는 것을 어떻게 알았지요?"

"그저 육감입니다, 사모님."

200번이 공손하게 말했다.

"사모님 수준은 최상급이지요. 수수하게 입으신 것 같지만 옷값이 5백만 원대라는 것쯤은 압니다."

"어머나!"

애영이 놀란 듯 눈을 크게 떴다.

"이렇게 어두운데 잘 보여요?"

"시계는 1천만 원대를 차셨고요."

"아이구."

소매로 시계를 덮은 애영이 진심으로 놀란 듯 조철봉을 보았다.

"이 아저씨가 무서워졌어."

"눈치로 먹고 사는 직업이니까요."

조철봉이 정색하고 말했다. 미리 200번에게 사채업자를 데려갈 테니까 분위기를 만들라고 연락은 했지만 옷값과 시계값을 알아맞힐 줄은 예상하지 못했던 것이다.

"제가 스페셜 서비스 안주를 올리겠습니다."

200번이 정중하게 인사를 하고 사라졌을 때 애영이 조철봉을 보았다.

"조 사장은 여기에서 인기 좋겠어."

"부질없는 짓이죠. 그래서 꽤 오랫동안 발을 끊고 있었습니다."

"여자들 분위기가 달라졌어."

애영이 홀 안을 다시 둘러보며 감탄했다.

"전보다 훨씬 밝아졌고 거리낌 없이 나대는 것 같아."

어느덧 애영은 말을 내리고 있었는데 본인도 느끼지 못한 것 같았다.

"성문화가 많이 개방된 겁니다."

애영의 잔에 술을 따르면서 조철봉이 말했다.

"거리낌 없이 어울리고 나서 다음 날 아침에는 성실한 아내로 되돌아가는 겁니다. 오늘 밤의 일을 머릿속에서 싹 지워버리지요."

"그럴 수 있을까?"

"그럴 수 있습니다."

술잔을 든 조철봉이 이를 드러내고 웃었다.

"누님도 한번 시도해 보시지요."

누님이란 호칭에 애영이 정신이 든 듯 퍼뜩 시선을 들었다.

"나한테 누님이라고 했어?"

"거북하시면 오늘만 그렇게 부르지요."

"좋아."

애영이 씩 웃었다.

"까짓것, 인심 썼다."

"인심 쓰신 김에 한 번 더 쓰시지요. 저하고 춤 한번 추십시다."

"나 못 춘다고 했지 않아?"

"따라 오시기만 하면 됩니다. 내가 리드할 테니까."

"싫어."

그러고는 애영이 술잔을 들더니 단숨에 잔을 비웠다. 그때 200번이 보조와 함께 안주 접시를 날라 왔는데 싱싱한 광어회였다.

최애영 같은 스타일은 어설픈 사기나 트릭이 통하지 않는다. 건설회사와 사채업을 하면서 온갖 세파를 겪은 데다 거친 남자들 사이에서 부대끼며 살아온 터라 어지간한 자극에도 눈 한 번 깜박하지 않을 것이었다. 따라서 방법은 하나뿐이라고 조철봉은 계산하고 있었다. 그것은 몸으로 부딪치는 것이다. 9년 동안 수절하다시피 살아온 애영의 몸에 남아 있을 불씨를 지피는 방법만이 최선이다.

애영의 몸은 정종과 폭탄주, 그리고 위스키가 뒤섞여 들어가 이미 온도는 뜨거워졌다. 싱싱한 광어회와 200번의 아부가 곁들여져서 기분도 좋아져 있다. 그래서 조철봉이 다시 나가자고 끌었을 때 못 이긴 척 따라서 홀로 나왔는데 술기운에 젖은 사지는 알맞게 나긋나긋해진 상태였다. 조철봉은 부드럽게 애영을 안고 홀의 구석으로 끌었다. 홀의 구석 쪽은 어두워서 애영의 긴장감을 더 풀어줄 것이었다.

"동생, 잘 추네."

애영이 메마른 목소리로 말했을 때 조철봉은 벽 쪽을 향해 입술을 비틀며 웃었다. 스텝을 밟지 않고 발끝만 조금씩 움직이면서 하체를 흔드는 중이었기 때문이다. 조철봉은 이미 발기된 남성을 조심스럽게 애영의 하반신에 대었다. 그 순간 애영이 찔끔 놀라면서 엉덩이를 뒤로 빼었지만 상반신을 떼지는 않았다.

"누님은 몸매가 군살이 없네."

조철봉이 애영의 귀에 대고 속삭였다. 애영에게도 귀가 성감대임이 틀림없었다. 목을 움츠린 애영이 머리를 틀었을 때 다시 조철봉의 남성이 아랫배를 스치고 지나갔다. 그러자 이번에는 애영이 엉덩이를 빼려는 시늉을 하지 않았다.

"이러려고 여기 온 거야?"

다시 갈라진 목소리로 애영이 물었으므로 조철봉이 입을 귀에 붙였다.

"웃기지 마, 누님이 달라는 대로 차값 다 줄 테니까."

조철봉이 다시 남성을 아랫배에 붙였을 때 애영은 엉덩이를 빼지 않았다.

"날 뭘로 보고 그래? 난 그냥 누님이 좋아서 이러는 거야."

귀에 뜨거운 입김을 불어넣으며 말하자 애영은 가쁜 숨을 뱉었다. 조철봉의 남성은 애영의 아랫배를 마구 휘젓고 있는 중이다.

"난 누님의 딱딱한 모습을 보고 욕망을 느꼈어. 그뿐이야."

이제는 조철봉이 애영의 허리를 바짝 당겨 안았다.

"누님은 섹시해."

"거짓말."

"오늘 밤에 내가 증명해주지."

"미쳤어."

"아마 지금쯤 누님 샘물은 넘쳐나고 있을걸?"

그러자 애영이 엉덩이를 빼려고 했으므로 조철봉은 세게 당겼다.

"욕망을 감추지 마, 누님."

"놔, 숨 막혀."

"샘이 넘치고 있지?"

조철봉의 혀가 애영의 귀 안을 후비고 들어갔다.

"누님, 하고 싶지 않아?"

애영의 숨이 더 가빠졌고 하체의 힘이 풀리면서 흐느적거렸다.

"누님, 그만 들어갈까?"

"조금만 더 있다가."

그러자 조철봉이 다시 쓴웃음을 지었다. 달아올라 넘치고 있는 자신이 부끄러운 것이다. 조철봉은 애영을 더 어두운 구석으로 끌고 가서는 입술에 키스했다. 처음에는 놀라 눈을 크게 떴던 애영이 용기를 낸 듯 곧 입을 벌리더니 혀를 내밀었다. 그러나 애영의 키스는 서툴렀다. 이가 부딪쳤고 타액이 새어나왔다. 그러나 조철봉은 성의 있게 애영의 혀를 빨았다.

자리로 돌아왔을 때부터 애영은 불안정하게 주위를 자꾸 두리번거린 반면 조철봉은 여유를 찾게 되었다. 정치에서부터 짐승의 교접에 이르기까지 이것은 만물 공통의 법칙이다. 한쪽이 당기면 다른 쪽은 한 발짝 물러서서 균형을 잡게 되는 것이다. 동물 세계 다큐멘터리를 보아도 그 우악스러운 악어도 암컷이 접근할 때 수컷이 얼씨구나 하고 금방 붙지 않는다. 조철봉이 다시 폭탄주를 한 잔 만들어 마셨을 때 애영은 마른침을 삼켰다. 조철봉이 시치미를 뚝 떼고 한 뼘쯤 떨어져 앉아 있는 것이다.

"아이, 답답해."

마침내 애영이 짜증을 내었다.

"더워, 환기가 잘 안 되나봐."

"폭탄주 한 잔 만들어 줄까?"

생각난 듯 조철봉이 물었다.

"이열치열이라고 안에다 불을 질러버려."

"좋아."

애영이 눈을 치켜뜨고 조철봉을 보았다.

"한 잔 줘."

폭탄주를 만들고 애영이 사약을 마신 장희빈처럼 비장한 표정으로 술잔을 내려놓았을 때 조철봉이 히죽 웃었다.

"됐어. 그 정도면 누님 컨디션은 최상이야."

밤 11시가 넘었지만 지금부터 12시까지가 황금 시간대인 것이다. 모든 남녀는 눈에 불을 켜고 짝을 찾는다. 12시가 넘으면 이미 임자가 다 정해져서 선남선녀를 만나기가 힘들기 때문이다. 그때 200번이 그들 앞으로 나타났다.

"사장님, 키 가져왔습니다."

200번이 조철봉의 앞에 호텔방 키를 내려놓았다. 클럽 위층이 바로 호텔인 것이다.

"아무래도 조금 쉬셨다가 가시는 것이 나을 것 같아서, 제가 서비스해 드리는 것입니다."

이 대사는 시키지도 않은 것이어서 조철봉은 저도 모르게 입맛을 다셨다. 일 년 만에 나타난 손님한테 이런 서비스를 할 미친 웨이터는 없을 것이다. 그러나 애영의 눈치를 살핀 조철봉은 소리 죽여 숨을 뱉었다. 애영은 웨이터의 말을 듣고 나서도 태연한 것이다.

"고마워."

키를 받아 쥔 조철봉이 애영을 보았다.

132

“누님, 쉬었다 가지.”

200번이 사라졌으므로 조철봉은 거침없이 말했다.

“방에 들어가서 술 좀 깨고 가자고.”

애영 같은 스타일의 기분은 조석변개이어서 금방 어떻게 변할지 모른다. 그래서 밖으로 나가 실랑이를 하니 200번을 시켜 키를 내놓게 하고 이쪽의 수고를 덜려는 의도였던 것이다. 그러자 애영이 자리에서 일어섰다.

“그래, 조금 쉬었다 가.”

그러고는 조철봉에게 손을 내밀었다.

“내가 먼저 들어갈 테니까 동생은 조금 있다가 들어와.”

“그러지.”

방 번호를 확인한 조철봉이 키를 건네주며 웃었다.

“샤워나 하고 기다려.”

애영이 사라졌을 때 어디에 숨어 있었는지 200번이 금방 조철봉의 앞에 나타났다.

“아니, 왜 먼저 보내십니까? 방값까지 다 냈는데.”

“방에 가서 기다린다고 했어.”

“아, 그렇군요.”

“그런데 오늘따라 물이 좋군.”

자리에 앉은 조철봉이 주위를 둘러보았다. 선남선녀들은 목하 동분서주하는 중이었는데 아직도 짝을 찾지 못한 그럴듯한 선녀들이 많았던 것이다.

“아까운 여자들이 많은데.”

"한 분 해드릴까요? 한 15분 놀다가 가실랍니까?"

200번이 금방 분위기를 맞췄다.

200번의 관점에서 손님을 대별하면 돈을 내는 손님과 얻어먹는 놈으로 구분이 된다. 간혹 자주 오는 손님 중에 줄곧 얻어먹는 놈이 있다면 제가 아무리 위세를 부리거나 하소연을 해도 물 좋은 파트너는 붙여주지 않는다. 그래서 당연히 돈을 내는 손님만이 대상이며 그것은 3종류로 나누어진다. 그중 하급은 가끔 오면서 까다로운 손님이며 중급은 자주 오지만 역시 까다로운 손님이 될 것이다. 그리고 상급은 자주 오면서 군소리가 없는 손님이 되겠는데 조철봉이 그 범주에 들었다. 거기에다 이목구비가 준수하고 매너가 뛰어나 팔아먹기에도 좋으니 금상첨화일 것이었다.

지금까지 조철봉을 붙여준 여자 손님의 불평을 들어본 적이 없는 데다 오히려 물 좋은 놈씨를 소개시켜 주는 데는 도사라는 소문을 내어 손님들을 끌어오는 효과까지 낸 것이다. 그러니 200번이 조철봉을 지극 정성으로 모시는 것은 당연했다. 200번은 조철봉이 여자를 방으로 올려 보내놓고도 뜸을 들이는 이유를 이미 간파하고 있었다. 그래서 곧 여자 하나를 데리고 왔는데 제 일처럼 서둘렀다.

"사장님, 이 사모님이 곧 가셔야 한답니다, 그래서."

조철봉은 다음 말을 자신이 이을 수가 있었다. 술값을 씌울 바지씨를 잡지 못했다는 것이었다. 간혹 원정 온 아줌씨들이 전작으로 돼지갈비에 소주를 마시고는 객기를 부려 나이트에 진입하는 경우가 있다. 그때 아마 누군가가 그곳이 물이 좋고 바가지 씌울 바지씨가 지천이라고 허풍을 떨었을 것이었다. 그러나 그런 꿈은 백발백중 다 깨지기 마련이다.

첫째로 고급 나이트에서는 웨이터들이 제 손님을 보호하려고 들기 때문이다. 대번에 아줌씨들의 의도를 눈치챈 웨이터들은 오히려 같은 목적을 가진 바지씨들을 붙여주는 경우가 많아서 역으로 바가지를 쓸 수가 있다. 200번의 옆에 서 있는 여자는 40대 초반쯤으로 보였지만 실제로는 그보다 적을지도 모른다. 그만큼 화장이 서툴렀고 차림이 어색했기 때문이다.

"앉으시죠."

조철봉이 말하자 여자는 안심했다는 표정을 숨기지 않고 옆에 앉았다. 그때 200번이 반대쪽으로 다가와 조철봉의 귀에 입을 붙였다. 괜찮은 파트너가 있을 때는 하지 않는 행동이다.

"술값은 20만 원이 되겠습니다. 놈씨한테 바가지를 씌우려다 그것까지 뒤집어쓴 형편이거든요."

조철봉이 눈만 껌벅였고 200번이 재빠르게 말을 이었다.

"지금 잔뜩 겁을 먹었습니다. 방으로 모실까요?"

"10분만 방을 빌리지."

"알겠습니다. 그럼 이곳에서 간단히 몸을 푸시고."

200번이 부리나케 사라졌을 때 조철봉은 머리를 돌려 여자를 보았다. 수수한 인상이어서 헤어지면 10분도 안 되어 얼굴을 잊어버릴 것이었다.

"곧 가셔야 한다고요?"

"네, 차를 가져와서요."

그 소리에 조철봉이 퍼뜩 눈을 치켜떴다. 차하고 곧 가는 것과는 전혀 앞뒤가 맞지 않았기 때문이다. 지금도 가끔 식당 같은 곳에서는 주차장에 뻔히 차를 주차시키고 들어오면서 차 안에 가방 두었니? 차 열쇠 가져왔어? 차 이쪽 주차장에 넣은 것 맞아? 하고 큰 소리로 떠드는 남녀가 있다. 그리고 그들의 차는 백발백중 똥차다. 조철봉이 20만 원 술값에 몸을 내놓은 차주를 노려보았다.

"나는 뒤에서 하는 스타일인데, 괜찮을지 모르겠네?"

"어디로요?"

여자가 앵무새처럼 말을 받더니 눈을 동그랗게 떴다. 그러고 보니 귀염성이 조금 보였다. 그리고 아직 때가 덜 묻은 것 같아서 조철봉은 저절로 입가에 미소가 지어졌다. 아마 일행들은 이제나저제나 하고 팔려간 이 여자를 기다리고 있을 것이다. 시치미를 뗀 얼굴로 조철봉이 다시 물었다.

"어디가 낫겠어?"

조철봉의 시선을 받은 여자가 아랫입술을 물었다.

"너무 그러지 마세요. 나쁜 놈들한테 바가지를 써서 그래요."

"그쪽에서 씌우려다가 뒤집어썼다면서?"

"내가 한 게 아녜요."

"시간이 없는데."

손목시계를 내려다보는 시늉을 한 조철봉이 정색했다.

"나도 바쁜 사람이오."

"그냥 뒤에서 하세요."

여자가 시선을 내렸을 때 200번이 서둘러 다가왔다.

"이층 방 비었습니다."

200번이 이제는 노골적으로 말했다.

"물수건도 준비해 놓았습니다."

그러고는 200번이 여자를 흘겨보았다.

"친구들한테는 손님하고 술 마신다고 했으니까 걱정하지 마셔. 어쨌든 그 여자들은 댁이 나올 때까지 기다려야 할 테니까 말이여."

조철봉이 잠자코 일어서자 200번이 앞장을 섰고 여자는 맨 뒤에서 따라왔다. 이층 방으로 들어섰을 때 200번이 뒤에서 문을 닫았고 여자가 불안한 듯 주위를 두리번거렸다. 이층 방은 불이 환해서 여자의 윤곽이 선명하게 드러났다. 아까 추측한 대로 30대 후반이 맞다. 얼굴의 화장발이 잘 받지 않아서 목의 피부와 선명하게 구분이 된다.

"시간이 없으니 스커트만 올려."

조철봉이 말했을 때 여자가 몸을 돌리더니 조철봉을 보았다.

"계산은 해 주실 거죠?"

"200번이 약속 안 합디까?"

"했지만…."

"시작하지."

선 채로 조철봉이 말하자 여자는 결심한 듯 스커트를 벗다가 힐끗 문쪽을 보았다. 조철봉이 바지 지퍼를 내리면서 말했다.

"200번이 지키고 있으니까 불이 나기 전까지는 안 열려."

여자가 스커트를 벗자 풍만하고 흰 하체가 드러났다.

"뒤에서 그냥 하실 거죠?"

스커트로 앞을 가리면서 여자가 물었을 때 조철봉은 쓴웃음을 지었다. 팬티까지 벗은 여자가 주춤대며 서 있었으므로 조철봉은 테이블에 상반신을 얹고 엎드리게 했다. 여자가 고분고분 엎드리더니 스스로 두 다리까지 벌렸다. 여자의 뒤에 붙어 선 조철봉은 몸이 합쳐졌을 때 눈을 크게 떴다. 이미 여자의 샘은 넘쳐나고 있었기 때문이다. 자극을 받은 것이다. 여자에게 씻지 못할 수모를 줘서 다시는 이런 짓을 못 하게 해야겠다는 선의가 순식간에 사라져버렸다. 오히려 여자는 이 자극적 섹스를 기억하고 자주 올지도 모르는 것이다. 여자가 신음 소리를 길고 높게 뱉었으므로 조철봉은 입맛을 다셨다.

워밍업이다. 테이블에 두 손을 짚은 채 오직 돌출된 부분만을 여자의 샘과 접촉시키면서 조철봉은 앞쪽의 벽에 걸린 추상화를 보았다. 붉은 색으로 떡칠을 한 추상화는 낡아서 마치 이 여자처럼 내동댕이쳐진 순결을 그린 것 같았다. 여자는 엉덩이를 한껏 휘두르며 조철봉의 몸을 받고 있었는데 거침없이 탄성을 뱉어내는 중이었다. 쾌락에 빠져든 것이다. 조철봉은 곧 조절 기능을 해제시켰다. 지금은 워밍업인 것이다. 가볍게 뛰어야 본선에서 유연하게 달릴 수가 있다. 조철봉의 움직임이 빠르고 힘차게 변했을 때 여자는 거의 울부짖기 시작했다. 그러고는 자꾸 몸을 틀어서 한 손으로 조철봉을 잡으려는 시늉까지 했는데 정상위를 바라는 것 같았다. 그러나 조철봉의 행동이 더욱 거칠어지자 여자가 다급하게 소리쳤다.

"아직 하지 마, 하지 마."

그러나 조철봉은 사정없이 분출했다. 제 정신을 잃은 여자는 지금 주객이 전도되어 있는 것도 모르는 것이다. 여자는 남자의 분출을 예민한 신경조직의 느낌으로 안다. 분출한 순간 여자는 조철봉의 몸을 더 깊게 받으려고 엉덩이를 잔뜩 내밀었다. 그러고는 볼을 테이블에 비비면서 신음을 뱉었는데 얼굴의 화장이 다 지워졌을 것이었다. 그 순간 몸을 뺀 조철봉이 옆에 놓인 물수건을 집어 들었다. 바지는 발목까지 내리고 있었지만 하체가 젖어 있었기 때문이다.

"꽤 좋은데."

더 심하고 노골적인 표현을 쓸 수 있었지만 조철봉은 자제했다. 여자는 아직 낮게 신음을 뱉으면서 그 자세 그대로 엎드려 있는 것이 조철봉의 가슴을 다시 뛰게 만들었다. 이 컨디션이라면 지금 방에서 기다리고 있을 최애영을 빈사 상태로 만들 수가 있을 것이었다.

"이봐, 옷 안 입어?"

몸을 다 닦은 조철봉이 바지를 올려 입으면서 말했을 때 여자가 겨우 머리를 들었다.

"나, 어지러워 죽겠어."

"웬 물이 그렇게 넘쳐?"

여자의 엉덩이를 조철봉이 가볍게 두드렸다.

"남편이 좋아하겠어."

"나, 남편 없어."

겨우 상반신을 세운 여자가 아직도 초점이 흐려진 눈으로 조철봉을 보았다.

"오랜만에 해서 그래."

여자가 스커트를 입었을 때 조철봉은 문을 열었다. 문 앞에서 등을 보이며 서 있던 200번이 재빠르게 방으로 들어섰다.

"일 끝내셨습니까?"

힐끗 여자에게 시선을 준 200번의 표정은 파울한 선수를 부른 축구 심판 같았다. 그러나 옐로카드냐 레드카드냐는 조철봉이 결정할 것이므로 여자의 시선은 조철봉에게로 옮겨졌다.

"내가 계산 다 할게."

"알겠습니다."

그러고는 200번이 손목시계를 내려다보았다.

"벌써 15분이 되었습니다, 사장님."

머리를 끄덕인 조철봉이 여자를 보았다.

"그럼, 나 갈게."

여자는 머리만 끄덕였을 뿐 입을 열지 않았다. 방을 나왔을 때 200번이 조철봉의 옆으로 바짝 붙었다.

"작년 다르고 올해 다릅니다, 성관계가 말입니다."

"당신이 제일 잘 알겠군."

"이곳은 어두운 구석이지만 훤히 알 수가 있지요. 그런데 이상하게도."

200번이 얼굴을 펴고 웃었다.

"세상이 밝아진 것 같단 말입니다, 저는."

방으로 들어섰을 때 최애영은 화가 단단히 난 표정이었다. 그러나 입을 열지는 않았다.

"나오다가 친구를 만나서."

조철봉이 느긋하게 말했다.

"누님, 씻었어?"

"씻긴 뭘 씻어?"

애영은 스커트 밑으로 맨발이었다. 샤워를 했다는 증거였다. 워밍업을 한 것은 정신과 육체 양면으로 작용이 된다. 우선 마음이 급해지지 않고 여유가 생기는 것이다. 무릇 수컷의 실수 대부분은 마음이 급해져서 일어난다. 따라서 워밍업을 하지 않은 팽팽한 몸과 마음으로 접근했다가 페이스를 잃게 되는 경우가 많은 것이다. 조철봉이 다가가 섰을 때 애영은 눈을 흘겼지만 물러서지는 않았다.

"누님, 오늘 진하게 즐겨보기로 하지."

"쓸데없는."

그러나 조철봉이 허리를 안자 애영은 저항하지 않고 가슴에 안겼다.

"어떤 자세를 좋아해?"

"시끄러."

"거칠게 해주는 게 나을까?"

조철봉이 귓불을 물며 말했을 때 애영은 달아오르기 시작했다.

"동생은 전문가야."

애영이 가쁜 숨을 뱉으며 말하더니 하체를 자꾸 붙여왔다. 그래서 조철봉은 침대 쪽으로 밀려 결국 침대 위에 앉았는데 애영은 이미 제정신이 아니었다.

"누님, 천천히."

조철봉이 말했지만 애영은 스스로 블라우스와 스커트를 벗어 던지더니 금방 속옷 차림이 되었다. 그러자 밝은 불빛 아래에서 애영의 단단한 체격이 드러났다. 가슴이 풍만했고 허벅지도 굵었지만 결코 비곗살이 아니다.

조철봉이 일어나 옷을 벗는 동안 애영은 재빠르게 시트를 들추고 들어가더니 곧 밖으로 브래지어와 팬티를 내던졌다. 거칠고 서툰 태도였지만 오히려 그것이 조철봉을 후끈 달아오르게 만들었다. 알몸이 된 조철봉이 애영을 향해 똑바로 섰다. 이미 철봉은 힘을 받고 있었으므로 애영의 시선이 그쪽으로 옮겨졌다.

"누님, 뭐 마실 것 줄까?"

"빨리 와."

"천천히 즐겨, 서둘면 체해."

"빨리 오라니깐!"

애영이 시트 밑에서 몸을 비틀었다.

"나아 참, 이러다가 금방 끝나지."

혀를 찬 조철봉이 시트를 와락 젖혀 내고는 애영의 알몸을 보았다.

"누님은 몸이 좋아."

"어서 해줘."

애영이 두 팔과 함께 두 다리를 벌렸는데 두 눈에는 초점이 잡혀 있지 않았다.

"그냥 넣어줘."

애영다운 방식이었다. 애무 따위는 바라지 않고 곧장 정면 공격을 원하는 것이다. 옆으로 누운 조철봉이 손으로 애영의 숲을 훑었을 때 예상했던 대로 넘쳐나고 있었다.

"조금 만져줄까?"

샘 끝부분을 가볍게 문지르면서 조철봉이 묻자 애영이 번쩍 허리를 추켜들었다가 내렸다.

"감질난단 말이야, 어서."

"글쎄, 조금만 기다려봐."

조철봉은 샘 끝을 문지르면서 애영의 유두를 입안에 넣었다. 애영이 기성을 뱉으면서 몸을 비틀었지만 곧 조철봉의 손끝과 혀를 간절히 기다리고 있게 되었다.

"아이구, 아이구!"

애영이 곧 곡소리 같은 신음을 지르더니 절정으로 치달아 오르기 시작했다. 시간을 재지 않았지만 3분쯤 되었을 것이다. 다 이쪽이 워밍업을 하고 온 덕분이다.

절정에 오른 애영이 사지를 뻗치면서 단말마의 신음을 뱉자 조철봉은 가슴에서 입을 뗐다.

"누님, 난 아직 시작도 안 했어."

그러나 애영은 절정의 여운이 아쉬운 듯 다리에 낀 조철봉의 손을 꽉 조인 채 온몸을 굳히고만 있다. 애영의 온몸은 벌써 땀에 젖어 미끈거렸다. 두 눈을 질끈 감은 채 가파른 숨소리와 함께 신음을 뱉어내는 애영을 조철봉은 지그시 내려다보았다.

"누님, 이제 시작할게."

이렇게 말로 뜸을 들이는 것도 자극이 된다. 흥분된 상태에서는 이런 말들이 분위기를 고조시키는 것이다. 조철봉이 애영의 다리를 벌렸을 때 애영은 순순히 몸을 내주었다. 조철봉은 애영의 몸 안에 아주 서서히 진입했다. 애영이 충분히 실체를 느끼도록 하려는 것이다. 그 순간 감동한 애영이 다시 감탄 같은 신음을 질렀다. 조철봉은 부드럽고 깊게 애영의 몸 안으로 파고들었다.

"누님은 몸이 좋아."

허리를 움직이면서 조철봉이 애영의 귓불에 대고 말했다.

"세게 해줄까?"

애영이 정신없이 머리를 끄덕였는데 살살 해줄까 하고 물었어도 그러라고 했을 것이다. 조철봉은 강약을 조절하며 애영을 다시 극락으로 이끌었다. 이번은 손가락 따위로 절정에 올랐던 조금 전과 쾌감의 강도가 비교되지 않는다. 조철봉의 목을 두 팔로 감싸 안은 애영이 숨넘어가는 소리로 울부짖기 시작했는데 실제로 눈물이 쏟아지고 있었다. 그리고 이번에는 조철봉이 침대 옆의 전광시계를 보고 시작했으므로 정확히 4분 15초 만에 애영은 두 번째로 절정에 이르렀다.

"나 죽어, 나 죽어."

애영이 온몸을 있는 힘껏 굳혔다가 사지를 늘어뜨렸는데 입에서는 계속해서 신음이 터져 나왔다. 조철봉은 옆에 던져 놓은 수건을 집어 땀에 젖은 애영의 몸을 찬찬히 닦았다. 애영의 신음과 호흡이 잦아들었을 때 조철봉은 다시 애영의 몸 위로 올라왔다.

"누님, 나 아직 안 했어."

그 순간 애영이 눈을 치켜떴는데 입까지 벌어졌다. 그러나 기진한 듯 아직 말을 뱉지는 않는다.

"누님이 위에서 해줄래?"

조철봉이 묻자 애영은 힘들게 머리를 저었다.

"나 기운 없어. 그만해."

"그럼 누님만 좋으란 말이야?"

애영의 두 다리를 벌린 조철봉이 몸 위에서 내려다보았다.

"누님도 다시 한 번 홍콩에 가봐. 이번에는 진짜야."

"동생, 나 죽겠어."

"글쎄 한번 넣어 보시라니깐."

여자의 몸은 신비롭다. 조철봉의 철봉이 진입했을 때 주인은 늘어졌지만 샘은 금방 반응했다. 그러고는 그 감각이 번개처럼 주인의 뇌신경에 전달되었고 곧 신음이 뱉어졌다. 조철봉은 전광시계를 보았다. 1시 15분 22초가 되어 있었다. 아래층에서 워밍업을 하고 온 터라 이제는 구태여 철새 정치인 등을 생각하며 시간을 끌 필요도 없는 것이다. 조철봉은 이번에는 거칠게 움직였다. 우악스럽게 애영의 다리를 들어 올리는가 하면 뒤집었고 무릎 위에 주저앉히기도 했다. 애영은 이제 잘 길든 애완견이 되어 있었다. 조철봉의 동작 한 번마다 기쁨의 탄성을 질렀으며 감동해서 울었다. 그러고는 한 번도 닿지 못한 극락으로 치솟아 오르기 시작했는데 이번에는 소리도 지르지 못하고 눈만 뒤집었다. 딱 9분 52초 만이다.

다음 날 아침, 회사에 출근한 조철봉이 양경수를 불렀다. 방으로 들어선 경수는 긴장한 듯 얼굴이 굳어져 있었는데 전일자동차의 강병도가 구속되고 나서 중고차 수출에 차질이 발생하고 있기 때문이었다. 조철봉이 테이블 앞에 서 있는 경수를 정색하고 보았다.

"광화문의 최 사장 이야기 들었지?"

"예, 들었습니다."

"지금 가서 최 사장한테서 벤츠 3대를 받아와라."

경수가 눈만 끔벅였을 때 조철봉이 말을 이었다.

"크로나 3대를 사기로 했으니까 계약서도 갖고 가. 계약금은 대당 1천만 원을 받기로 했다."

"크로나 무슨 형입니까?"

"리무진형."

그러고는 조철봉이 희미하게 웃었지만 경수가 내막을 알 리 없다.

"벤츠를 대당 1천만 원에 팔기로 합의했으니까 계약금은 받은 것으로 하고 벤츠를 끌고 오면 돼."

"예, 사장님."

경수가 몸을 돌리려는 순간 조철봉이 손을 들어 멈춰 세웠다.

"유진경 대리가 나오지 않아서 업무에 지장이 많은가?"

조철봉이 묻자 경수는 침을 삼켰다.

"예, 그렇습니다."

작심한 듯 경수가 테이블에 바짝 붙더니 조철봉을 보았다. 여전히 굳어진 얼굴이다.

"유 대리가 꽤 발이 넓었습니다."

"소문은 들었지?"

경수가 눈만 크게 떴으므로 조철봉은 이맛살을 찌푸렸다.

"남자관계 말이야, 나한테까지 들렸는데 네가 모를 리 없지 않아?"

"예, 그것이."

"말해봐, 회사를 위한 일이니까."

경수는 아직 순진했지만 사장과의 밀담에 더 긴장했다.

"예, 들었습니다."

"말해봐."

"전일에서 옮겨온 직원 이야기를 들으면 유 대리가 강 사장의 애인이었다는 겁니다."

"그건 나도 들었어."

"유 대리는 또 애인이 있는데 가끔 못살게 굴었다고 합니다. 그래서 전일 직원들은 유 대리 행실을 좋지 않게 생각하고 있는 것 같았습니다."

애인이 아니라 동거남인 것이다. 조철봉이 머리를 끄덕였다.

"알았어, 고맙다."

경수가 방을 나갔을 때 조철봉은 전화기를 들었다. 오전 9시 반이었다.

10시 반이 되었을 때에야 눈을 뜬 전태성은 몸을 굴려 침대에서 일어섰다. 머리는 더부룩했고 아직 술이 덜 깬 눈에는 핏발이 서 있었는데 꽤 험악한 몰골이었다.

"어? 너 정말 회사 안 나가는 거야?"

주방에 서 있는 유진경을 보자 태성이 소리치듯 물었다.

"너, 니 맘대로 놀 거야?"

"짤렸다니까 그러네."

진경이 뱉듯이 말했지만 힐끗 태성의 눈치를 보았다.

"가고 싶어도 못 나가."

"그 사장 놈을 내가 손 좀 봐줘야겠군."

냉장고를 열고 생수병을 꺼내면서 태성이 눈을 부릅떴다.

"그놈의 회사 불을 질러 버릴 테다."

물을 가슴에 흘리면서 마시고 난 태성이 진경에게 돌아섰다.

"50만 원만 내놔."

"내가 무슨 돈이 있다고? 다 가져갔으면서."

진경이 항의하듯 말했지만 곧 시선을 떨어뜨렸다.

"내가 지난주에는 50밖에 가져가지 않았잖아?"

버럭 태성이 소리 치고는 진경에게 다가섰다.

"너, 나 갖고 놀 거야?"

진경이 아랫입술을 물었다.

"지금 30밖에 없어."

"그럼 20은 내일까지 채워."

잇새로 말한 태성이 생수병을 개수대에 던지더니 화장실로 들어섰다. 진경은 주방 구석에 놓인 의자에 쓰러지듯 앉았다. 두들겨 맞고 나서 파출소에 신고도 해보았고 가정폭력신고센터에도 연락해보았지만 역효과만 났다.

작년 초에는 진단서를 떼어 태성을 석 달간 교도소에 집어넣기까지 했는데 출소한 후에는 더 흉포해졌던 것이다. 전태성은 끈질기고 독한 성품이었다. 온몸에는 칼로 자해하고 찔린 상처가 수십 군데여서 보기만 해도 몸서리가 쳐졌다. 올여름에는 부산으로 도망쳤다가 닷새 만에 잡혀 돌아왔는데 그때 칼에 찔린 엉덩이의 상처가 지금도 가끔 따끔거린다. 한 마디로 전태성은 유진경의 몸에 달라붙어 뗄 수 없는 흡혈귀와 같았다. 화장실에서 나온 태성이 식탁에 앉았으므로 진경은 자리에서 일어섰다.

"왜 짤린 거야?"

태성이 불쑥 물었다.

"새 회사로 옮긴 지가 얼마나 됐다고 짤려?"

"장사가 잘 안 돼."

"웃기고 있네."

잇새로 말한 태성이 진경을 노려보았다.

"그렇다고 돈을 깎아주거나 연기해줄 수는 없어. 한 달에 2백씩도 내가 널 봐준 거란 말이야."

진경이 잠자코 식탁 위에 찬그릇을 내려놓자 태성의 목소리가 높아졌다.

"알았어? 대답해, 이것아."

이를 악문 진경이 몸을 돌렸을 때 태성이 김치그릇을 집어던졌다. 그릇이 진경의 등에 맞아 떨어져 깨지고 옷은 김치 범벅이 되었다.

"이번 달까지 두고 보다가 안 되면 널 팔아넘길 테니까 각오해."

태성이 눈을 부릅뜨고 소리쳤다. 여기서 대들었다가는 무지막지한 주먹과 발길질이 퍼부어질 것이었다. 비명을 지르면 지를수록 태성은 더 포악해졌다.

작년에는 옆집에서 경찰에 신고했다가 경찰서 유치장에서 닷새를 보내고 온 태성이 하루에도 몇 번씩 옆집 식구들을 위협하는 바람에 결국은 작년 말에 이사를 가버렸다. 형을 살고 나오면 아예 죽인다고 협박하는 터여서 모두 진저리를 치는 것이다. 진경이 바닥에 흩어진 그릇과 김치를 치울 때 태성이 말했다.

"다음 달부터는 한 달에 3백씩 갚아. 열흘에 백만 원씩이고 기간은 3년이다."

진경은 잠자코 방바닥을 치웠다. 아버지가 빌린 돈은 5천이었는데 이자로 3천을 갚고 나서 도망친 것이 4년 전이었다. 도망쳤던 아버지는 목포에서 객사했고 전태성에게 잡힌 것은 3년 전이다. 그리고 3년 동안 전태성에게 뜯긴 돈이 8천이 넘었는데도 다시 한 달에 3백씩 3년을 갚으라니 1억여 원을 더 갈취하겠다는 것이다.

그러나 진경은 조금도 충격을 받지 않은 듯 무표정한 얼굴로 방바닥을 치웠다. 태성의 목소리가 이제는 가라앉았다. 자근자근 씹는 듯한 목소리였다.

"만일 한 달이라도 약속을 어기면 그 길로 너를 섬이나 사창가로 팔아넘길 테다. 이제는 너도 알 거다, 법보다 주먹이 더 가깝다는 것을 말이야."

그리고 태성이 웃었다.

"게다가 넌 내 마누라거든."

30만 원을 받아 쥔 태성이 집을 나갔을 때 진경은 한동안 꼼짝하지 않고 주방 의자에 앉아 있었다. 15평형 임대아파트는 태성의 명의로 등기가 되어 있었지만 관리비는 물론이고 생활비까지 모두 진경의 몫이었다. 태성이 말한 대로 법보다 주먹이 가까운 세상이다. 보통 사람이 들으면 놀랍고 황당한 일이겠지만 억울한 사연은 얼마든지 있는 것이다. 법으로 따져서 태성이 당장 구속되어 교도소에 수감된다고 해도 그 뒷일이 더 무섭다. 태성은 다시 찾아와 더 교활하고 잔인하게 괴롭힐 것이 불을 보듯 뻔했다.

전화벨이 울렸을 때 진경은 머리를 들었지만 받지 않았다. 틀림없이 태성의 전과자 후배거나 친구일 것이었다. 그들이 어떤 일을 하는지는 철저히 입을 다물고 있어서 알 수 없었으나 떳떳한 일은 아닐 것이다. 벨소리가 그쳤다가 다시 울리기 시작했으므로 진경은 자리에서 일어섰다. 며칠 전에도 전화를 받지 않았다가 태성에게 발길로 허리를 차인 적이 있었던 것이다.

"여보세요."

전화기를 귀에 붙인 진경이 가늘게 응답했을 때 수화구에서 사내의 목소리가 울렸다.

"아, 유진경 씨, 나 최갑중입니다. 아시겠습니까?"

"아, 네."

진경은 긴장했다. 최갑중은 조철봉의 부하 직원으로 심복이라는 것까지는 안다. 그러나 회사에 가끔 나오는 통에 무슨 일을 하고 있는지는 모른다.

"마침 계셔서 다행입니다. 잠깐 시간을 내주실 수 있겠습니까?"

"무슨 일인데요?"

"뭐, 상의 드릴 일이 있어서. 나쁜 일은 아니니까 마음 놓으시고."

오전 10시 반이었다. 거절할 이유도 없는 데다 어디론가 뛰쳐나가고 싶은 충동이 일어나는 중이었으므로 진경은 갑중과 만나기로 약속했다.

그로부터 1시간 반 후인 12시 정각에 진경은 광화문사거리 근처의 커피숍으로 들어섰다.

"여깁니다."

입구에서 안을 둘러보았을 때 창가의 테이블에 앉아 있던 갑중이 자리에서 일어나며 맞았다.

"갑자기 전화를 해서 놀랐습니까?"

마주보고 앉았을 때 갑중이 웃음 띤 얼굴로 진경을 보았다.

"긴장하고 계신 것 같아서 그럽니다."

"예, 조금."

진경이 정색하고 말했다. 오면서도 줄곧 생각해 보았지만 갑중이 자신을 찾을 이유는 딱 한 가지뿐이었다. 이제 회사를 그만두었으니 마음놓고 유혹하려는 것이다. 그때 사장실 앞에서 마주쳤을 때 보았던 갑중의 눈빛을 기억하고 있었기 때문이다.

"우리 사장님한테 왜 그러셨습니까?"

불쑥 갑중이 물었을 때 진경의 얼굴은 금방 굳어졌다. 눈을 크게 뜨고 갑중을 바라보던 진경의 얼굴에 이제는 붉은 기운이 덮였다.

"제가 추궁하려고 묻는 게 아닙니다. 왜 거짓말을 했지요?"

갑중이 부드러운 표정으로 말을 이었다.

"왜 강병도하고 깊은 관계라고 스스로 소문을 내고 다녔습니까? 우리 사장님한테는 강병도가 조루라고까지 했다면서요?"

"도대체 왜 그런 걸 묻는 거죠?"

눈 주위가 빨갛게 달아오른 진경이 갑중을 쏘아보았다.

"다 끝난 일이잖아요? 그리고 그쪽에서는 피해 본 일도 없고요."

그때 갑중이 자리에서 일어섰으므로 진경은 그의 시선이 가는 뒤쪽을 보았다. 그리고 숨을 삼켰다. 조철봉이 들어서고 있었기 때문이다.

다가 온 조철봉이 진경을 향해 빙긋 웃었다.

"그냥 스치고 지나는 사이가 될 수도 있었지만 우리 인연은 그렇게 간단하지는 않은 것 같군."

갑중의 옆에 앉은 조철봉이 부드러운 시선으로 진경을 보았다. 그때 갑중이 말을 이었다.

"왜 거짓말을 했느냐고까지 물었습니다, 사장님."

"그런가?"

조철봉이 웃음 띤 얼굴로 머리를 끄덕였다.

"네가 강병도를 찾아가 확인했다고도 말했어?"

"아직 그것까지는."

정색한 갑중이 진경을 보았다.

"내가 교도소에 강병도를 찾아가 확인했더니 펄쩍 뛰더군요. 그런 말은 금시초문이라고 하던데 거짓말하는 것 같지 않았습니다."

진경이 시선을 내렸을 때 갑중의 말이 이어졌다.

"전일자동차 내에서 유혹이 많았기 때문이었지요? 그래서 강병도를 내세웠던 것 아닙니까?"

"그런데 그것이 무슨 상관이냐고요?"

머리를 든 진경이 갑중과 조철봉을 번갈아 쏘아보았다. 그러더니 뱉듯이 말했다.

"그래요. 제가 그렇게 말하면 사장님이 절 부담 없이 대하실 줄 알았어요. 이유는 그것뿐입니다."

"그 목적이 있을 텐데."

갑중이 목소리를 낮췄다.

"부담 없이 몸을 갖도록 하는 이유 말입니다."

"돈이 필요했어요."

"얼마나 필요했습니까?"

다그치듯 갑중이 묻자 진경은 어깨를 늘어뜨렸다.

"천만 원쯤, 아니면 오백이라도."

"그 돈으로 뭘 하시려고?"

"중국으로 도망치려고."

머리를 든 진경이 일그러진 웃음을 띠었다.

"잘 모르시겠지만 전 절박하거든요."

"잘 압니다."

갑중이 정색하고 대답했다.

"전태성에 대해 조사를 다 했거든요."

놀란 진경이 눈을 크게 뜨더니 침을 삼켰을 때 갑중이 말을 이었다.

"물론 사장님의 지시로 말입니다."

진경의 시선이 조철봉에게로 옮겨졌다. 그때 조철봉이 입을 열었다.

"오늘은 집에 들어가지 마라, 내일 오후쯤 들어가면 일이 다 풀려있을 테니까."

"어떻게요?"

진경이 몸을 굳히더니 조철봉을 똑바로 보았다. 빨아들일 듯한 시선이었다.

"전 하루만 외박해도 다음 날에는 맞아 죽어요. 그 사람을 잘 모르고 하시는 말씀입니다."

"글쎄 걱정하지 마시라니까."

혀를 찬 갑중이 손목시계를 보는 시늉을 했다.

"저하고 같이 가십시다, 제가 쉬실 곳을 마련해 놓았으니까."

"안 돼요."

진경이 머리를 저었다.

"전 부산까지 도망쳤지만 그놈한테 닷새 만에 잡혔어요. 그놈은 발이 넓어서 통하지 않는 곳이 없어요."

"어디 얼마나 발이 넓은지 봅시다."

그러고는 갑중이 쓴 웃음을 지었다.

"어지간히 그놈한테 당하신 모양이군."

"그래요."

"그놈보다 더 악질인 놈이 얼마든지 있단 말입니다. 걱정하지 마시고."

자리에서 일어선 갑중이 재촉하듯 말했다.

"자, 어서 가십시다."

그때 조철봉이 머리를 끄덕였다.

"따라 가라니까, 걱정 말고."

전태성은 고등학교를 중퇴한 후로 온갖 곡절을 겪었지만 한 번도 일이 제대로 풀린 적이 없었다. 본인의 주장으로는 운이 기가 막히게 없거나 사기를 당했기 때문이라고 했지만 모두 거짓말이다. 중국집 배달원 때 금고를 깨부수고 돈을 꺼내 튄 것을 시작으로 그는 사기와 협잡으로 인생을 살아왔다. 그에게 남을 속이고 갈취하는 일은 일상화되어서 이제 조금도 양심의 가책을 느끼지 않게 된 것이다.

또한 그의 성품은 잔인하고 교활해서 이런 생활에 잘 어울렸다. 약자한테는 강하고 강자 앞에서 비굴했으며 그것을 조금도 부끄럽게 여기지 않는 것이다. 전태성이 당구장에서 나왔을 때는 저녁 7시쯤이었다. 내기 당구를 치고 나온 길인데 고수를 만나 10만 원 가깝게 잃은 참이라

기분이 언짢았다. 다른 때 같으면 상대방에게 시비라도 걸어서 돈을 안줄 수도 있었지만 주위에 당구장 건달들에다 영등포의 조직원들이 구경하고 있어서 대책 없이 털리고 나온 것이다.

영등포 시장 뒷길은 언제나 번잡했지만 저녁 무렵이면 활기로 가득차서 벅적거린다. 전태성은 주위를 둘러보며 휘적거리고 걸었다. 술 생각이 간절했지만 자기 돈 내고 먹기는 싫었으므로 안면 있는 놈을 찾으려는 것이다. 서울이 고향이고 주로 영등포 근처에서 30여 년 세월을 보낸 터라 마음만 먹는다면 30분 안에 봉을 잡을 수가 있다. 그때였다. 뒤에서 누군가 어깨를 잡았으므로 전태성은 머리를 돌렸다.

"뭐요?"

처음 보는 사내였던 것이다.

"나 영동경찰서 김 형사인데."

주머니에서 신분증을 꺼내 보인 사내가 바짝 다가섰다. 40대 초반쯤으로 보이는 사내의 눈빛을 읽은 전태성은 입맛을 다셨다. 경찰 출입을 자주 한 터라 사내가 형사인 것은 거의 사실 같았기 때문이다. 표정은 웃고 있었지만 눈빛은 빈틈이 없었고 언제 튈지 모르는 상대에 대비해 몸을 늘어뜨리고 있다. 몸을 굳히고 어깨를 편 자세는 영화에서나 배우가 폼을 잡으려고 그러는 것이다.

"무슨 일이쇼?"

당장 걸릴 일이 없는 터라 전태성이 눈을 치켜떴지만 뒤는 켕겼다. 따지고 보면 고발당하지 않은 사건만 해도 수십 건인 것이다. 그때 옆쪽에서 사내 하나가 다가와 붙었으므로 전태성의 가슴은 내려앉았다. 새로 나타난 사내는 20대 후반쯤으로 보였는데 형사일 것이었다.

"별거 아니니까 걱정은 말고 잠깐 우리한테 시간만 내주면 돼."

40대 형사가 부드럽게 말했다.

"정보를 얻으려고 해."

"내가 정보원인 줄 아쇼? 그리고 내가 이 바닥에서 노는 것도 아니고."

"최준성이 사건 때문에 그래."

형사가 말하자 전태성이 눈을 치켜떴다.

"그놈이 잡혔습니까?"

"글쎄, 잡으려고 한다니까."

"갑시다, 그럼."

이번에는 전태성이 서둘렀다. 최준성은 3년 전까지 전태성의 친구였다가 돈을 몽땅 갖고 튄 놈인 것이다. 사기친 돈을 몽땅 갖고 튀어서 전태성은 몫을 배당받기는커녕 밑천까지 날렸다. 사기꾼을 사기친 놈인 것이다. 덕분에 최준성이 사건에 대해서는 전태성도 피해자였고 지금도 그 일을 생각하면 자다가도 벌떡 일어난다. 전태성은 형사들과 함께 시장입구에 주차된 승합차에 올랐다. 승합차에는 동료 형사가 운전석에 앉아 있다가 그들이 차에 오르자 곧장 발진시켰다.

"어디로 갑니까?"

전태성이 묻자 형사 하나가 빙긋 웃었다.

"성남이야, 시간은 별로 안 걸려."

차가 성남시내로 들어섰을 때 전태성은 머리를 들고 김 형사를 보았다.

"최준성의 공장이 시내에 있습니까?"

"그래."

담배를 문 김 형사가 턱으로 앞쪽을 가리켰다.

"몇 킬로만 더 가면 돼."

전태성이 머리를 끄덕였다. 그들은 지금 최준성이 가짜 우황청심환을 만드는 공장으로 가는 중이었다. 그동안 최준성은 가명을 쓰는 데다 얼굴도 성형수술을 해서 전혀 다른 사람으로 변했는데 주민등록증까지 위조해서 경찰청의 컴퓨터에도 걸려들지 않는다는 것이다. 따라서 김 형사는 최준성과 오랫동안 함께 지낸 전태성에게 확인을 부탁한 것이다. 김 형사가 머리를 돌려 전태성을 보았다.

"최준성이가 얼마나 사기를 쳤어?"

"내 돈 1억 5천을 몽땅 들고 튀었습니다."

옛일을 떠올리자 다시 화가 치밀어 오른 전태성이 눈을 부릅떴다.

"그리고 그놈은….'

전태성은 입을 다물었다. 하마터면 사기친 돈 중에서 자신의 몫인 3억까지 들고 튀었다고 말할 뻔했던 것이다.

"어쨌든 그놈이 아무리 성형수술을 해서 마이클 잭슨이 되었다고 하더라도 내 눈은 못 속입니다."

자신 있게 말한 전태성이 입술을 비틀고 웃었다.

"내가 그놈 다리 사이의 물건까지 다 아니까요."

"다 왔군."

차가 골목으로 꺾어져 들어섰을 때 김 형사가 말했다. 골목은 어두웠고 앞쪽은 이층 건물로 가로막혀 있었는데 불은 켜져 있지 않았지만 공장 같았다. 공장 마당으로 들어선 차가 멈추자 김 형사가 말했다.

"자, 내려."

"여기가 공장입니까?"

따라 내리면서 전태성이 물었으나 김 형사는 대답하지 않았다.

"어, 데려왔습니까?"

어둠 속에서 사내들이 나타났으므로 전태성은 어깨를 폈다. 형사들일 것이다. 그들 앞으로 다가선 사내들은 셋이었는데 모두 손에 가방을 들었다. 사내들이 타고 온 것으로 보이는 승합차가 마당 구석에 세워져 있는 것도 보였다. 사내 중 하나가 전태성의 위아래를 훑어보았다. 짙은 어둠 속이었지만 눈빛이 험악했고 체격이 좋았다.

"당신이 전태성이야?"

"예, 제가."

전태성이 힐끔 같이 온 형사 세 명을 보았다. 그들은 뒤쪽에 서 있었는데 김 형사는 막 담배를 피워 무는 중이었다.

"좋아. 그럼, 데려가."

사내가 말했을 때 이미 전태성의 옆으로 붙어 선 사내들이 달려들었다. 그러고는 팔을 뒤로 꺾더니 수갑을 채웠으므로 전태성은 눈을 부릅 떴다.

"아니, 여보쇼."

전태성이 소리치자 사내 하나가 입에다 무언가를 물리더니 머리 뒤로 묶어버렸는데 능숙한 손놀림이었다. 이어서 전태성은 다리를 들려 넘어졌고 곧 다리도 끈으로 묶이고 말았다. 바닥에 쓰러진 전태성은 몸부림을 쳤으나 입에서 소리가 나오지 않았고 머리만 흔들고 있을 뿐이었다. 그때 김 형사가 사내에게 말했다.

"여기 1년분이오."

김 형사가 꽤 묵직해 보이는 가방을 건네주자 사내는 짧게 웃었다.

"그럼 매년 오늘 1천만 원씩 계산하는 것으로 알겠습니다."

"그럽시다. 내가 가끔 연락을 드릴 테니까 도망치게 해서는 안 됩니다."

"우리 요양원 역사상 그런 예가 없지요."

그 순간 전태성의 몸에는 식은땀이 흘러내렸다. 말로만 듣던 정신요양원에 감금되는 것이다.

"이곳이 누구 집이에요?"

유진경이 묻자 최갑중은 빙긋 웃었다.

"주인은 없습니다."

그러나 진경은 미심쩍은 듯 다시 방안을 둘러보았다. 윤성희에게 내주었던 오피스텔인 것이다. 방안은 깨끗이 청소되어서 윤기가 났고 가전제품도 산뜻하게 제자리에 놓여 있었으며 화장대 위에는 화장품이 가득 쌓였다. 여자가 쓰던 방인 것이다. 진경의 궁금증을 풀어주려는 듯이 갑중이 설명했다.

"사장님의 여동생이 쓰던 방이지요. 그런데 갑자기 중국으로 떠나는 바람에 비게 되었습니다."

"옷도 다 있는데."

옷장을 열어본 진경의 눈이 휘둥그레졌다.

"왜 다 놓고 가셨을까?"

"다시는 돌아오지 않을 테니까 입으셔도 됩니다."

갑중이 진경의 아래위를 훑어보았다.

"사이즈도 맞으실 것 같군."

그러고는 갑중이 열쇠를 탁자 위에 놓더니 다시 얼굴을 펴고 웃었다.

"푹 쉬시죠. 오늘 중으로 사장님한테서 연락이 올 겁니다."

갑중이 방을 나갔을 때 진경은 자리에 앉지도 않고 방안을 둘러보며 서 있었다. 방안은 따뜻했으며 옅게 향수 냄새까지 맡아져서 지금까지 살던 임대아파트는 거지 소굴처럼 느껴졌다. 이윽고 길게 숨을 뱉은 진경은 창가에 놓인 의자에 앉았다. 아직도 현실 같지 않았으므로 다시 방안을 둘러보던 진경은 문득 조철봉의 차가운 시선을 떠올렸다. 일식집에서 유혹했을 때의 냉담했던 시선이다. 갑자기 얼굴이 뜨거워진 진경은 창밖으로 시선을 돌렸다. 어둠에 덮인 거리의 네온이 휘황하게 반짝였고 도로를 달리는 차들이 활기 있게 느껴졌다. 사람은 자신이 처한 상황에 따라 주변의 똑같은 상황이 밝게도 슬프게도 보이는 것이다. 조철봉의 전화가 왔을 때는 샤워를 마친 진경이 옷장 안의 가운으로 갈아입고 소파에 앉아 있을 때였다. 이제는 가슴이 가라앉은 데다 분위기에도 적응이 되었지만 왠지 초조했던 참이었다. 진경이 반갑게 응답했을 때 조철봉은 부드럽게 말했다.

"앞으로 그곳에서 살도록 해. 그 임대아파트는 없는 것으로 치고."

"사장님, 저는."

"그리고 전태성의 일은 오늘 중으로 끝날 거야. 두 번 다시 나타나지 않을 테니까."

"하지만 어떻게."

"그건 나한테 맡기고."

조철봉이 생각났다는 듯이 말했다.

"일주일쯤 쉬었다가 회사에 다시 나오도록 해, 그동안 놀러도 다니고."

"…"

"그리고 옷장 서랍 안에 돈이 조금 있을 거야. 그것으로 생필품을 사, 용돈으로도 쓰고."

그러고는 전화가 끊겼으므로 진경은 아쉬운 듯 전화기를 내려놓았다. 냉장고는 깨끗이 비워졌고 주방의 그릇은 가지런히 놓여 있었지만 음식 만든 흔적은 보이지 않았다. 자리에서 일어선 진경이 옷장의 서랍을 열었을 때 만 원권 뭉치가 쌓여 있었다. 모두 다섯 뭉치였다. 오백만 원인 것이다. 갑자기 가슴이 벅차오른 진경은 어금니를 물었지만 눈물이 볼을 타고 흘러내렸다. 방바닥에 주저앉은 진경은 두 손으로 얼굴을 가리고 흐느껴 울었다. 그것이 행복감 때문인지 지금까지의 세월에 대한 억울함인지는 스스로도 알 수 없었지만 진경은 이제 소리 내어 울었다. 방안에 아무도 없다는 것을 깨달은 진경은 아예 얼굴에서 손을 떼고 엉엉 울었다. 그러자 가슴이 차츰 가라앉으면서 시원해졌다. 묵은 것이 눈물로 다 씻겨 내려간 것 같았다.

헐레벌떡 최갑중이 들어섰을 때 조철봉은 판매 현황을 체크하는 중이었다.

"형님, 갑산건설이 부도를 냈습니다."

눈을 크게 뜬 갑중이 책상 앞으로 바짝 다가섰다.

"오 사장이 35억을 떼어먹고 도망을 쳤단 말씀입니다."

조철봉이 의자에 등을 붙였다. 일이 터졌을 때 놀라고 화를 내는 것은 담당자의 몫인 것이다. 담당자는 당연히 먼저 길길이 뛰고 소동을 벌여야 정상이며 그 윗선은 조금 덜 흥분하고 꼭대기로 갈수록 차분해야 제대로 굴러가는 회사라고 말할 수 있다. 호랑이 부장에 부처님 사장의 체제가 되어야 정상이며 부처님 부장에 호랑이 사장의 조직은 개판이다. 자세히 말한다면 부처님 부장이 생색을 다 내게 되어서 호랑이 사장은 왕따가 되기 때문이다. 따라서 쫄따구일수록 길길이 뛰어야 한다. 그래서 윗사람이 수습할 기회를 줘야 하는 것이다. 갑중이 눈을 부릅뜨고 말을 이었다.

"계획적입니다. 그놈은 어음을 모두 부도내고 튀었는데 남아 있는 부동산도 없습니다."

갑산건설은 실버타운의 공사업체로 이미 공사는 50퍼센트 정도 진행되었고 공사 대금은 50억 원이 넘게 지급된 상황이다. 조철봉이 공사 중도금 35억 원을 지급한 것이 일주일 전이었으니 오만철은 그 돈을 몽땅 들고 튄 것이다. 조철봉의 시선을 받은 갑중의 얼굴이 굳어졌다. 갑산건설을 추천한 것이 갑중인 것이다. 오만철은 갑중의 친척 형님의 친구가 된다고 했다.

"중국으로 튀었답니다. 형님, 그 놈을 잡으러 가야겠습니다."

조철봉은 입맛을 다셨다.

"이 자식아, 중국 땅덩이가 얼마나 넓은지 알아? 인구가 13억이야, 인마."

"형님, 그래도."

"공사는 계속 진행해야 된다. 하청업체 사장들을 모아라."

"예, 하지만."

"경찰에 신고를 하고, 하청업체 중 믿을 만한 업체 하나를 선정해서 공사를 맡기겠다."

"그, 그렇지만."

"차분하게 내가 한 말을 머릿속에 처넣고 나가."

"예, 형님."

갑산건설에 대해서는 한 마디도 야단을 맞지 않았지만 오히려 그것이 더 부담이 된 갑중이 식은땀을 흘리며 방을 나갔다. 일순간에 공사 대금 35억 원을 날린 것이다. 대금을 받지 못한 하청업체가 술렁이면 그 몇 배의 손해가 온다. 물론 자금 여유가 있었기 때문이지만 조철봉은 하루 종일 사건 수습에 매달렸다. 갑산건설로부터 대금을 받지 못한 하청업체에 대신 대금을 지급하자 분위기는 순식간에 바뀌었다. 하청업체 중 중견 건설업체인 일동건설에 공사를 다시 맡기고 났을 때는 모두 사기가 올라 공사 일정을 당기겠다는 결의문까지 써냈다. 이것이 하루 사이에 끝낸 일이니 하청업체들은 전무후무한 일이라고까지 했다. 갑중이 핏발 선 눈을 치켜뜨고 다시 나타났을 때는 일을 다 끝낸 조철봉이 일동건설 사장 양성호와 저녁을 먹고 있을 때였다.

"사장님."

양성호 앞이었으므로 갑중은 조철봉에게 사장 칭호를 썼다.

"잠깐 드릴 말씀이 있습니다."

그때 양성호가 자리에서 일어섰다. 분위기를 눈치챈 것이다.

"제가 화장실에 다녀오겠습니다."

양성호가 방을 나갔을 때 갑중이 조철봉을 보았다.

"오만철이가 지금 산동성 청도시에 있습니다. 오만철의 애인한테서 알아냈습니다."

3. 원정

산동성 청도시는 중국 대륙에서 황해를 향해 튀어나온 산동반도의 아래쪽에 위치한 도시로 중국어로는 칭다오라고 부른다. 본래 백제 시대부터 산동반도는 한반도와 교류를 해왔고 일부는 백제령 담로였다는 설도 있는 것이다. 조철봉이 청도시에 도착한 것은 그로부터 일주일 후였는데 갑중은 그것을 원정이라고 표현했다. 십자군이나 나폴레옹, 칭기즈 칸만이 원정이란 단어를 전세낼 수는 없는 것이다. 거금 35억을 되찾기 위한 원정도 원정이다. 원정군의 면면을 보면 사령관 조철봉 휘하에 참모 최갑중, 그리고 행동대원으로 이용만과 심규철, 이문석, 고동수와 강용수까지 일곱 명이었는데 모두 사기가 충천했다.

조철봉을 제외하고는 모두 해외 원정이 처음이었으며 고동수와 강용수는 비행기도 처음 타보았기 때문이다. 인천공항을 떠난 비행기가 겨우 한 시간 후에 청도에 도착했으므로 싱거운 기분이기는 했지만 그들은 공항에서 조선족 안내원 정수일을 만나 시내 중심가의 크라운호텔로 안내되었다. 정수일은 20대 후반으로 연변에서 대학을 나온 후에 청도에서 한국인 회사에 근무한 적도 있어서 한국인의 습성을 잘 알았다.

안내원을 잘 만나야 한다는 충고를 들었으므로 갑중이 믿을 만한 선배를 통해 지난달까지 한국인 회사에 근무한 정수일을 고른 것이다. 호텔방을 잡아놓고 모두 조철봉의 방에 모였을 때는 오후 다섯 시가 되어 있었다. 조철봉의 방은 특실로 실면적이 50평도 넘게 보였는데 응접실도 있고 화장실도 두 개나 있었다. 안내원 정수일이 분위기에 위압감을 느낀 듯 조심스럽게 입을 열었다.

"청도에는 한국인이 3만 명도 넘습니다. 하지만 조선족 정보원을 여러 명 고용하면 찾는 데는 며칠 걸리지 않을 것입니다."

정수일은 마른 체격에 보통 키였는데 행동이 빠르고 눈치가 있었다. 공항에서 호텔방 배분까지를 일사불란하게 처리한 것만 봐도 그렇다. 조철봉에게는 특실을, 갑중에게는 비즈니스 룸을 배정했으며 행동대원 다섯 명은 모두 일반실로 해놓은 것이다. 조철봉의 눈치를 살핀 정수일이 말을 이었다.

"발이 넓은 정보원만 고르다 보면 소문이 퍼져나갈 가능성이 많습니다. 그래서 입이 무거운 사람을 고용해야 합니다."

그러자 조철봉이 빙긋 웃었다.

"경험이 많은 모양이군. 한국에서 잡으러 오는 사람들이 많아서 그런가?"

"저는 이런 경험이 처음입니다만 그렇게 들었습니다."

"입이 무거운 정보원을 몇 명 고용하면 좋겠나?"

"셋이면 충분합니다, 사장님."

"비용은?"

"일인당 하루에 100불이면 됩니다."

"우리가 누구를 잡으려고 왔는지 자네는 알고 있는가?"

"전혀 모릅니다, 사장님."

놀란 듯 정수일이 눈을 둥그렇게 떴다.

"서울의 백 사장님께서 그저 사람을 찾는데 협조해야 할 것이라고만 말해 주셨습니다."

머리를 끄덕인 조철봉이 갑중을 보았다.

"네가 정보원을 만나도록."

"예, 형님."

정색한 갑중이 머리를 끄덕이더니 수일에게 물었다.

"정보원을 언제 만날 수 있나?"

"오늘 밤에 만나실 수 있습니다."

"그럼 오늘 밤에 나하고 용만이, 규철이가 같이 간다."

갑중이 참모로서 지시했다.

"나머지는 이곳에서 사장님을 모시도록."

회의가 끝나고 모두 방을 나갔을 때 조철봉은 쓴웃음을 지었다. 모두 들떠 있는 것이다.

조철봉이 룸살롱 '영도'에 들어섰을 때는 저녁 여덟 시경이었다. 이곳에서는 노래방 시설이 있는 룸살롱을 K-TV라고 부르는데 한국과 방식이 똑같다. 현관에서 기다리던 마담이 방으로 안내하는 것도 같았고 조선족 웨이터가 물수건부터 가져다주는 것도 한국식이었다. 조철봉은 고동수와 동행했다. 고동수는 한국에서 룸살롱 지배인 생활도 해보아서 눈을 번들거리며 주위를 검사하듯 살피는 중이었다. 조철봉이 자리에 앉았을 때 마담이 생글거리며 물었다.

"술은 뭘로 하실까요?"

'영도'는 안내원 정수일이 최고급 K-TV라고 소개를 해준 곳이었지만 예약도 하지 않아서 마담은 아직 이쪽 신분조차 모른다. 한국 손님이 대부분을 차지하는 곳이어서 골프 치러 날아온 뜨내기손님으로 알고 있을 것이었다. 조철봉의 눈치를 살핀 고동수가 대신 나섰다.

"술은 뭐가 있는데?"

"한국 룸살롱에 있는 술은 다 있습니다."

마담이 생글거리며 대답했다.

"주문만 하시면 무엇이든 구해 드립니다."

자신만만한 말투여서 고동수가 다시 조철봉의 눈치를 보았다. 동수는 조철봉이 자신을 데려온 이유를 아는 것이다.

"한국산 위스키를 마시지."

조철봉이 말하자 동수는 위스키를 주문했다. 국산 최고급 위스키였다.

"그런데 가격이 얼마야?"

동수가 묻자 마담의 눈이 가늘어졌다. 갸름한 미인형 얼굴이었고 체격도 날씬했지만 얼굴의 웃음기가 가시자 차가운 인상으로 변했다.

"병당 100불입니다. 그리고 잘 아시겠지만 안주는 무료입니다."

"아가씨들 팁은?"

"200위안씩입니다."

그렇다면 한화로 4만 원 가깝게 된다.

동수의 시선을 받은 조철봉이 머리를 끄덕였을 때 마담이 말했다.

"아가씨는 중국계와 조선족을 반씩 데려오겠습니다."

"마담은 조선족 동포인가?"

"예, 그렇습니다."

마담이 다시 생글 웃었다.

"고향이 옌볜입니다."

"여기 사장은 한국인이고?"

"예, 그렇습니다."

조철봉이 머리를 끄덕이자 마담은 물러갔다. 그때 동수가 입을 열었다.

"한국에서 조직이 많이 이쪽으로 옮겨왔습니다. 이곳은 물가가 싼 데다 인력 공급이 잘 되어서요."

"장사가 잘 되나 보다."

"위스키가 병당 100불에다 안주가 무료면 엄청 싼값입니다."

동수가 작은 눈을 반짝 치켜뜨고 말했다.

"게다가 팁이 200위안이라면 우리 돈 4만 원 아닙니까? 한국보다 다섯 배는 쌉니다."

문이 열리면서 마담을 선두로 아가씨들이 줄줄이 들어섰으므로 그들은 말을 그쳤다. 중앙에 앉은 조철봉은 저절로 긴장했다. 아가씨들 숫자가 열 명도 훨씬 넘어서 금방 셀 수 없었기 때문이다. 오른쪽 구석에 소대의 지휘관처럼 선 마담이 나란히 서 있는 아가씨들을 손으로 가리켰다.

"안쪽에서 일곱 번째까지가 조선족이고 그 다음부터가 중국계입니다."

기가 질린 조철봉은 처음에는 아가씨들과 시선도 마주치지 못했고 지배인 출신의 고동수도 마찬가지였다. 조철봉이 마담에게로 머리를 돌렸다.

"중국어를 못하면 중국계 아가씨들은 어떻게 상대하지?"

"대충 눈치로 압니다."

마담이 생글거리며 대답했다.

"조금도 지장이 없습니다, 사장님."

머리를 든 조철봉이 처음으로 아가씨들을 훑어보았다. 안쪽의 조선족부터 차례로 보면서 조철봉은 얼굴이 근질거리는 것같이 느껴졌다. 한국에서도 마찬가지였지만 이쪽은 대여섯 배 많은 시선이 쏟아지고 있기 때문일 것이다. 남자들 대부분은 이런 시선에 익숙하지 못하고 오히려 선택당하는 위치에 있는 여자들 편에서 당당하게 시선을 보내오는 것이다. 그러고는 그쪽에서 더 냉정하게 앉아 있는 사내들을 평가한다. 잔뜩 무안해진 조철봉의 훑어가는 시선이 다섯 번째 조선족 여자한테서 멈췄다. 미인이다. 둥근 얼굴에 눈은 북방계처럼 꼬리가 솟았으며 쌍꺼풀이 아니다.

그리고 입술은 도톰하게 부풀었다. 북한의 미인형이다. 조철봉의 시선을 예리하게 따르던 마담이 그 순간 빙긋 웃었다. 퍼뜩 시선을 그쪽으로 돌렸던 조철봉이 반발하듯 옆쪽의 여자를 다시 훑기 시작했다. 이곳은 한국인 전용 K-TV인 것이다. 오만 종류의 잡놈들이 저마다 사장 회장 행세를 하면서 훑었을 것이고 뚫린 눈이 있으니 구분이야 못 하겠는가? 마담의 웃음이 그것을 의미하고 있었던 것이다.

조철봉이 선택한 여자는 둘이었다. 수수한 용모의 일곱 번째 조선족과 날씬하고 앳된 얼굴의 중국계였다. 다음에는 고동수에게 선택권을 넘겼는데 지배인 출신의 고동수는 과연 달랐다. 황송해하면서 선택한 여자가 첫 번째의 평범하고 작은 키의 조선족이었다. 그도 다섯 번째 아가씨가 온갖 잡놈의 손길을 다 거쳤음을 간파한 것이다. 마담이 여자들을 이끌고 나갔을 때 조철봉의 옆에 앉은 조선족이 먼저 인사를 했다.

"저는 박옥순입니다."

"이름이 예쁘다."

조철봉이 감탄한 듯 말했다. 한국의 룸살롱에 가면 이런 이름은 없다. 딸아이의 이름을 지으려면 작명소에 갈 것 없이 룸살롱에 가면 예쁘고 사랑스러운 이름을 얼마든지 찾을 수가 있는 것이다.

"애 이름은 미나라고 합니다."

박옥순이 반대쪽에 앉은 중국 여자를 대신해서 말했다. 박옥순은 통역도 겸하게 된 것이다. 조철봉의 잔에 술을 따르면서 옥순이 웃음 띤 얼굴로 말했다.

"사장님이 그 애를 보셨을 때 그 애를 고르실 줄 알았어요."

다섯 번째 여자를 말하는 것이다. 조철봉의 시선을 받은 옥순이 수줍게 웃었다.

"그 애는 예뻐서 인기가 좋거든요."

"옥순이는 고향이 어디야?"

"저는 단동입니다."

바로 신의주 위쪽 동네였다. 호기심이 일어난 조철봉이 다시 물었다.

"단동에서 어떻게 여기까지 왔어?"

"돈 벌러 왔지요 뭐."

"단동 근처에는 K-TV가 없나?"

"아는 사람들이 많아서 아버지나 오빠한테 잡히면 맞아 죽습니다."

"그렇겠다."

머리를 끄덕인 조철봉이 힐끗 동수를 보았다. 동수는 여자를 옆에 앉히고는 있었지만 고기 옆에 앉은 스님처럼 초연한 모습이었는데 조철봉을 의식하고 있기 때문이다. 최갑중의 후배뻘이 되는 터라 지금 정보원을 만나고 있는 갑중에게 미안하기도 했을 것이다. 조철봉이 이제는 미나에게 물었다.

"미나는 고향이 어디야?"

그러자 미나에게 옥순이 통역을 하더니 조철봉에게 말했다.

"시안이랍니다. 여기서 멀어요."

"얼마나 먼데?"

"기차로 사흘간 가야 합니다."

옥순은 성실했고 미나는 착했으므로 조철봉은 만족했다. 위스키를 한 모금 삼킨 조철봉이 입맛을 다시면서 동수를 보았다.

"자, 마시자."

분위기가 조금 자연스러워졌을 때 옥순은 말이 많아졌다. 본래 쾌활한 천성인 모양이었다.

"한국 손님들은 골프 치러 오셨거나 이곳에서 사업하시는 분들이지요."

옥순이 말을 이었다.

"이제는 돈 많다고 자랑하거나 자가용 있다고 떠드는 손님들은 드물어요. 우리도 한국 사정을 다 아니까요."

"한국 사정을 다 알다니?"

조철봉이 묻자 옥순은 빙긋 웃었다.

"한국에서는 월세 사는 사람도 자가용 타지 않아요? 거지도 자가용 있다고 하던데요 뭘."

"그럴 수도 있지."

"지금 한국 사람이 그런 자랑을 하면 이곳에서 웃음거리가 된다고요."

"그렇군."

"그리고 돈 많은 한국 사람은 이런 곳에 오지 않아요."

"그럼 어떤 곳에 가는데?"

"더 개명되고 번화한 나라에 가서 놀지요. 이런 곳은 물가가 싸니까 돈 없는 사람들이 놀러오지요."

"그렇겠다."

조철봉이 맞장구를 쳐주자 옥순은 마음에 맺힌 말도 털어놓았다.

"작년에는 어떤 아저씨를 만났는데 날 한국에 데려다 주겠다고 하더라고요. 자기가 국회의원하고 친구 되는 데다 인천공항 책임자가 후배 된다면서."

"그래서?"

"사흘 놀았는데 이틀분 돈밖에 안 줬지만 그냥 믿고 보냈는데 나중에 알고 보니까 무슨 지방의원도 아니더라고요."

"뭐 하는 사람인데?"

"이발소 아저씨였어요. 나중에 들었어요."

"이발소 아저씨도 지방의원 되는데."

"어쨌든 거짓말을 했어요, 뭣이건 간에."

술잔을 든 조철봉이 한 모금을 삼켰다.

"그런 사람도 있지만 좋은 아저씨도 있어. 다 나쁘게 보지는 마라."

문득 조금 전의 기억이 떠오른 조철봉이 정색하고 옥순을 보았다.

"한국에서도 마찬가지야. 우리가 아가씨를 옆에 앉히려면 조금 전에 너희들이 했던 것처럼 그렇게 고른다."

옥순이 눈만 크게 떴고 조철봉은 말을 이었다.

"거기서는 한국 남자가 한국 여자를 고르는 것이고 모두 익숙해져서 고르는 사람이나 서 있는 여자나 여기보다는 자연스럽다. 하지만 이곳은 조금 다른 것 같다."

옆쪽 고동수와 파트너인 여자도 조철봉의 말을 듣는 터라 방안은 조용해졌다.

"조선족 동포들인 너희를 한국인인 동포가 와서 파트너로 고르는 것에 대해서 자존심이 상하는 것이 아닌가 걱정돼. 한국인 대부분은 언어도 통하는 데다 될 수 있으면 동포인 너희들에게 돈을 쓰겠다는 생각들을 하고 있는데 말이야."

말을 하면서도 슬슬 부질없다는 생각이 들기 시작했지만 조철봉은 말을 이었다.

"한국에서도 돈 자랑하는 놈 많아. 특히 술집에서는 금방 들통날 거짓말도 수없이 하는 거지, 그렇지만 너희들처럼 한국 여자들은 심각하게 받아들이지 않아."

그러고는 조철봉이 결론을 내듯 말했다.

"사기꾼 몇 놈을 빼놓고 대부분의 한국인은 너희들을 좋아해. 괜히 나쁜 선입견을 갖고 그것을 퍼뜨렸다가는 너희들만 손해. 너희들의 거부 반응을 알고 우리가 피해 가면 어떻게 되겠어? 중국인들만 좋아질 것 아닌가?"

조철봉이 눈만 끔벅이고 앉아 있는 미나에게 술잔을 건네주었다.

"미나를 봐라. 눈만 끔벅이고 있으면서도 팁 받지 않아? 재주는 곰이 부리고 돈은 중국인이 먹는다는 말도 있다."

조철봉이 호텔로 돌아왔을 때는 밤 11시 반이었다. 방에서 샤워를 마치고 났을 때 기다리고 있었던 것처럼 문에서 노크 소리가 들렸다. 문을 열자 최갑중이 들어섰다.

"형님, 잘 노셨습니까?"

고동수한테서 이미 들었을 텐데도 갑중이 시치미를 떼고 물었다. 조철봉이 잠자코 소파에 앉았으므로 갑중은 정색했다.

"정보원 셋을 고용했습니다. 모두 만나 보았는데 청도에 있다면 사흘 안에 찾아낼 수 있다고 했습니다."

앞자리에 앉은 갑중이 말을 이었다.

"찾아낸 사람에게는 상금 1천 불을 주겠다고 했지요."

"역시 이쪽도 돈 자랑이군."

혼잣소리처럼 말한 조철봉이 탁자에 붙은 전광시계를 보았다.

"곧 이 방으로 조선족 아가씨가 들어올 거다."

"동수한테서 이야기 들었습니다. 파트너였던 아가씨입니까?"

"아니, 네 눈이 번쩍 뜨일 만한 미인이지. 다른 아가씨야."

조철봉이 눈만 크게 뜬 갑중을 향해 빙긋 웃었다.

"내 파트너 아가씨한테는 이차값을 주어서 불평하지 않을 거다. 지금 올 아가씨는 그곳에서 제일 미인이야."

"그럼 다른 아가씨를."

"너무 눈에 띄어서 옆에 앉히지 않았지. 하지만 만일 오만철이 그곳에 갔었다면 나처럼 하지는 않았을 거야."

"그렇습니까?"

"그 아가씨를 정보원으로 추가시키는 것도 도움이 될 거야."

조철봉은 술좌석을 끝내고 나서 마담을 불러 다섯 번째 아가씨를 호텔로 보내달라고 했던 것이다. 그러자 마담이 상의를 하고 돌아오더니 보내겠다고 했다. 그때 벨소리가 울렸으므로 갑중이 벌떡 일어섰다. 문으로 다가간 갑중이 문을 열더니 아가씨와 함께 다가왔다.

"안녕하십니까?"

조철봉을 향해 공손하게 인사를 한 아가씨는 룸에서 만났을 때와는 다른 차림이었다. 바지에 점퍼를 입고 운동화를 신었는데 얼굴의 화장도 싹 지워져 있어서 전혀 다른 분위기였다. 갑중이 권한 소파의 한쪽에 앉은 여자가 조금 긴장된 표정으로 조철봉을 보았다.

"이름이 뭐지?"

조철봉이 묻자 아가씨가 상반신을 세웠다.

"이춘심입니다."

"좋은 이름이다."

정색한 조철봉이 머리를 끄덕였다. 청도시에 한국인이 몰려든 지 10년이 넘었고 룸살롱이 번성한 지도 꽤 되었을 터인데 아가씨들은 예명을 짓지 않은 모양이었다. 조철봉이 힐끔 갑중을 보았다. 갑중은 정색하고 있었지만 콧구멍을 벌름거렸다.

"내가 부탁할 것이 있어서 오라고 한 거야."

조철봉이 부드럽게 말했다.

"춘심이가 미인이라 도움이 될 것 같아서."

"뭔데요?"

그러자 조철봉의 눈짓을 받은 갑중이 나섰다.

"사람을 찾으려고 해. 이 사람인데."

갑중이 주머니에서 오만철의 사진을 꺼내 춘심에게 건네주었다.

"이 사람이 청도에 있는데 본적이 있어?"

춘심이 사진을 들여다보더니 머리를 기울였다.

"잘 모르겠어요."

"키가 크고 체격이 좋아, 목소리도 크고."

"기억이 안 납니다."

"이 사람에 대한 정보를 주면 사례를 하겠어."

갑중이 지갑에서 100불짜리 두 장을 꺼내 춘심에게 내밀었다.

"오늘 밤 이차 나온 값에다 하루 정보비로 100불씩 주겠어. 찾으면 1000불이야."

춘심이 놀란 듯 눈을 둥그렇게 떴다.

"그럼 가게에 나가지 않고 찾으러 다녀야겠네요."

"가게에 놀러올지도 모르니까 일하면서 찾아도 되겠지."

"고맙습니다."

돈을 받아 쥔 춘심이 앉은 채로 머리를 숙여 보이더니 조철봉을 보았다.

"그럼 저는 밤 화대를 받았으니 오늘 밤 이곳에서 자고 가겠습니다."

당연한 듯한 얼굴로 말한 춘심이 대답을 기다리는 듯 시선을 떼지 않았으므로 조철봉은 당황했다.

"아니, 오늘 밤 화대는 불러낸 값이야. 자고 가라는 값이 아니야."

조철봉이 해명했을 때 갑중이 자리에서 일어났다.

"춘심 씨가 맺고 끊는 것이 확실하군. 그럼 여기서 쉬도록 해."

그러고는 조철봉을 향해 머리를 숙였다.

"그럼 쉬십시오, 사장님."

갑중이 서둘러 방을 나갔을 때 춘심이 머리를 돌려 조철봉을 보았다.

"가게에서 저를 지명하지 않으신 이유를 제가 압니다."

조철봉의 시선과 마주치자 춘심이 희미하게 웃었다.

"제가 여러 남자들의 손을 탔다고 생각하셨지요?"

"그렇지 않은가?"

말을 꾸미고 자시고 할 것도 없이 조철봉이 묻자 춘심은 이제 확실하게 웃었다.

"겉만 보고 오판하는 분들이 계시지요. 다르게 말하면 도끼로 제 발등을 찍는 꼴입니다."

"흐흐흐."

조철봉이 불쑥 웃음을 터뜨렸다.

"도끼로 제 발등을 찍어? 내가 그렇게 상처를 입었나?"

"아니죠."

춘심이 살래살래 머리를 저으며 따라 웃었다.

"제가 이렇게 나온 것도 아마 사장님이 저를 지명하지 않은 것에 대한 반발 때문인지도 모릅니다."

"그렇다면 내 방법이 효과가 있었던 것 아닌가?"

"사장님은 여자의 속심을 잘 아시는 것 같습니다."

"속심이 뭐야?"

"속마음이죠."

"북한 말인가?"

"우리는 그렇게 말합니다."

말을 주고받다 보니 춘심은 밝고 꾸밈이 없는 성격 같았다. 그리고 교양도 있어 보여서 조철봉은 호기심이 일었다. 그래서 여자를 만났을 때 당연한 질문을 했다.

"고향이 어디야?"

"옌지시입니다."

"몇 살이고?"

"스물셋입니다."

"학교는 그곳에서 나왔나?"

"사범대학을 작년에 졸업했습니다."

"결혼했어?"

"안 했어요."

"동거하는 남자는 있어?"

"없습니다."

정색한 채 또박또박 대답했던 춘심이 조철봉이 한숨 돌리고 있을 때 이번에는 제가 물었다.

"사장님은 이곳에 사람 찾으러 오셨습니까?"

"그런 셈이지."

"중국에는 처음이십니까?"

"그래."

"사장님 돈 많으십니까?"

"그저 그래."

"제가 마음에 드십니까?"

"아직은 모르겠어."

그러자 춘심이 심호흡을 하더니 조철봉을 똑바로 보았다.

"저를 현지처로 해 주시겠습니까?"

"현지처라니?"

다시 당황한 조철봉이 상반신을 세웠다.

"갑자기 그게 무슨 말이야?"

"저는 현지처가 되라는 청을 지금까지 다섯 번도 더 받았는데요."

춘심이 정색하고 말했다.

"값도 싸게 먹히고 편리하니까요, 그리고."

눈을 크게 뜬 춘심이 조철봉의 표정을 유심히 보았다.

"통역이나 안내원도 시킬 수가 있어서 일석삼조지요."

"그렇다고 치자."

조철봉이 천천히 머리를 끄덕이고는 춘심에게 물었다.

"나도 현지처가 필요한 사람으로 보았나?"

"제가 먼저 이런 청을 넣은 것은 처음입니다."

"그 이유를 말해주겠어?"

"사장님은 여유가 있어 보이시고."

"그것뿐이야?"

"인상이나 처신이 마음에 들었기 때문입니다."

"네가 날 선택한 것이군."

"싫으십니까?"

"자신만만하구나."

조철봉이 슬그머니 웃었다.

"먼저 사람부터 찾고 상의하도록 하지. 그동안 이곳 물정도 익히게 될 테니까."

"그럼 씻고 오겠습니다."

자리에서 일어선 춘심이 거침없는 태도로 화장실에 들어섰다. 조철봉은 소파에 등을 붙이고는 길게 숨을 뱉었다. 춘심에게 압도당한 느낌이었던 것이다. 그것은 성품이 솔직하기 때문보다 외모에 자신이 있었기 때문일 것이다. 그동안 수많은 한국 남자가 그런 제의를 해왔던 것도 그 원인 중의 하나가 될 것이었다. 그래서 한국 남자들에 대한 선입견을 품고 있는 것이다. 춘심이 화장실에서 나왔을 때는 20분쯤 후였는데 가운 차림이었다. 화장실 안에 걸려 있는 면 가운으로 갈아입은 것이다.

"씻지 않으세요?"

젖은 머리를 타월로 감아 덮은 춘심의 맨살은 윤기가 났다.

"나는 나중에."

조철봉이 낮게 말했을 때 춘심이 앞쪽에 앉았다. 웃음 띤 얼굴이었다.

"언젠가 한국으로 데려가 주겠다는 손님을 만난 적이 있었어요. 한국에 가면 월수입 오백만 원은 틀림없을 것이라고 하더군요."

춘심이 눈만 끔벅이는 조철봉을 향해 이를 드러내고 웃었다.

"서울 룸살롱에 취직을 시켜주겠다고 하더군요."

"그래서?"

"그 손님은 저한테 집도 한 채 얻어준다고 했어요."

"대단하군."

"물론 룸에서 나눈 말입니다. 저는 이차 따라가지 않았어요."

정색한 춘심이 조철봉을 보았다.

"오해하지 마세요. 제가 이차 나온 것은 오늘이 세 번째입니다."

"열흘 동안에?"

"이 생활한 지 넉 달째가 되었어요."

춘심이 여전히 얼굴을 굳히고 말했다.

"첫 번째는 들어온 지 얼마 되지 않았을 때 사장님이 강요해서 마지
못해 나갔고, 두 번째는 술에 취해서 그냥 업혀 나가서 당했습니다."

"그럼 내가 세 번째인가?"

"자의로 나온 것은 이번이 처음입니다. 마담이 놀라더군요."

"영광으로 생각하라는 말이구나."

쓴웃음을 지은 조철봉이 자리에서 일어섰다.

"대단하다. 내가 샤워하고 나올 테니 넌 저쪽 침대에서 자."

조철봉이 샤워를 마치고 나왔을 때 춘심은 시킨 대로 얌전하게 벽 쪽
침대에 누워 있었다. 새벽 2시가 되어가고 있어서 거리의 소음도 끊겼
고 주위는 조용했다.

"그럼 잘 자."

시선이 마주쳤을 때 조철봉이 부드럽게 말하고는 안쪽 침대에 누워 불을 껐다. 그러자 스탠드의 붉은색 조명만이 남은 방안에는 정적이 더 무겁게 내려앉았다. 춘심은 숨소리도 죽인 채 누워 있었는데 한참이 지나고 나서 침을 삼키는 소리가 났다. 그러더니 마침내 입을 열었다.

"주무세요?"

"응, 자려고."

"그냥 주무실 건가요?"

"그래, 너도 자."

"잠이 올 리가 있어요?"

토라진 목소리로 말한 춘심이 뒤척이더니 몸을 돌려 건너편 침대의 조철봉을 보았다. 붉은색 조명에 비친 춘심의 두 눈이 반짝이고 있었다.

"제가 더럽다고 생각하세요?"

"그럴 리가 있나?"

조철봉이 춘심을 똑바로 보았다.

"하지만 난 여자만 보면 무작정 달려드는 사람은 아니다."

"무시당한 기분이 들어요."

"무시하지 않았으니까 그냥 자."

"이런 경우는 처음입니다."

춘심이 눈을 크게 뜨고 말했다.

"제가 옆에 가서 누우면 안 될까요?"

"안 돼."

정색한 조철봉이 천장을 향해 돌아누우면서 말했다.

"그럼 잘 자."

춘심이 더 이상 입을 열지는 않았지만 자존심을 다친 것이 분명했다. 부스럭대며 여러 번 돌아눕더니 마침내 잠이 들었는지 조용해졌다. 아침에 조철봉이 눈을 떴을 때 옷을 갈아입은 춘심은 말짱한 얼굴로 소파에 앉아 있었다. 시선이 마주치자 춘심이 밝게 웃었다.

"일어나셨습니까?"

"응, 일찍 일어났네."

"아침 8시가 넘었습니다."

그러고는 춘심이 자리에서 일어섰다.

"그럼 저는 일하러 가겠습니다."

"아니, 무슨 일?"

조철봉이 일어나 앉았을 때 춘심이 웃음 띤 얼굴로 말했다.

"오만철 씨를 찾아야지요. 가게에 나가는 애들을 만나볼 작정입니다."

"그런가?"

"그리고 저녁에는 가게에 나갔다가 가게 끝나면 이곳에 와도 되겠지요?"

"특별한 일 없으면 올 필요 없어."

조철봉이 정색하고 춘심을 보았다.

"물론 일당은 다 계산해 주겠지만 말이야."

"알았어요."

시선을 내린 춘심이 머리를 숙여 인사를 하더니 방을 나갔다. 이런 경우는 조철봉에게도 처음이었다. 원하지도 않는데 방에 남더니 안아주지 않는다고 보채고 또다시 온다는 것이다. 그러나 한편으로 춘심의 입장에서 생각하면 같은 방에 묵으면서 손끝 하나 대지 않는 남자도 처음이었기 때문일 것이다. 갑중이 방으로 들어선 것은 9시 정각이었는데 물론 전화를 해서 조철봉이 방에 혼자 있는지를 확인하고 나서 들어왔다.

"형님, 그 여자한테 안내를 맡기고 관광이나 하시지 왜 그냥 보내셨습니까?"

갑중이 시치미를 떼고 물었을 때 조철봉이 쓴웃음을 지었다.

"안내원은 와 있지?"

"예, 로비에서 기다리고 있습니다."

"그럼 그 친구하고 같이 네가 조사할 것이 있다. 이곳에서 K-TV를 운영하려면 얼마나 드는지 알아봐. 일급으로 말이야."

"아니, K-TV라면, 룸살롱을 이곳에서 운영하시려고요?"

놀란 갑중이 눈을 둥그렇게 떴다.

"갑자기 왜 그런 생각을 하셨습니까, 혹시 어젯밤에?"

"잔소리 말고 안내원하고 조사를 해오도록."

조철봉이 자르듯 말했다.

"가게 매출액과 인력 공급 방법, 그리고 설립 절차나 문제점까지 다 알아오란 말이다."

"알겠습니다, 형님."

자리에서 일어선 갑중이 얼굴을 펴고 웃었다.

"이제 중국에서 사업을 벌이실 작정이시군요. 신바람이 납니다."

그날 오후 다섯 시가 되었을 때 갑중은 안내원 정수일과 함께 다시 방으로 들어섰다. 수일과 소파에 나란히 앉은 갑중이 먼저 입을 열었다.

"이곳의 일급 K-TV, 아니 룸살롱은 다섯 곳인데 세 곳은 주인이 한국인이고 두 곳은 중국인입니다."

갑중이 말을 이었다.

"사업허가 받는 데는 지장이 없습니다. 인력 공급도 문제가 없고요. 다만 장사가 잘 안 되어서 석 달 사이에 세 곳의 주인이 바뀌었습니다."

조철봉이 머리를 끄덕이자 이번에는 수일이 입을 열었다.

"경쟁이 치열해져서 싸움도 일어납니다. 지난달에는 손님 한 명이 팁 문제로 조폭한데 찔려서 죽었습니다."

"여기에도 조직폭력배가 있나?"

조철봉이 묻자 수일이 무슨 말이냐는 듯 눈을 둥그렇게 떴다.

"조직폭력배가 아니라 조선족 폭력배입니다, 사장님."

"조선족 폭력배?"

"예. 한국인이 많다 보니 자연스럽게 폭력배가 생겨나게 되었습니다."

"그럼 가게마다 조폭의 보호를 받나?"

"예. 공생하는 관계이지요. 때로는 그들이 있는 것이 편리하니까요."

"편리하다니?"

"중국인 폭력단을 막아줍니다."

수일이 정색하고 말을 이었다.

"중국인 폭력단보다는 같은 동포인 조폭이 훨씬 낫습니다. 가게 하나는 중국인 폭력단에게 사업권까지 빼앗겼습니다."

"그렇군."

"조폭은 단결력이 강하고 악착같습니다. 거기에다 조폭에는 북한에서 넘어온 현역 군인들도 끼어 있거든요."

"현역 군인들이?"

"예. 중국어를 유창하게 하는 데다 무술에 능해서 중국 폭력단도 함부로 맞서지 못합니다."

"그자들이 어떻게."

"외화벌이 일꾼들이지요."

수일이 얼굴을 펴고 웃었다.

"자본금이 없으니 그렇게 해서 외화를 벌어 조국에 갖다 바치는 것입니다."

"남북합작이군. 한국은 자본을 대고 북한은 보호를 하고."

그러고는 조철봉도 따라 웃었다.

"아니, 남북조 합작이다. 조선족은 인력을 대니까 말이야."

"손님들은 80퍼센트가 한국인이지만 요즘 돈 많은 중국인들이 늘어나는 추세여서 일급 K-TV에는 중국인 손님이 많습니다."

수일이 말하자 조철봉이 머리를 끄덕였다.

"그렇다면 먼저 조폭의 우두머리를 만나야겠다. 이곳에서 가장 힘이 있는 조폭은 누구지?"

그러자 수일이 정색했다.

"북한군 현역 소좌가 있습니다. 그 사람의 휘하에는 북한군 출신들이 많다는 소문이 났는데 조그만 일에는 손도 대지 않는 사람입니다, 사장님."

벨 소리가 울렸을 때는 밤 열두 시 정각이었다. 소파에 앉아 기다리고 있던 갑중이 서둘러 문 쪽으로 다가가더니 곧 수일과 30대 후반쯤의 사내를 맞아들였다. 조철봉은 자리에서 일어나 사내를 보았다. 수일이 조폭단의 우두머리를 데리고 온 것이다. 사내는 마른 체격에 키가 컸고 정장 차림이었는데 인상은 부드러웠다. 웃음 띤 얼굴이어서 그렇게 보이는지도 모른다.

"제가 김갑수올시다."

다가선 사내가 조철봉에게 손을 내밀었다.

"만나 뵙게 되어서 반갑습니다."

조철봉이 사내의 손을 쥐고 따라 웃었다. 김갑수는 피부도 깨끗하고 단정한 용모여서 전혀 군인 같지 않았고 조폭단의 우두머리는커녕 얌전한 회사원처럼 보였다. 소파에 마주보고 앉았을 때 갑수가 먼저 입을 열었다.

"말씀을 들었습니다. 이곳에서 사업을 하실 계획이시라고요?"

"예, 가능하다면."

조철봉이 웃음을 걷고 정색했다.

"칭다오시뿐만 아니라 베이징에도 사업체를 내고 싶습니다."

"자본금은 넉넉하십니까?"

따라서 정색한 갑수가 묻자 조철봉은 머리를 끄덕였다.

"업체 서너 개를 차릴 정도는 됩니다."

"그렇다면 구체적으로 추진해 보지요."

갑수가 조철봉을 똑바로 보았다.

"사업허가나 시설공사, 인력수급 문제 등 모든 것을 우리가 책임지겠습니다."

"지금까지 그렇게 해오셨습니까?"

"아니, 처음부터 나선 경우는 이번이 처음입니다."

그러고는 갑수가 빙긋 웃었다.

"이렇게 처음부터 사업 문제를 상의해온 남조선 사업가는 처음 만났지요."

"지금 몇 개 업체를 보호해주고 계십니까?"

"식당 세 곳에 K-TV 한 곳, 아직 이렇게 네 곳밖에 되지 않습니다. 이곳에 진출한 지 반년밖에 되지 않아서요."

"그런데 사업허가나 기관을 접촉하는 데 문제가 없을까요?"

"전부터 안면을 익혀왔지요, 문제없습니다."

갑수가 자신 있게 말을 이었다.

"사업을 하기 전에는 파견요원으로 근무하고 있었으니까요."

조철봉의 시선을 받은 갑수가 다시 웃었다.

"저는 보위부 소속의 소좌올시다. 지금은 파견요원에서 사업요원으로 직책이 바뀌었지요."

"그렇다면 우리와 협력하는 조건은?"

"모든 관리를 책임지는 조건으로 이익금의 반을 원합니다."

그러자 조철봉이 쓴웃음을 지었다.

"그런 경우는 없습니다. 관리는 우리가 하고 김 소좌께서는 인력수급과 대외관계, 그리고 사업장 보호를 맡도록 업무 구분이 되어야지요."

조철봉이 얼굴을 굳히고는 갑수를 보았다.

"결론적으로 동업은 아니란 말씀입니다. 대표는 내가 되고 김 소좌는 도움을 주는 입장이니까 이익금의 20퍼센트를 드리지요."

"20퍼센트라면 너무 낮습니다. 난 지금도 업체에서 보호비로만 10퍼센트를 받습니다."

갑수가 눈을 크게 뜨고 말했지만 조철봉은 머리를 저었다.

"위험부담을 무릅쓰고 중국 땅에 투자하는 마당에서 이익금의 20퍼센트 이상을 떼어줄 수는 없어요. 그럴 바에는 안정된 다른 곳에다 투자를 하겠습니다."

그리고 조철봉이 덧붙였다.

"거기에다 난 아직 김 소좌님에 대해서 모릅니다. 남북한 협력사업이긴 하지만 아직 나는 그쪽에 대해서 경험이 없어요. 그래서 불안하단 말입니다."

전화벨이 울렸으므로 조철봉은 먼저 탁자에 붙은 전광시계부터 보았다. 새벽 1시 반이었다. 김갑수와 이야기를 끝내고 모두 돌아간 후여서 막 침대에 오르려는 참이었다. 조철봉은 전화기를 들었다.

"여보세요."

"저, 춘심입니다."

춘심이 또렷하게 말했다.

"방에 손님이 계시길래 로비에서 기다리고 있었어요. 들어가도 돼요?"

"가게 끝나고 온 거야?"

"예, 말씀드릴 것도 있어요."

"들어와."

잠시 후에 방으로 들어선 춘심은 주위를 둘러보더니 잠자코 소파의 한쪽에 앉았다. 오늘은 연두색 투피스 정장 차림이어서 미끈한 다리가 드러났다. 조철봉이 앞쪽에 앉으면서 물었다.

"뭐 알아낸 것 있어?"

"그 사람인지 확인은 못 했지만 조선족 여자애의 친구가 서울에서 온 남자하고 자주 만난다고 했어요."

"그 여자도 가게에 나가나?"

"예, 선옥이라는 친구가 가게에 나갑니다."

춘심이 정색하고 말했다.

"그 남자는 영숙이라는 애한테 집을 한 채 사서 같이 살자고 했답니다. 그래서 지금 집을 사려고 알아보는 중이라고 했습니다."

"영숙이라는 조선족을 만날 수 있어?"

"가게에 나가는 선옥이가 지금 손님하고 이차 갔거든요. 그러니까 내일 선옥이를 만나면 알 수 있을 겁니다."

조철봉이 머리를 끄덕였다. 아직 정보원들한테서도 보고가 오지 않은 상황인 것이다.

"네가 능력이 있구나."

웃음 띤 얼굴로 조철봉이 말했을 때 춘심이 물었다.

"로비에서 기다리다가 안내원이 조선족 사람들하고 나가는 것을 보았습니다. 그 사람들을 만나신 겁니까?"

김갑수 일행을 묻는 것이다. 머리를 끄덕인 조철봉이 춘심을 보았다.

"그 사람들을 잘 알아?"

"폭력단이죠."

춘심이 자르듯 말하고는 조철봉의 시선을 맞받았다.

"탈북자들을 잡아가는 체포조이기도 하구요."

"그런가?"

"그 사람들하고 무슨 말을 했습니까? 설마 그 사람들한테 찾는 것을 부탁하신 건 아니죠?"

"왜? 그러면 안 되나?"

조철봉이 묻자 춘심이 희미하게 웃었다.

"찾는다면 대가로 천 불 가지고는 어림도 없을걸요."

"대가를 더 요구할 것이란 말이지?"

"아마 그 사람을 찾으면 먼저 그 사람이 사기쳐간 돈부터 다 빼앗을 겁니다."

그러고는 춘심이 시선을 내렸다.

"내 친구 하나는 탈북자였는데 그 사람들한테 잡혀갔지요."

"그렇군."

머리를 끄덕인 조철봉이 하품을 하고는 자리에서 일어섰다.

"늦었다. 그만 자자."

춘심과 시선이 마주쳤을 때 조철봉이 말을 이었다.

"내 침대로 들어와."

놀란 듯 춘심이 얼굴을 굳히더니 시선을 내렸다. 그러나 조철봉이 침대에 누웠을 때 곧 자리에서 일어나 화장실로 들어갔다. 조철봉은 손을 뻗어 방안의 불을 껐다. 창문을 통해 희미한 불빛이 들어와 방안의 사물 윤곽만 보일 뿐 주위는 어둠과 함께 정적으로 덮였다. 길게 심호흡을 한 조철봉은 춘심을 기다렸다. 춘심을 거부할 이유가 없는 것이다.

화장실에서 나온 춘심은 알몸이었다. 방안은 어두웠으나 춘심의 흰 알몸은 선명하게 드러났고 하체의 검은 숲은 더 짙어졌다. 침대로 다가

선 춘심이 정면으로 조철봉을 내려다보았다.

"씻으면서 생각했는데 내키지 않으시면 그냥 옆에서 자겠습니다."

그러자 조철봉이 풀썩 웃었다.

"들어오기나 해, 몸매 자랑은 그만하고."

춘심이 시트를 들추고 들어서더니 다소곳하게 조철봉의 품에 안겼다. 그러나 두 팔은 조철봉의 가슴에 오그린 채 붙였을 뿐 몸은 일직선으로 모로 누운 자세였다.

"씻으면서 무슨 생각을 했다는 거야?"

춘심의 어깨를 안은 조철봉이 천장을 향한 채 물었다. 그러자 춘심이 얼굴을 조철봉의 가슴에 붙였다.

"제가 너무 건방지다고 생각했습니다."

"뭐가?"

"자고 간다고 고집했고 현지처가 되겠다고 한 것이 선생님께 거부감을 준 것 같아서요."

"자신만만하게 보이기도 했지."

"절박했거든요."

이제는 조철봉의 가슴에 손바닥을 붙인 춘심이 가늘게 숨을 뱉었다.

"이 생활이 견디기 힘들었어요."

"그 일도 직업이다."

"몸을 팔아야만 되는 경우가 많습니다."

춘심의 몸이 자연스럽게 밀착되면서 따뜻한 체온이 느껴졌다.

"솔직히 난 직업적인 여자를 안아본 적이 거의 없어."

춘심의 상체를 당겨 안은 조철봉이 부드럽게 말했다.

"왠지 미안하고 감동이 일어나지 않았기 때문이지."

가슴에 볼을 붙인 춘심이 눈을 깜박이면서 눈썹이 피부를 간질였다. 조철봉이 말을 이었다.

"그렇다고 내가 순수하거나 결벽증이 있는 사람은 아니야. 오히려 악랄하고 잔인한 성품이지."

"선생님을 처음 보았을 때부터 마음이 끌렸어요."

춘심의 손바닥이 가만히 가슴에서 아랫배로 내려가더니 멈춘 채 망설였다. 그러자 조철봉이 빙그레 웃었다.

"그 아래쪽을 살펴봐. 아마 내 몸이 솔직하게 표현하고 있을 테니까."

눈을 올려 뜬 춘심이 결심한 듯 손바닥을 아래로 쓸어내리더니 조철봉의 철봉에 닿았다. 그러고는 놀란 듯 주춤하더니 철봉의 아랫부분에서 다시 멈췄다.

"만져도 돼요?"

가슴에 닿는 춘심의 입김은 이미 뜨거워져 있었다. 조철봉이 손을 뻗어 춘심의 가슴을 쥐었다.

"기다리고 있어."

춘심의 손이 철봉을 조심스럽게 움켜쥐었다가 곧 힘을 가했다.

"넌 성에 대해서 아는 편인가?"

조철봉이 묻자 춘심은 먼저 침부터 삼켰다.

"경험이 별로 없어요."

"만족은 느꼈어?"

"그것도 별로."

춘심의 목소리는 갈라져 있었다. 손가락 끝으로 당돌하게 서 있는 춘심의 유두를 가볍게 문지르면서 조철봉이 다시 물었다.

"거칠게 하는 것을 좋아하니?"

"아플 것 같아요."

철봉을 쥐고 있는 춘심의 손에 더 힘이 가해진 것은 조급해졌기 때문이다. 조철봉은 몸으로 하는 애무 대신 말로써 분위기를 고조시키고 있는 것이다. 조철봉의 손이 가슴에서 아랫배를 훑고 내려가자 춘심은 기다렸다는 듯이 두 다리를 벌렸다. 손끝이라도 바라는 것이다. 그러나 조철봉은 손을 멈추고 다시 물었다.

"교제하는 남자가 있어?"

"없어요."

하체를 바짝 붙여오면서 춘심이 가쁜 숨을 내쉬었다. 처음에는 굳어졌던 춘심의 몸이 이제는 달아올라 있는 것이다. 조철봉의 손끝이 숲을 헤치고 샘에 닿았을 때 이미 샘물은 넘쳐나는 중이었다.

"해줘요."

두 팔로 조철봉의 어깨를 밀면서 춘심이 헐떡였다.

"못 참겠어요."

그러나 조철봉은 손끝을 샘에 넣고 적시기만 했다. 춘심이 가늘게 신음을 뱉으면서 두 다리를 잔뜩 오므리더니 몸을 비틀었고 곧 허리를 들썩였다. 손끝으로 만족한 것이다. 조철봉의 경험에 의하면 철봉의 질량이나 강도는 상대방의 만족도에 별 영향을 끼치지 않는다. 또한 샘에 들어가 머무는 시간도 큰 변수가 되지 못해온 것이다. 가장 중요한 것은 상대방의 감도에 맞춰주는 것인데 춘심은 손끝만으로도 절정에 오를 수 있는 형이었다. 다양한 분위기에서 섹스를 즐겨온 사람이라면 어지간한 자극에는 면역이 되는 바람에 아예 서지도, 젖지도 않을 것이다. 따라서 테크닉이나 시간으로 그 벌충을 하다 보면 금방 싫증이 나게 된다. 한국에서 오만 가지 스타일의 성생활을 겪어온 조철봉의 입장에서 보면 춘심은 그야말로 젖비린내 나는 애송이나 다름없는 상대인 것이다. 춘심에게는 실제 몸으로 부딪치는 경우보다 성감대만을 골라 교묘하게 자극하는 지금이 오히려 더 부담 없이 절정에 오를 수 있게 되었을 것이다. 손끝이 샘 끝부분을 감질나게 건드리고 지나기를 반복한 지 3분도 안 되었을 때 춘심은 폭발했다. 허리를 추켜올린 춘심이 비명 같은 신음을 뱉으면서 조철봉의 손을 조였는데 그 힘이 셌다. 춘심의 알몸은 어느덧 땀으로 미끈거렸으며 가쁜 숨소리에는 쇳소리가 섞여 있었다. 조철봉은 춘심의 유두를 입안에 물고는 혀끝으로 굴렸다. 춘심이 온몸을 경직시키면서 절정의 여운에 매달려 있는 동안 다시 불을 붙이려는 것이다. 남자의 성은 발사하면 그 순간에 끝나지만 여자의 여운은 길다. 그리고 그 여운 끝에 다시 재점화가 되는 것이다. 이미 홍수가 난 것처럼 질펀해진 샘을 다시 쓸면서 조철봉이 춘심의 귀에 입술을 붙였다.

"넌 명기를 가졌구나."

이런 칭찬을 평시에 했다면 십중팔구 귀싸대기를 맞았겠지만 지금은 다르다. 오히려 음탕하고 추한 말일수록 분위기를 고조시킬 수도 있는 것이다. 샘 안을 다시 애무했을 때 늘어지던 춘심이 반응했다. 허리를 비틀어준 것이다. 그러나 입에서는 아직도 가라앉은 신음 소리가 뱉어지는 중이다. 조철봉이 다시 속삭였다.

"난 아직 시작도 안 했어."

그러고는 조철봉이 상체를 올려 세웠을 때 춘심은 두 다리를 벌려 맞았다. 조철봉이 천천히 철봉을 넣는 순간 춘심은 환성 같은 신음을 지르면서 받아들였다. 남자는 여자의 환성을 듣는 것만으로 만족할 줄 알아야 한다. 그렇게 되면 세상이 평온해질 것이다. 대포를 쏘려고만 하기 때문에 세상이 시끄럽다. 그것도 심지가 짧아서 1분도 안 가서 발사되거나 아예 심지가 타지 않는 경우도 생겨난다. 조철봉은 그렇게 훈련을 해왔다. 대포가 발사되려고 할 적에 하다못해 정치 생각을 하거나 북핵 문제를 떠올리면 발사는 연장되었다. 춘심이 다시 절정으로 치솟아 오르기 시작했는데 이번에는 더 격렬했다. 이 순간에 춘심의 머릿속은 오직 환희의 불꽃으로만 가득 채워져 있을 것이었다. 조철봉은 산 낙지처럼 자신에게 엉켜 붙은 춘심을 보며 만족했다.

조선족 동포가 운영하는 식당에서 설렁탕을 먹고 나온 오만철은 곧 길 건너편 빌딩의 마사지 전문관으로 들어섰다. 백 평이 넘는 홀에 들어서면 먼저 팔등신인 여자 종업원의 안내를 받아 돈을 치르고 가운을 받은 다음에 샤워를 한다. 그러고는 안쪽의 밀실로 들어가 마사지를 받게 되는 것이다. 오만철이 이곳에 맛을 들인 지는 벌써 열흘이 넘었는데 시간을 보내기가 좋을 뿐만 아니라 발 마사지가 일품이었다.

그리고 단골 마사지사인 중국 여자 양양의 감칠맛 나는 서비스가 가끔씩 욕정을 불러일으킬 정도로 매력이 있었기 때문이기도 했다. 오늘도 양양이 수줍은 웃음을 띠며 방으로 들어섰으므로 만철은 눈을 가늘게 뜨고 반겼다. 양양은 1미터 70 정도의 키에 날씬한 체격의 미인이었고 나이는 스물둘이라고 했다. 말이 통하지 않아서 손짓 발짓으로 알아낸 정보였는데 월급은 오백 위안을 받는다고 해서 매번 팁을 일백 위안씩 주고 있는 것이다.

"양양, 한 번만 주라."

침대에 누운 채 손을 뻗어 양양의 허벅지를 쓸면서 만철이 사정을 시작했다. 양양은 팔에다 크림을 바르는 중이었는데 만철의 가운은 이미 벗겨져서 알몸이 되어 있었다.

"한 번 주면 일천 위안 줄게, 아니 일천 달러."

손가락 하나를 세워들고 한국말로 말했을 때 양양은 전처럼 웃기만 했다. 만철이 이제는 발기된 자신의 남성을 손가락으로 가리키더니 다음에는 양양의 다리 사이를 겨누었다. 그것을 거기에다 넣는다는 시늉이었다.

"응? 일천 달러."

세 마디 중 영어는 달러 한 마디였다. 천이 영어로 싸우전드인지는 알고 있었지만 그것은 양양이 알아듣지 못하는 단어다. 그러나 몇 번째 일천 달러를 되풀이하고 있었으므로 양양도 눈치를 챘는지 얼굴을 펴고 웃었다.

화장기가 없는 피부는 잘 닦은 사과 같았고 약간 눈초리가 치솟은 눈은 더욱 요염하게 보였다. 그러나 양양은 다리 마사지를 할 뿐 입을 열지 않았고 만철도 행동으로 나가지는 못 했다. 중국인 깡패한테 걸리면 크게 봉변을 당한다고 식당 주인한테서 주의를 받았기 때문이다. 양양이 만철의 어깨를 밀더니 엎드리게 했다. 등 마사지를 하려는 것이다. 조금 실망한 만철이 엎드리면서 투덜거렸다.

"이년아, 쇼트타임으로 일천 불이면 한국에서도 끝내주는 기집애를 만난단 말이다. 멍청한 년 같으니."

어깨를 누르는 양양의 마사지가 시원했으므로 만철은 만족한 숨을 길게 뱉었다.

"중국 말만 배우면 놀기 좋겠는데."

혼잣소리로 말했을 때 뒤에서 사내의 웃음소리가 짧게 울렸다. 놀란 만철이 먼저 머리만 치켜들었을 때였다. 뒤에서 억센 손이 머리를 눌렀고 곧 팔과 다리도 여러 개의 손에 의해 눌렸다. 만철이 버둥거렸지만 팔과 다리가 묶인 채 침대에 돌아 눕혀진 것은 순식간이었다.

눈이 찢어질 만큼 치켜뜬 만철의 시야에 사내 서너 명이 보였고 붉은색 가운 차림의 양양은 안쪽 벽에 붙어 서 있었다.

"아니."

다음 순간 만철의 입에서 외마디 외침 같은 소리가 울렸다. 중앙에 서 있는 사내는 조철봉이었기 때문이다. 시선이 마주쳤을 때 조철봉이 입술 끝을 비틀고 웃었다.

"중국 말 배울 시간은 없을 거야, 오 사장."

"아니, 조 사장님."

갈라진 목소리로 만철이 겨우 말한 순간 입에 테이프가 붙여졌다. 옆에 서 있던 사내가 붙인 것이다. 그러고는 그 사내가 조철봉에게 물었다.

"여기서 끝낼까요?"

오만철이 게워낸 돈은 미화로 150만 불 가깝게 되었고 위안화도 300만 위안 정도나 숨겨두고 있어서 25억이 넘었다. 사기친 대금 35억 중에서 25억을 찾은 셈이었다. 물론 만철에게서 돈을 받아낸 것은 고동수 일행이었는데 마사지 방에서 끌려나온 만철은 교외 저택의 지하실에 감금된 지 두 시간 만에 다 토해낸 것이다. 그 두 시간 동안 만철은 혼이 다 빠져 나가도록 고동수와 부하들에게 시달려서 풀어 놓아주었어도 움직이지 못했다. 저녁 8시가 되었을 때 조철봉의 방에는 원정대가 다 모였다. 예상했던 것보다 빨리 일이 끝나게 되어서 모두 가벼운 표정들이었다.

"일단 목적은 달성되었으니까 잘됐다."

조철봉도 밝아진 얼굴로 말했다.

"그래서 내일 갑중이는 서울로 돌아가서 회사 일에다 공사 현장도 관리해줘야겠다."

"제가요?"

갑중이 물은 것은 저만 돌아가느냐는 뜻이었다. 조철봉이 머리를 끄덕였다.

"나머지는 나하고 남아서 이곳 사업을 추진해야겠다."

"며칠이나 머무실 겁니까?"

"열흘 정도. 하지만 급한 일이 있으면 비행기로 한 시간 거리니까 걱정할 것 없다."

"그, 조폭하고는 이익금 배분을 어떻게 결정하실 겁니까?"

"20퍼센트 이상은 못 준다."

"반을 내라는 도둑놈인데 깎아줄까요?"

그러자 조철봉이 끝 쪽에 앉은 고동수를 흘끗 보았다.

"그래서 동수가 후배 다섯 명을 불렀다. 아마 내일 이곳에 도착할 거야."

"후배라니요?"

갑중이 조철봉과 동수를 번갈아 보았다.

"우리도 조직을 갖추려는 겁니까?"

"당연하지. 전적으로 그쪽에다만 맡길 수는 없어."

정색한 조철봉이 말을 이었다.

"당분간은 그쪽 안면을 이용하지만 결국은 대등한 동반자로 균형을 맞춰야 돼. 그렇게 되지 않으면 장악당한다."

"그렇지요."

갑중이 안심이 된다는 듯 머리를 끄덕였다.

"결국은 힘이 있는 놈이 머리만 쓰는 놈을 휘어잡게 되니까요. 잘하셨습니다."

갑중이 떠나게 되면 고동수가 제2인자가 되는 것이다. 룸살롱 지배인 경력에다 다단계회사 영업부장도 해보았고 보험회사 조사원으로도 근무해본 고동수는 새천년 시대의 건달이라고 불릴 수도 있을 것이다. 박학다식하고 세련되었으며, 영업에 뛰어난 데다 냉혹하다. 갑중의 2년 후배로 32살인 동수는 건달의 기질 면에서는 갑중보다 뛰어났다. 동수가 갑중에게 말했다.

"이곳은 한국과는 환경이 달라서 전쟁을 치르는 자세가 되어야 합니다. 그래서 독하고 머리 회전이 빠른 놈들만 불렀지요."

"어쨌든 너는 사장님의 행동대장 역할을 맡게 됐다."

정색한 갑중이 동수를 보았다.

"실수 없도록 잘해. 부탁한다."

그날 밤 12시 정각이 되었을 때 문에서 노크 소리가 들렸으므로 조철봉은 자리에서 일어섰다. 모두 방으로 돌아가고 혼자 앉아 있던 참이었다. 문을 열자 춘심이 웃음 띤 얼굴로 들어섰는데 뒤에는 조심스러운 표정의 두 여자가 서 있었다. 선옥이와 영숙이다. 선옥은 춘심과 같은 가게에 나가는 조선족이었고 영숙은 오만철이 집을 사서 같이 동거하자고 했던 여자였다.

"어서 들어와."

조철봉이 웃음 띤 얼굴로 세 여자를 맞았다. 모두 공이 있는 것이다. 선옥은 춘심에게 영숙을 알려주었고 영숙은 오만철의 행선지를 말해주었다.

소파에 여자 세 명이 나란히 앉았을 때 조철봉은 빙그레 웃었다.

"모두 미인들이로군."

선옥과 영숙은 초면이었지만 제각기 개성이 있는 미인이었던 것이다. 선옥은 통통한 체격에 귀염성이 있는 얼굴이었고, 영숙은 그와 대조적으로 마른 데다 얼굴에 그늘이 졌는데 흘낏거리는 눈빛이 요염했다. 서울에서 산전수전 다 겪은 오만철이 집 얻어서 동거하자고 할 만한 용모였다. 인사를 마친 선옥과 영숙 또한 탐색하는 것 같은 시선으로 조철봉을 보았다. 그때 춘심이 입을 열었다.

"모두 인기가 좋은 애들이에요. 그리고 이차는 안 나가는 것으로 소문이 났고요."

"그런가?"

조철봉이 웃음 띤 얼굴로 다시 세 여자를 차례로 보았다. 조철봉의 경험상 가게에 나가면서 이차를 나가지 않는다는 말은 허구나 다름없다. 서비스 직종에 종사하면서 제 스스로 한계를 정해 둔다는 것은 위선인 것이다. 가끔 한사코 이차를 나가지 않는다는 여자를 가게에서 만날 때가 있었지만 나중에 보면 어디론가 사라졌거나 적응되어 유난을 떨지 않았다. 따라서 춘심을 포함한 세 조선족 여자들은 아직 직업에 익숙지 않은 상태인 것이다. 물론 여자들의 행태는 손님들의 질에 좌우되는 경우가 많은 터라 칭다오에 주둔한 한국인들이 그런 분위기를 만들었을 수도 있다. 대개 중소기업 수준의 경영자들이고 환차나 저임금을 노리고 진출해온 터라 씀씀이가 크지 않은 것이 이유가 될지도 모른다.

"오늘은 내가 인사를 하려고 불렀어."

조철봉이 주머니에서 봉투를 꺼내어 선옥과 영숙에게 하나씩 내밀었다.

"천 불씩 들었어, 생활에 보태 쓰도록."

"어머나!"

깜짝 놀란 선옥이 눈을 동그랗게 뜨고 웃더니 날름 봉투를 받았다.

"감사합니다, 사장님."

그러나 영숙은 조철봉을 향해 머리를 저으며 받지 않았다.

"저는 받을 수 없습니다."

"아니, 왜?"

그렇게 물은 것은 춘심이다. 춘심이 정색하고 영숙을 보았다.

"네가 그 사람이 잘 가는 마사지 전문점까지 알려준 덕분에 일이 잘 끝난 거야, 네가 받지 않으면 어떡해?"

"난 양심상 받을 수 없어."

"양심이라니?"

204

"그 사람은 나한테 잘해주었어, 날 믿었고. 그렇지만 자꾸 동거하자고 조르는 바람에 떼어내려고 했던 거야."

"어쨌든 받아, 네가 받지 않으면 선옥이가 미안해지잖아?"

"난 안 미안해."

선옥이 웃음 띤 얼굴로 머리를 젓는 바람에 듣고만 있던 조철봉이 풀썩 웃었다. 조철봉이 웃음 띤 얼굴로 영숙을 보았다.

"오만철이 집 얻으라고 계약금 삼만 위안을 주었지?"

그 순간 놀란 춘심과 선옥이 일제히 머리를 돌려 영숙을 보았다. 조철봉의 시선을 받은 영숙의 눈 밑이 붉어졌다.

"네, 받았어요."

그러자 선옥이 코웃음을 쳤고 춘심은 길게 숨을 뱉었다. 삼만 위안이면 오백만 원 가까운 금액이며 달러로는 삼천팔백 불쯤 된다. 조철봉이 천천히 머리를 끄덕였다.

"오만철이 다 이야기 해주었어. 용돈 쓰라고 그동안에 이천 불쯤 주었다고 하던데, 맞나?"

"네, 맞아요."

아랫입술을 깨문 영숙이 머리를 숙였다.

"그래서 양심에 걸립니다. 그 사람을 배신한 것이니까요."

"좋아. 그렇다면 받지 않아도 된다."

봉투를 탁자 위에 놓은 조철봉이 정색하고 춘심과 선옥을 보았다.

"내가 영숙이한테 몇 가지 더 물어볼 말이 있어. 너희들은 돌아가."

그러자 선옥은 벌떡 일어섰지만 춘심은 머뭇거렸다가 마지못한 듯일어섰다. 조철봉이 탁자 위에 놓은 봉투를 춘심에게 건네주었다.

"이건 도로 넣기도 거북하니까 네가 써."

춘심이 힐끗 조철봉을 살피더니 봉투를 받았다.

이미 춘심은 조철봉한테서 현상금을 받은 터여서 두 배를 받은 셈이 된 것이다. 여자들이 방을 나갔을 때 조철봉이 몸을 굳히고 있는 영숙에게 물었다.

"네가 조금 전에는 집 계약금과 용돈 얘기만 했지?"

영숙이 시선을 들지 않았으므로 조철봉은 말을 이었다.

"양심의 가책을 받고 있다니 나도 가슴이 아파. 배신한다는 것은 참 괴롭고 결단이 필요한 일이기도 하지."

"…"

"영숙이가 적극적으로 오만철이 다니는 곳 정보를 주었다는 말을 듣고 처음에는 어지간히 지겨웠던 모양이구나 하고 생각했었지."

"…"

"그러다가 오만철을 잡고 나니까 내 생각이 순진했다는 것을 깨달았어. 무슨 말인지 이해가 갈 거야."

그때 영숙이 머리를 들었지만 시선만 보낸 채 입은 굳게 다물었다. 소파에 등을 붙인 조철봉이 낮게 물었다.

"오늘 저녁에 이곳을 떠나려고 했지? 그러다 숙소 앞에 지키고 서 있는 사람들을 보고 단념했지?"

"저는 무슨 말씀인지 모르겠어요."

영숙이 차분하게 말했지만 얼굴은 나무토막처럼 굳어 있었다. 그때 문에서 노크 소리가 들리더니 고동수가 들어섰다. 그러고는 곧장 조철봉의 옆으로 다가서더니 귓속말을 했다. 영숙에게 시선을 준 채 머리를 끄덕이던 조철봉은 귓속말이 끝났을 때 상체를 세웠다.

"네 숙소에서 미화 이십만 불과 백오십만 위안을 찾아냈어. 숙소 천장과 침대 시트 속에 둔 것을 찾는 데 10분도 걸리지 않았다는구먼."

그때 영숙이 눈을 치켜떴다.

"내 중국인 애인이 당신들을 가만두지 않을 거야. 그 사람은 연합회 회원이야."

날카로운 목소리여서 고동수가 눈을 동그랗게 떴고 조철봉도 놀란 듯 입을 다물었다. 영숙의 목소리가 높아졌다.

"내가 한 마디만 하면 당신 같은 한국 놈은 죽은 목숨이야. 두고 봐."

"양심의 가책을 느낀다는 건 새빨간 거짓말이었어."

쓴웃음을 지은 조철봉이 말을 이었다.

"넌 오만철이 맡긴 돈이 탐이 나서 정보를 준 거야. 그러고는 이곳을 떠나려다가 내 부하들이 바로 감시를 하니까 기회를 놓치게 된 것이지."

"난 갈 테야"

영숙이 자리를 차고 일어났을 때 동수가 한 걸음 발을 내딛더니 손바닥으로 가슴을 밀었다. 영숙이 소파에 엉덩방아를 찧으면서 다시 앉았다. 조철봉이 입맛을 다셨다.

"오만철은 너한테서 정보가 나왔다는 말을 듣더니 너한테 맡긴 돈을 제일 먼저 불더군. 그놈은 내 돈을 사기치고 도망 온 놈이었는데 자업자득이지. 이곳에서 너한테 사기를 당했으니까 말이야."

"이 자식들아, 날 내보내줘."

그 순간 영숙이 악을 썼다.

"사람 살려!"

바로 그 순간 동수가 주먹을 날렸고 턱을 맞은 영숙이 소파 위로 늘어졌다.

"저한테 맡기시지요."

방으로 들어서자마자 김갑수가 말했는데 이미 밖에서 내막을 다 듣고 왔기 때문이다. 갑수는 부하 세 명과 동행이어서 방안은 사내들로 북적였다. 이미 방안에 동수의 부하들이 들어와 영숙이 더 이상 소리를 지르지 못하도록 입에다 수건을 물리고 묶어 놓는 수선을 피우고 있었던 것이다. 흘끗 영숙을 내려다본 갑수가 부하들에게 지시했다.

"묶은 것 풀고 한 방 먹여서 늘어지게 한 다음에 둘러메고 나가도록."

그러고는 조철봉을 향해 쓴웃음을 지었다.

"술 취한 여자를 떠메고 가는 것은 흔한 일입니다."

부하들이 곧 영숙을 떠메고 나갔으므로 방안에는 조철봉과 갑수 둘만 남게 되었다. 새벽 2시가 되어가는 시간인 데다 갑자기 방안이 조용해져서 둘의 숨소리도 들렸다. 갑수가 먼저 입을 열었다.

"사기꾼을 잡으셨다고 들었습니다. 축하합니다."

"어쨌든 그 사람 덕분으로 김 선생을 알게 되었으니까 전화위복이 되었지요."

정색한 조철봉이 갑수를 보았다.

"중국에서 새 사업에 대한 결정을 하게 되었으니까요."

"이익금 배분율은 결정하셨습니까?"

"20퍼센트 이상은 안 됩니다."

"조 사장님 신상조사를 했습니다."

갑수가 눈을 가늘게 뜨더니 웃음 띤 얼굴로 조철봉을 보았다.

"서울에서 꽤 크게 사업을 벌이고 계시더군요."

"내막을 아시면 이해하실 텐데."

"좋습니다. 20퍼센트로 하지요."

뱉듯이 말한 갑수가 조철봉에게 손을 내밀었다.

"북남 합작사업입니다."

"잘 되어야 합니다."

갑수의 손을 쥔 조철봉이 힘주어 흔들었다. 물론 갑수는 상부의 지시를 받았을 것이었다. 갑수가 돌아갔을 때는 새벽 3시가 넘어서였는데 아침부터 긴장한 순간의 연속이었던 터라 지친 조철봉은 나른한 몸을 침대에 뉘었다. 그러나 누운 지 10분도 안 되어서 문을 두드리는 노크 소리에 몸을 일으켰다. 문을 열었을 때 예상했던 대로 춘심이 서 있었다.

"로비에서 기다리고 있었어요."

춘심이 어색한 웃음을 띠며 말했다.

"들어가도 돼요?"

"들어와."

비켜선 조철봉은 춘심이 들어서면서 풍기는 옅은 향내를 맡았다. 이제는 익숙해진 향내였다.

"피곤하실 텐데 귀찮게 하지 않을게요."

춘심이 다가온 조철봉의 허리를 두 팔로 안으면서 말했다.

"먼저 누우세요. 전 씻고 들어갈게요."

로비에서 춘심은 영숙이 떠메어 나가는 것까지 다 보았을 것이었다. 침대에 누워 있던 조철봉의 옆으로 춘심이 다가와 안겼을 때는 10분쯤 후였다. 샤워를 하고 나온 춘심은 가운 차림이었는데 안은 알몸인 것이 드러났다.

"선옥이는 영숙이가 앙큼하다고 했어요. 절대로 제 이야기는 하지 않는 성격이어서 속심을 알 수가 없다고."

조철봉의 가슴에 얼굴을 붙인 춘심이 소곤대듯 말했다.

"그런데 떠메어 나가던데 무슨 일 있었어요?"

"별일 아냐."

"떠메고 나간 사람들은 안면이 있는 조폭이었어요."

대답을 기다리는 듯 춘심이 눈을 반짝이고 있었지만 조철봉은 입을 열지 않았다. 춘심의 말대로 사람의 속심은 알 수가 없는 것이다. 상황에 따라서 변하게 된다.

사업장 설치는 일사불란하게 진행이 되었고 제일 신바람이 난 것은 고동수였다. 고동수는 김갑수와 함께 아침부터 밤까지 붙어 다녔는데 사흘이 못 되어 서로 말을 텄다. 처음에는 서로 깔보고 말끝에 신경을 곤두세우더니 곧 상대를 인정하게 된 것이다. 고동수로 말할 것 같으면 한국에서 산전수전 공중전까지 겪은 건달이라 북한군 현역 소좌가 아니라 소장이라고 해도 콧방귀를 뀔 만한 배포였으며 김갑수 또한 한국의 쓰레기 같은 건달은 손가락 한 개로도 때려눕힌다는 기개가 있었을 것이었다. 그러나 사람은 겪어봐야 한다는 말이 맞다. 둘은 밤낮으로 부대끼다가 곧 서로의 선입견을 버리게 된 것이다.

동수와 갑수는 칭다오 요지에 건물 세 곳을 계약했으며 어느 날은 옌타이까지 진출해 그곳에도 두 곳의 사업장을 임대했다. 그러고는 곧 다섯 곳의 사업장 공사가 동시에 시작돼 그야말로 일사천리로 진행이 되어갔다. 그동안 조철봉은 베이징과 상하이를 다녀왔는데 물론 춘심이 통역으로 동행했다. 시장조사를 다녀온 것이다. 사업장 이름은 조철봉의 영문 약자를 따서 CB K-TV로 등록했고 각각 1호점에서 5호점까지 번호를 붙여 구분했다. 갑수와 계약을 한 지 딱 이십 일 후에는 사업장에서 근무할 서비스 요원 이백여 명도 채워졌다. 서비스 요원들은 모두 갑수가 조달했는데 전혀 근처의 가게나 인근의 동포들을 고용한 것이 아니었다.

갑수는 정예요원 삼십여 명을 북한에서 데려왔고 나머지는 옌볜 자치구에서 모집했다는 것이다. 물론 서비스 요원 선발은 고동수와 이문석 등의 입회하에 심사를 했지만 정예요원들은 원체 뛰어난 미인들이어서 볼 것도 없었다. 서비스 요원들은 아파트 한 동을 빌려 생활하게 했고 갑수는 그곳을 기숙사처럼 만들었다. 경비도 세우고 여사감까지 데려다 놓았는데 동수는 그 여사감이 아무래도 군인같이 보인다고 했지만 형무소 간수라도 상관없는 일이었다.

다섯 곳의 사업장이 일제히 개업하기 전날 저녁에 조철봉의 방으로 춘심이 들어섰다. 춘심은 사업장 관리사무소의 총무직을 맡게 되어서 갑수나 동수만큼 바빴다. 총무직은 인원 배치나 공급, 그리고 사업장 시설관리까지 책임지는 일인 것이다. 소파에 앉은 춘심은 요즘 들어 바지에 점퍼 차림이었고 운동화를 신었는데 화장기가 없는 얼굴에 생기가 피어나고 있었다. 야생화를 보는 것 같다.

"사업장 정예요원 대부분은 대학생들이래요. 서비스 요원 중에 고향 친구가 있는데 걔한테 들었어요."

춘심이 밝은 표정으로 보고했다. 조철봉은 매일 춘심으로부터 소문이나 관리의 내막을 듣고 있는 것이다.

"정예요원들은 이차 나가기 싫으면 나가지 않아도 된다는 약속을 받고 왔다고 해요."

"그럴 수도 있지."

한국 신문을 펼쳐든 조철봉이 건성으로 대답했다. 한국에서도 마담들이 아가씨를 픽업할 때 가장 기본적으로 써먹는 수법인 것이다. 그러나 기를 쓰고 그런 약속을 받아내는 아가씨일수록 더 일찍 이차 코스로 들어간다는 이야기도 들었다. 춘심이 말을 이었다.

"옌타이에 한국 사람이 투자한 큰 봉제 공장이 있는데 사장이 부도를 내고 망해버렸다고 해요. 그래서 그곳에서 일하는 아가씨들이 가게로 나오려고 몰려왔다고 들었어요."

조철봉이 신문에서 시선을 떼고 춘심을 보았다.

"저런, 일하는 아가씨는 몇 명이나 되는데?"

"삼천 명이 넘는다고 해요."

그러자 조철봉이 천천히 머리를 끄덕였다.

"그렇다면 내일 옌타이에 가봐야겠군."

옌타이에서도 두 곳의 K-TV가 개업할 예정인 것이다. 춘심은 화장실에서 씻고 나왔는데 몸에 속옷만 걸치고 있었다. 방에 가운이 있었지만 거추장스럽다고 입지 않는 것이다. 팬티와 브래지어만 걸친 춘심의 몸은 요즘 자주 보아왔지만 어느 곳 하나 흠잡을 곳 없이 미끈했다. 가슴이 크지도 작지도 않았고 허벅지는 단단하게 알이 배어 있어서 건강미가 넘쳐흘렀다. 흔히 여자들은 발을 함부로 취급하는 경우가 있다.

그러나 발이야말로 여자가 가장 소중하게 가꿔야 할 부분이다. 중국 문화에서는 전족으로 세 치도 안 되는 흉측해진 발을 탐닉하는 습관이 남아 있다. 호사가는 전족을 감싼 붕대를 오랫동안 발에서 풀지 않도록 한 다음에 냄새가 진동하는 그 붕대를 술안주로 삼는 경우도 있다고 한다. 주먹 안에 들 만한 신발을 술잔으로 삼아 한 모금 술을 마시고는 안주로 붕대를 빨아먹는 것이다. 가히 변태라고 불릴 만한 행태이나 발이 그만큼 여자의 은밀하고 색욕을 돋우는 부분으로 여겨진 것이다. 발은 소홀히 하면 가장 함부로 취급될 수 있는 부분이다.

그래서 조철봉은 기회가 있으면 여자의 발을 주목했다. 그 여자가 발을 함부로 취급하느냐 아니냐에 따라서 그 여자의 정조 관념과 성생활까지 짐작했고 그것이 대부분 맞아 떨어졌다. 발을 소중하게 여기는 여자는 정숙했고 성관계에 있어서도 아기자기했으며 감칠맛도 우러났던 것이다.

발은 얼굴 모양과 닮는다. 둥근 얼굴이면 발이 둥글고 갸름한 형이면 발도 갸름하다. 광대뼈가 나왔으면 발의 뼈도 돌출이 되어 있는 것이 정상이다. 그러나 폭이 좁은 구두를 오래 신게 되면 엄지발가락이 안쪽으로 휘어지면서 엄지 밑 부분의 뼈가 돌출되어 모양이 흉해진다. 춘심의 발은 얼굴형을 닮아 갸름했고 둘째 발가락이 엄지보다 조금 길었다. 그리고 발가락 마디가 살아있어서 땅을 짚으면 발가락에 힘이 실리는 것이 드러났다. 건강하고 보기 좋은 발이었다. 춘심은 발톱에 매니큐어 따위는 칠하지 않은 대신 발톱을 잘 다듬었다. 조철봉의 기호에 딱 맞는 발이었다. 자연미가 살아있으며 건강하고 육감적인 발인 것이다.

춘심은 조철봉의 시선을 의식하고는 발가락을 오므렸는데 그것이 더 자극을 주었다. 여자는 절정에 올랐을 때 대개 몸의 끝부분인 발가락 끝에 잔뜩 힘이 실리는 것이다. 그래서 발가락 끝이 안으로 힘껏 굽혀진다. 춘심의 발가락이 지금 그 모양이 되었다.

"발을 씻고 와라."

마침내 조철봉이 춘심에게 말했다. 그러고는 얼굴을 펴고 웃었다.

"술안주로 해야겠다."

"알았어요."

고분고분 대답한 춘심이 다시 화장실로 들어갔을 때 조철봉은 냉장고에서 맥주병과 잔을 꺼내었다. 아직 성욕까지는 일어나지 않았지만 자극에 대한 기대로 온몸이 긴장된 상황이다. 춘심이 화장실에서 나오더니 앞쪽 소파에 앉았다. 그러고는 들고 온 수건으로 발을 꼼꼼하게 닦았다.

"어떻게 해드려요?"

춘심이 묻자 조철봉은 맥주잔에 맥주를 사분의 삼쯤 따랐다. 그러고는 춘심에게 손을 내밀었다.

"발을 이리 내."

춘심이 주춤거리며 한쪽 발을 내밀었을 때 조철봉은 발목을 잡고는 춘심의 발가락을 맥주잔에 넣었다. 크지도 작지도 않은 춘심의 발은 맥주잔에 꽉 맞았다. 춘심이 발가락을 잔뜩 오므렸으므로 발가락 끝부분이 겨우 들어가 맥주와 섞였다.

조철봉은 춘심의 발을 빼낸 다음 맥주를 단숨에 들이켰다. 그리고 안주로 맥주에 젖은 춘심의 발을 빨았다. 그러자 춘심이 간지러운 듯 발가락을 오므리면서 몸을 비틀었다.

"이제 그만요."

춘심이 낮게 말했지만 발을 빼지는 않았다. 그러나 당황한 듯 두 볼이 붉어졌고 시선을 마주치려고 하지 않았다.

"한 잔만 더."

잔에 맥주를 따르면서 조철봉이 웃음 띤 얼굴로 춘심을 보았다. 춘심으로서는 이런 경험이 처음이었을 것이다. 변태 손님이 별 지랄을 다하는 경우도 가끔 있겠지만 춘심은 거의 이차를 안 나갔다니 처음 경험인 것이 틀림없다. 다시 춘심의 발을 안주로 맥주를 마신 조철봉이 만족한 듯 발을 놓아주었다.

"잘 먹었다."

마치 발을 먹었다는 표현 같아서 조철봉이 스스로 웃었다.

"다음에는 꿀이나 된장이라도 발라놓고 먹어야겠다."

농담이다. 그러나 춘심은 정색하고 조철봉을 보았다.

"다음에 꿀하고 된장을 사올까요?"

"필요할 때 말할 테니까."

소파에서 일어선 조철봉이 손을 내밀었다.

"이리 와."

이미 두 사람 모두 분위기가 고조된 상태였고 상기된 표정의 춘심이 따라 일어서더니 조철봉의 가슴에 안겼다. 침대로 들어간 조철봉은 곧 춘심의 브래지어와 팬티를 벗기고는 자신도 알몸이 되었다. 서로의 몸에 익숙해지고 있었지만 아직 개척되지 않은 부분도 많다. 여자의 몸은 신비한 영역이 얼마든지 발견될 수 있는 것이다. 찾지 못한다면 만들어 낼 수도 있다. 조철봉은 거침없이 춘심의 몸 안으로 진입했다. 이미 달아오른 춘심의 샘은 뜨겁게 넘쳐나고 있었는데 이제는 익숙하게 엉덩이를 쳐들고 조철봉의 몸을 받았다. 궁합이 맞느니 어쩌느니 하는 말은 조철봉의 관점에서 보면 시커먼 거짓말이다. 노력하면 얼마든지 자신을 상대방에게 맞출 수가 있는 것이다.

급하고 느리게, 세고 약하게, 또는 길고 짧아야 한다는 따위의 말도 호사가가 지어낸 말이니 무시해도 좋다. 중요한 것은 상대와의 호흡인 것이다. 키스를 하다가 서툴러서 이가 부딪쳐도 상관없고, 박자가 어긋나서 이쪽은 들었는데 저쪽도 엉덩이를 뺀다고 해도 상관없다. 섹스는 남녀가 만나 가장 적극적으로 부딪치는 과정이며 또한 새로운 시작의 단계와 같다. 한때 조철봉은 사랑의 승화된 과정이 섹스라는 개소리에 현혹된 적이 있어서 여자를 만나고 돌아와서는 이불 속에 들어가 버섯에다 물을 준 적도 여러 번이었으나 지금은 다르다. 섹스는 교류인 것이다. 인간의 섹스는 상대방에 대한 배려가 필수요인이다.

따라서 상대방의 호흡에 맞춰 조절하고 절제하며 희생하는 정신을 갖는다면 다리 한 개로 천하를 지배할 수가 있게 되는 것이다. 조철봉은 상대의 만족감을 위해 호흡을 맞추도록 자신을 연마해 왔고 그것이 항상 훌륭한 결과를 낳게 되었다. 상대방이 쾌감을 느끼는 것만으로 만족하도록 단련해온 것이다. 그래서 한때 길게 되어야 극락에 오르는 상대들을 위해 돌아가신 어머니까지 생각하며 늦췄지만 지금은 익숙해졌다. 춘심이 절정으로 세 번째 오르기 시작했을 때 조철봉은 발사 준비를 하며 물었다.

"해줄까?"

"어서요."

죽은 것같이 신음을 뱉던 춘심이 간절하게 재촉했다. 조철봉은 발사하는 순간에 춘심과는 그만 만나야겠다는 생각을 했다.

옌타이시의 동방산업은 이만 평의 대지에 건평이 팔천 평이나 되는 대규모 공장이었고 별도로 기숙사가 세 동이나 세워졌는데 모두 최신식 설비를 갖췄다. 7년 전에 한국의 중견 섬유업체인 동방섬유에서 이천만 불을 투자하여 설립한 공장인 것이다. 그러나 동방섬유는 2세 경영자가 IMF 이전에 유통과 전자산업에 투자했던 것이 치명타가 되었다. 주문이 넘쳤던 중국의 동방산업까지 흔들리게 되었고 결국 넉 달 전부터 임금을 지급하지 못하더니 지난달에 본사가 부도를 내면서 보름 전에 문을 닫은 것이다. 조철봉이 공장을 방문했을 때는 오후 두 시경이었는데 공장은 텅 비어 있었다. 건평이 사천 평 가깝게 되는 봉제 라인에는 미싱만 수천 대 가지런히 놓였고 작업하다 만 옷감들이 제각기 주위에 흩어져 있어서 마치 전장의 패잔병 유품들을 보는 것 같았다.

"아, 저기 관리자가 옵니다."

조철봉과 동행한 강종구가 불안한 듯 서성대더니 안심한 듯 말했다. 공장 안쪽 사무실에서 사내 하나가 다가오고 있었다. 미리 연락은 한 터라 통역으로 역시 동행한 동포 정수일이 서둘러 사내에게 다가갔다.

"빈 공장을 지키고 있군."

조철봉이 혼잣소리로 말했을 때 사내가 다가와 섰다. 사십대 초반쯤의 나이로 보였으나 수염이 텁수룩하게 자랐고 눈에는 핏발이 서 있었다.

"제가 동방산업 옌타이 공장 관리부장 김택현입니다."

사내가 정중하게 머리를 숙이며 인사했다. 조철봉은 김택현에게 공장을 둘러보고 싶다고만 연락을 했던 것이다.

"조철봉입니다. 고생 많으시네요."

부드럽게 조철봉이 말하자 김택현이 얼굴을 일그러뜨리며 웃었다.

"하는 수 없지요. 뭐, 공장이 비워질 때까지 지키고 있어야지요."

그러고는 택현이 공장을 둘러보았다.

"분해서라도 이곳을 못 떠납니다."

"분하다니요?"

"억울하단 말씀입니다."

택현이 눈을 치켜뜨고 조철봉을 보았다.

"우린 한 해에 삼십억 흑자를 내던 공장이었단 말입니다. 본사 놈들이 우리까지 싸안고 넘어간 것이지요."

조철봉은 잠자코 머리를 끄덕였다. 아침에 전화를 했을 적에 택현은 공장이 문을 닫은 후에 처음 맞는 손님이라면서 허탈하게 웃었는데 반기는 것처럼 느껴졌다. 그들은 공장 안쪽의 사무실로 들어가 소파에 앉았다. 사무실은 일백 평도 넘어 보였는데 책상이 삼십여 개에 사무실 집기도 그대로였다. 그리고 사무실은 공장 안과는 다르게 깨끗했고 정연했다. 사무실을 둘러본 조철봉이 택현에게 물었다.

"사무실에는 김 부장님 한 사람만 남아 있습니까?"

"다 떠났습니다."

택현이 정색하고 대답했다.

"회사가 망했는데 남아 있을 이유가 없지요. 본사에서도 다 떠난 상황인데 이곳에 뭐 하러 남아 있겠습니까?"

"그럼 김 부장님은 왜?"

"지켜야지요."

당연하지 않으냐는 듯이 택현이 조철봉을 보았다.

"그것이 관리부장인 제 임무지요. 도둑을 막으려고 밤에는 불을 환하게 켜고 망치를 들고 순찰을 합니다."

그러자 조철봉이 천천히 머리를 끄덕였다.

"그럼 오늘 밤 저하고 술 한잔하십시다. 마침 제가 이곳 옌타이에 K-TV 두 곳을 개업했거든요."

머리를 돌린 조철봉이 수일과 종구를 보았다.

"공장은 이 사람들이 사람을 시켜 지켜줄 겁니다."

시내 중심가에 위치한 5호점 CB K-TV는 건물의 2개 층을 사용하는데다 룸이 30개였고 서비스 요원이 50명, 정예요원이 5명 배정된 곳이었다. 개업 첫날이어서 5호점에는 옌타이시의 공무원들도 초대되었고 한국인 사업가들도 대거 몰려와 성황을 이뤘다. 특별한 행사 없이 곧장 영업에 들어간 것은 조철봉이 그렇게 지시했기 때문이다. 5호점 지배인은 고동수가 서울에서 불러온 강경준이었는데 영등포에서 나이트클럽 상무를 지냈다고 했다.

밀실로 조철봉과 김택현을 안내한 강경준이 깍듯이 인사를 하고 나가자마자 정예요원 한 명이 들어섰다. 정예요원은 이른바 마담급이다. 한복 차림의 정예요원은 두 손을 모으고 절을 했는데 몸이 굳어져 있는 것을 알 수 있었다. 조철봉은 서비스 요원은 물론이고 정예요원 선발에도 일절 관여하지 않고 고동수와 김갑수에게 일임했으므로 초면이다.

"취향을 말씀해 주시면 아가씨들을 데려오겠습니다."

자신을 박영희라고 소개한 3번 마담, 즉 3번 정예요원이 말하자 아까부터 잔뜩 긴장하고 있던 김택현이 조철봉을 보았다.

"사장님, 저는 이런 곳이 처음이어서…."

한국에서도 룸살롱을 가보지 않았다는 말이었다. 박영희의 시선이 조철봉에게로 옮아졌다. 저녁 일곱 시였지만 이미 5호점의 방은 만원이었다. 방음장치를 해 놓았어도 음악소리가 희미하게 들려오고 있었다.

조철봉은 아까부터 박영희를 살피듯이 바라보는 중이었다. 한복을 입었지만 가냘픈 체격이 드러났고 갸름한 얼굴에는 수심기가 드리워진 것 같다. 눈은 맑고 컸지만 쌍꺼풀은 없었고 콧날은 크지도 작지도 않았으며 입술 선이 야무졌다. 검은 눈동자가 지금도 조철봉을 향한 채 대답을 기다리고 있었다. 조철봉은 시선을 떼지 않은 채 희미하게 웃었다. 5호점에 오기 전 강경준에게 자신이 누구인지는 절대로 밝히지 말라는 지시를 한 것이다. 그러나 강경준은 지시는 지키되 가장 점수를 딸 만한 정예요원을 보냈을 것이 틀림없었다.

"내 취향은 가식 없이 자연스럽게 상대가 되어줄 여자야."

조철봉이 부드럽게 말하자 영희가 정색하고 머리를 끄덕였다.

"그럼 그렇게 준비하겠습니다."

영희가 나갔을 때 김택현이 길게 숨을 내쉬었다.

"저는 이런 분위기에 익숙지 않습니다. 그냥 고기 구워서 소주 마시는 스타일이어서요."

"가끔 즐기는 것도 나쁘지 않습니다."

건성으로 대답한 조철봉이 정색하고 택현을 보았다.

"옌타이 공장의 근로자는 몇 명이나 됩니까?"

"모두 사천이백 명입니다. 그중 조선족 동포가 백육십 명 정도이고 한국에서 이십 명이 파견되었지요, 나머지는 모두 중국인이고 여자가 사천백 명, 남자는 백 명 정도입니다."

택현이 숨도 쉬지 않고 술술 대답했다. 그는 조철봉에게 희망을 걸고 있는 것이다. 조철봉이 다시 물었다.

"매출액과 주문 현황은?"

"작년에 달러로 오천만 불, 한화로 육백오십억 원 물량을 수출했고 올해 목표는 칠천만 불, 팔백오십억 원이었습니다. 순이익은 5퍼센트 정도를 유지했으니 흑자기업입니다. 그러다가 이렇게 되었지요. 수출지역은 미국과 일본, 유럽으로 그 비율이 각각 30퍼센트 정도이니 이렇게 안정된 주문을 확보한 회사도 없습니다."

눈을 치켜뜬 택현이 조철봉을 보았다.

"지금이라도 백오십억만 내면 이 회사를 인수해서 두 달 안에 정상 가동을 시킬 수 있는 것입니다, 사장님."

택현이 말을 그쳤을 때 방문이 열리더니 3번 마담 영희가 서비스 요원들을 이끌고 들어섰다. 모두 여섯 명이다. 여자들이 앞쪽에 일렬로 서자 영희가 설명했다.

"셋은 동포이고 저쪽 셋은 중국인인데 모두 중국어와 영어를 조금씩 하니까 의사소통에 문제가 없습니다."

"손님이 많은가?"

조철봉이 불쑥 묻자 영희는 그것이 무슨 뜻인지 아직 알아차리지 못했다. 그래서 순진한 표정으로 머리를 끄덕였다.

"예, 많습니다, 선생님."

선생님이라는 호칭도 그렇다. 아마 강경준으로부터 사장님이나 회장님으로 부르라고 교육을 받았을 텐데도 까먹은 것이 틀림없다. 택현은 아예 여자들에게 시선도 주지 않았으므로 조철봉은 동포 하나와 중국인 하나를 지명하여 앉게 했는데 모두 첫 번째로 서 있던 여자들이었다.

마음이 놓인 듯 얼굴이 조금 풀어진 영희가 남은 아가씨들을 이끌고 방을 나갔다. 방으로 데려온 아가씨들은 모두 수준이 떨어져 있었던 것이다. 이미 먼저 온 손님들이 그중 괜찮은 미모의 서비스 요원을 골라갔기 때문인데 이것은 한국도 마찬가지이다. 곧 양주와 안주가 날라져 왔고 서너 잔 술을 마시고 났을 때 조철봉이 입을 열었다.

"사천이백 명이나 되는 근로자들이 일자리를 잃었으니 시 당국에서도 고민하고 있겠지요?"

"물론입니다. 그래서 옌타이의 동방산업 주문물량과 시설만 인수하는 사업가를 동방산업의 대표자로 인정한다고 했습니다. 근로자의 밀린 임금과 시설비용, 그리고 운영자금을 모두 합하면 일백오십억 정도가 됩니다."

택현이 붉어진 얼굴로 열변을 토했다.

"시설비용은 리스회사에 갚아야 할 몫이지요. 그렇게 되면 옌타이 공장은 독립하게 되는 것입니다. 바이어들은 지금도 공장이 정상화되기만을 기다리고 있으니까요."

"공장 인원은 그렇다고 치고 사무실 요원들은 다시 서울에서 불러올 작정입니까? 만일에 공장이 다시 가동된다면 말입니다.”

그러자 택현이 눈을 부릅떴다.

“책임감 없이 도망쳐버린 놈들은 필요 없습니다. 똑똑한 동포 청년이 얼마든지 많으니까 몇 사람만 서울에서 데려와도 됩니다.”

그러자 술잔을 내려놓은 조철봉이 정색하고 택현을 보았다.

“내일 서울에 연락해서 오후에 국제법 전문 변호사와 회계사, 그리고 경영 컨설턴트를 이곳으로 부르도록 하지요.”

놀란 택현이 눈만 껌벅였고 조철봉은 말을 이었다.

“만일 그들의 판단이 긍정적이라면 김택현 씨가 공장의 사장을 맡아주셔야겠는데 승낙하시겠습니까?”

그러자 택현이 심호흡을 두 번이나 하더니 이까지 악물었다가 풀었다. 그러고는 조철봉을 노려보았다.

“이 공장은 황무지에 건물이 세워질 때부터 제가 관리했습니다. 기계 하나하나를 제가 들여놓아서 제 자식보다도 더 잘 압니다.”

택현의 목소리는 떨렸다.

“빈 공장을 밤에 혼자 지키고 있으면서 이대로 죽어 버리는 것이 가장 좋겠다고 생각하고 있었습니다.”

마침내 택현이 손등으로 눈물을 닦았다.

“일에 미쳐서 마누라하고도 작년에 이혼을 했지요. 초등학교 5학년인 아들놈은 마누라가 데리고 있지만 그놈한테만은 자랑스러운 애비 모습을 보여주고 싶었습니다. 그런데.”

“이것도 인연입니다.”

조철봉이 택현의 잔에 술을 채우며 말했다.

"우리가 중국에서 만난 것이 말입니다."

양주 두 병을 나눠 마셨는데 조철봉은 멀쩡했지만 택현은 대취했다. 지배인 강경준이 들어섰을 때 택현은 기를 쓰고 앉아 있었지만 몸이 건들거리는 중이었다.

"모시고 나가도록."

조철봉이 낮게 말했다.

"호텔방 잡아서 모시도록 해, 중요한 손님이야."

"예, 알겠습니다."

경준이 서둘러 나가더니 종업원 둘을 데리고 다시 들어섰다. 그때 정신을 차린 택현이 제법 또렷하게 말했다.

"사장님, 저 공장에 가겠습니다."

"오늘은 호텔에서 주무세요, 내가 다 알아서 할 테니까."

조철봉이 부드럽지만 단호하게 말했다.

"저 사람들 따라서 가시면 됩니다. 내 말대로 하세요."

"알겠습니다, 사장님."

자리에서 일어선 택현이 반듯이 서더니 조철봉에게 머리를 숙였다.

"그럼 먼저 가겠습니다."

예의 바른 행동이다. 사람은 취했을 때 본성이 나타난다는 말은 곧 예절이 몸에 배어 있는지 구분이 된다는 뜻이다. 예절이 몸에 밴 사람은 대취했어도 어긋난 행동을 보이지 않는다. 택현이 바른 걸음으로 종업원들과 함께 방을 나갔을 때 조철봉은 긴장하고 있는 아가씨들에게 팁을 나눠주었다. 기본 팁 이백 위안을 먼저 나눠준 조철봉이 아가씨들을 정색하고 보았다.

"오늘은 개업한 날이고 아마 우리가 첫 손님이었을 테니 특별 보너스를 주마."

조철봉이 가슴 주머니에서 빳빳한 만 원권 한국 지폐를 꺼내어 아가씨들에게 세 장씩을 나눠주었다. 이백 위안이 한화로 삼만 원 정도이니 아가씨들은 팁을 더블로 받은 셈이 되었다.

"감사합니다."

동포 아가씨가 당황한 듯 얼굴을 붉히면서 돈을 받았고 중국 아가씨도 따랐다. 아마 만 원권 지폐는 오래도록 보관될 것이었다. 아가씨들이 방을 나갔을 때 택현과 함께 나갔던 지배인 경준이 들어섰다.

"사장님, 한 잔 더 하시겠습니까?"

시간은 벌써 12시가 다 되어 있었지만 아직 가게 분위기는 흥청거렸다. 개업식은 성공리에 치러진 것이었고 경준이 틈틈이 보고한 바로는 다른 가게들도 손님이 몰려와 방이 모자랐다는 것이다. 조철봉의 시선을 받은 경준이 목소리를 낮추고 말했다.

"3번 마담이 모시게 하겠습니다."

"3번한테 내 이야기를 했나?"

조철봉이 묻자 경준은 눈을 둥그렇게 뜨고 펄쩍 뛰는 시늉을 했다.

"제가 사장님의 지시를 어길 리가 있습니까? 사장님 얼굴을 아는 종업원 몇 놈한테도 입을 다물라고 했습니다."

"3번의 신상 내역을 아나?"

"이십오 세인데 평양에서 대학을 나왔고 중국은 처음이라고 합니다. 제가 보름 동안 교육을 시키면서 겪어 보았지만 다섯 명 마담 중에서 제일 낫습니다."

영등포에서 단련된 경준의 안목도 보통은 아니다. 경준이 말을 이었다.

"그리고 다른 마담들도 3번을 어려워하고 있는 것이 아무래도 서열이 제일 높은 것 같습니다."

"내가 보니까 순진하던데."

"이런 일은 처음이기 때문이지요. 하지만 손님들한테 심한 소리를 들어도 참아내는 걸 보니 심지는 단단한 것 같습니다."

그러고는 경준이 덧붙였다.

"마담으로 대성할 인물입니다, 사장님."

쓴웃음을 지은 조철봉이 머리를 끄덕였다.

"오라고 해. 그리고."

조철봉이 정색했다.

"나를 오늘 밤 모셔야 한다고 말해."

3번 마담 박영희가 방으로 들어선 것은 그로부터 10분쯤 후였다. 방에서 혼자 술잔을 들고 있던 조철봉은 문 앞에 선 영희를 눈을 가늘게 뜨고 보았다.

살아오면서 조철봉도 가끔 전생의 인연이나 운명적인 만남 따위의 말을 실감할 때가 있다. 백화점의 지하매장에 들렀다가 우연히 마주친 여자, 그때 여자는 이쪽 시선이 가기도 전에 옆모습을 보이고 있었지만 분명히 의식하고 있다는 분위기가 느껴지면서 돌아서고 한참이 지나도록 그 여자의 평범한 모습이 남아 있는 경우, 또는 커피숍 같은 곳에서 어떤 여자와 시선이 마주쳤을 때 여자 쪽에서 먼저 주춤하고는 눈동자에 빛이 났다가 비켜가는 경우도 있다. 어디에서 본 적이 있든가 아니면

이어지는 영혼의 기억 속에서 어떤 자극이 왔을지도 모르는 일이다.

조철봉이 영희를 처음 보았을 때도 그랬다. 시선을 내린 채 영희가 방으로 들어섰을 때 조철봉은 가슴이 쿵 내려앉으면서 목이 메는 느낌을 받았던 것이다. 그것이 일종의 성적 충동이며 미인에 대한 감동의 반응과는 다른 느낌이었다. 머리를 숙여 보인 영희가 잠자코 옆으로 다가와 앉았으므로 조철봉이 오히려 긴장했다. 그래서 빈 술잔을 찾아 영희에게 술을 따르고 얼음냉수를 만들어 주는 수선을 피우면서 어색함을 때웠다.

"지배인한테 이야기 들었나?"

지나가는 말처럼 조철봉이 묻자 영희는 앞쪽을 본 채 대답했다.

"들었습니다."

"이차 나갈 결심을 하고 온 거야?"

"네, 나갑니다. 하지만."

머리를 돌린 영희가 조철봉을 똑바로 보았다. 검은 눈동자가 커졌고 야무진 입술이 더 꼭 닫힌 것을 본 순간에 조철봉은 불끈 치밀어 오르는 성욕을 느끼고는 어금니를 물었다. 그래서 조금 거친 목소리로 물었다.

"하지만 뭐야?"

"저는 사업을 하려고 온 사람입니다. 사장님 애인이 되면 손님이 다 떨어질 테니 사장님이 제 매상은 책임져 주셔야겠습니다."

"매상이 얼마인데 그래?"

"제 목표는 한 달에 이십만 위안입니다."

"그럼 한국 돈으로 삼천만 원이 넘는군."

"…."

"하루에 1백만 원씩 한 달 30일을 빠짐없이 와서 마셔야겠군."

"…."

"지배인이 내가 누구라고 하던가?"

"돈 많고 믿을 만한 분이라고 했습니다."

"믿을 만하긴 해."

술잔을 든 조철봉이 한 모금을 삼키고는 쓴웃음을 지었다.

"그럼 결론은 이차 나가지 못하겠단 말이군그래. 한 달 매상 삼천만 원을 나더러 다 채우라고 하는 걸 보니 말이야."

"꼭 저를 데리고 나가실 이유가 납득이 가면 나갈 수 있어요."

영희가 다시 조철봉을 보았는데 눈빛이 약해져 있었다. 그러나 그것이 오히려 조철봉의 가슴을 더 울렸다.

"괜찮으시다면 저보다 나은 아가씨를 나가게 해드리겠습니다."

또렷하게 영희가 말했지만 말끝이 떨리는 걸 들으면 다시 긴장하고 있다는 것을 알 수 있었다. 조철봉이 머리를 저었다.

"안 돼. 그럼 이유를 말하지. 납득이 갈지 어쩔지 알 수 없지만 잘 들어."

조철봉이 영희의 부드러운 옆모습에 시선을 주었다. 영희가 머리를 돌렸기 때문이다.

"난 널 처음 본 순간에 가슴이 터질 것 같았어. 왜냐하면."

조철봉의 승부욕이 다시 발동했다.

운명이고 지랄이고 다 필요 없다.

"나는 운명적인 만남을 믿는 사람이야. 또한 나는 전생을 믿는 사람이기도 하지."

눈을 가늘게 뜬 조철봉이 앞쪽의 벽을 노려보았다. 가끔 그런 느낌이 들 뿐이지 믿지는 않는다. 믿는 것이 있다면 오직 현실이다. 주머니가 든든해야 배짱이 생긴다는 것이 철칙이다. 방 안은 조용했고 잠시 뜸을 들인 조철봉이 말을 이었다.

"난 5년 전에 상처했어. 와이프가 교통사고로 죽었지. 그 후로 나는 숱한 여자를 겪었지만 한 번도 가슴이 울리는 느낌을 받은 적이 없어."

조철봉의 눈앞에 지금 서울의 아파트에 살고 있는 전처 서경윤의 모습이 스치고 지나갔다. 한번 배신했던 서경윤은 이제 목을 매고 자신을 기다리는 신세가 되었다. 조철봉이 가라앉은 시선으로 영희를 보았다.

"널 본 순간에 나는 운명을, 인연을 느낀 거야. 가슴이 저리도록 감동을 받았단 말이지. 그래서 어쩌겠나?"

그러고는 조철봉이 입술만 비틀고 웃었다.

"난 산전수전 다 겪은 사람이고 그렇게 순진하지도 않아. 널 데리고 나가고 싶은 충동을 억제하는 따위의 시간 소모도 하지 않는 사람이거든. 그리고 너에 대해서 끓어오르는 욕망을 절제할 필요도 느끼지 않았어. 왜냐하면 이곳은 바쁜 세상이란 말이야."

조철봉이 눈을 치켜뜨고 영희를 보았다.

정예요원이면 북한에서 상류급 수준의 교육을 받고 괜찮은 가정에서 자랐을 것이다. 그러나 룸살롱의 생리에 대해서는 제대로 교육을 받지 않았을 터이고 감성에 호소함과 동시에 현실을 깨우쳐 줄 필요가 있다.

"난 지배인이 말해 준 것처럼 믿을 만하고 중요한 손님 중의 하나일 것이다. 지배인이 널 데려온 것은 대국적으로 판단해서 네가 따라 나가는 것이 가게 경영에 도움이 될 것이기 때문이야. 이것이 현실이다."

조철봉이 목소리를 높였다.

"그런데 네 자세는 무조건 비판적이었어. 한 달 20만 위안을 보장하라는 조건은 무례했고 손님을 내쫓는 것이나 같아. 어떤 손님이 그런 제의를 받고 가게에 다시 발을 들여놓겠나?"

"그것은."

침을 삼킨 영희가 당황한 듯 시선을 들었다. 얼굴이 하얗게 굳어져 있었다. 그러나 조철봉은 내처 말을 이었다.

"손님을 끌려면 확실하게 잡고 그렇게 못할 바에는 아예 딱 잘라서 거절하는 것이 나아. 물론 그때는 인연을 끊을 각오를 해야겠지."

그 순간 조철봉은 영희의 눈에 고이는 눈물을 보았다. 눈물에 당황한 영희가 눈을 크게 뜨고 눈물을 말리려고 했지만 늦었다. 눈물 한 줄기가 볼을 타고 또르르 굴러 떨어졌다.

이런 곳에서 감정에 호소하는 놈이 있다면 정신병원에 보내야 한다. 감성과 현실을 적절하게 혼합하되 현실 쪽에 무게를 두어야 하는 것이다. 헛기침을 한 조철봉이 어깨를 폈을 때였다. 영희가 눈을 크게 뜨더니 물기가 고인 눈으로 조철봉을 똑바로 보았다.

"그럼 선생님과 인연을 끊겠어요."

놀란 조철봉이 미처 호흡을 가다듬기도 전에 영희의 말이 이어졌다.

"제가 한 달 매상을 거론한 것은 무례했습니다. 사과드려요. 하지만 저는 선생님 같은 속물은 싫습니다."

얼씨구, 하는 탄성이 목구멍 밖까지 나왔지만 조철봉은 이를 악물고 참았다. 그때 영희가 자리를 차고 일어섰다.

"돈으로 다 되는 것이 아닙니다. 나는 선생님처럼 타락하지는 않겠습니다."

영희가 방을 나갔을 때 조철봉은 히죽 웃었다. 거절을 당했지만 웬일인지 가슴이 후련했고 어떤 기대감마저 일어났기 때문이다. 영희의 태도는 정상이었다. 다만 룸살롱 마담으로 선정된 것이 문제일 뿐이지 호락호락 따라 나왔다면 김빠진 맥주를 마시는 기분이 들 것이었다. 그런데 방문이 열리면서 들어선 지배인 강경준의 얼굴은 굳어져 있었다. 그로서는 큰일 날 사건이 벌어진 것이다.

"사장님, 제가 다시 설득하는 것이 나을 것 같습니다만."

앞에 선 경준이 당황한 표정으로 말했다. 다시 설득한다는 것은 조철봉의 정체를 밝힌다는 뜻이었다. 그렇게 되면 영희는 따라 나가지 않거나 본국으로 돌아가거나 둘 중 하나를 선택해야 될 것이었다.

아무리 중국 땅이 개방되었다고 하더라도 경영주의 눈밖에 벗어나서 일을 할 수는 없는 노릇이다. 조철봉이 머리를 저었다.

"됐어. 그리고 내 정체는 밝히지 말도록 해."

"알겠습니다. 하지만."

"나중에 알게 되겠지."

"그럼 다른 아가씨로, 아가씨는 얼마든지 있습니다만."

"참, 동방산업 김 부장은 잘 모셨나?"

"예, 호텔방에 아가씨하고 같이 들어가는 것까지 확인했습니다."

"잘했어."

자리에서 일어선 조철봉이 경준을 향해 웃었다.

"3번 마담을 잘 보살펴."

"예, 사장님."

대번에 눈치를 챈 경준이 허리를 꺾었다.

"제가 책임지겠습니다, 사장님."

앞으로 영희는 절대로 손님으로부터 2차 요구를 받지 않게 될 것이었다. 그럴 리는 없겠지만 만일에 본인이 원해도 경준이 책임지고 막는다는 말이었다.

다음 날부터 계속해서 조철봉은 옌타이에 머물렀다. 동방산업의 실사를 위해 서울에서 전문가들을 불러 모았고 그들과 함께 나흘 밤낮을 일했던 것이다. 실사단의 의견은 긍정적이었다.

바이어들까지 공장만 가동되면 연간 주문을 보장하겠다는 약속을 해주었으므로 마침내 조철봉은 동방산업을 인수하기로 결심했다. 물론 그동안에 옌타이시의 행정당국으로부터도 적극 협조해 주겠다는 합의를 받아냈다. 그 후로 작업은 일사불란하게 진행됐다. 리스회사와 근로자들의 밀린 대금과 임금을 지불했고 회사의 법적 소유주를 변경했으며 사무직 직원을 다시 모집했다. 조철봉은 옌타이시에서 재가동된 동방산업의 대표이사 사장이 된 것이다. 김택현은 관리사장으로 임명되었는데 마치 신들린 것처럼 재창립 작업에 몰두했다. 그로서는 동방산업의 재창립이 죽은 자식을 살려낸 느낌이었을 것이다.

옌타이 시장이 참석한 재창립 행사가 끝난 날 밤에 조철봉은 축하차 참석한 바이어단까지 초청한 파티를 5호점 CB K-TV에서 개최했다. 50여 명이 앉을 수 있는 대형 룸을 예약한 다음 손님 20여 명을 초대했으니 5호점 개업 이후로 가장 큰 행사일 것이었다. 신바람이 난 지배인 강경준이 대표 마담으로 박영희를 내보낸 것은 물론이다. 옌타이 시의 고위 관리와 서양 바이어들, 거기에다 실사단과 공장의 책임자들이 참석한 파티는 성대했다. 고급 양주가 수십 병 놓였으며 안주는 음식점에서 특별 주문해온 데다가 5인조 밴드까지 대기시켜 놓았고 참석자에게는 황금열쇠와 한국에서 생산된 최신형 휴대전화를 선물로 나눠주었다. 그러나 성대하면서도 호화롭지는 않은 파티였는데 모두 칭다오에서 달려온 고동수가 현장 지휘를 했기 때문이다. 참석자들은 모두 만족해하고 있었다.

조철봉의 옆에는 처음부터 박영희가 앉아 있었지만 인사말을 나누고 축배를 연거푸 드는 분위기여서 서로 시선도 마주치지 않았다.

조철봉은 자연스럽게 행동했지만 영희 쪽에서 잔뜩 몸을 굳히고는 제대로 얼굴도 들지 않았던 것이다. 술기운이 어지간히 올랐을 때 여자들의 노래가 시작되었고 대표주자인 영희가 제일 먼저 나가 요즘 유행하는 한국 노래를 불렀다. 가사와 감정이 잘 맞아서 열심히 연습한 흔적이 드러났고 우레 같은 박수를 받았다. 영희가 돌아와 앉았을 때 조철봉이 술잔을 내밀었다.

"자, 속물의 술 한 잔 받아."

퍼뜩 눈썹을 올렸던 영희가 시선은 마주치지 않은 채 잠자코 술잔을 받았다. 잔에 술을 따르면서 조철봉이 웃음 띤 목소리로 말했다.

"깨끗한 물에서는 물고기가 살지 않는다는 말이 있어. 속세가 결코 더럽고 나쁜 곳만은 아니야."

영희가 잔을 쥔 채 가만있었으므로 조철봉이 마시라는 손짓을 했다.

플로어에서는 밴드에 맞춰 아가씨가 간드러진 목소리로 북한 가요를 부르고 있었다. 영희가 한 모금 술을 삼켰을 때 조철봉이 말을 이었다.

"내가 널 다시 부른 것은 너한테 미련이 남았기 때문이 아니야. 널 부르지 않으면 네 입장이 난처하게 될 것 같아서 불렀어."

그때서야 영희가 시선을 들었는데 눈 둘레가 달아올라 있었다. 술기운 때문일 것이다.

"전 괜찮아요."

"괜찮다면 나가도 된다."

정색한 조철봉이 영희를 보았다.

"난 너 같은 이중적 인간성을 가진 사람하고는 같이 있기가 거북하다."

그러자 영희가 조용히 일어나더니 마치 심부름을 가는 것 같은 표정으로 방을 나갔다. 그것을 방의 끝 쪽에 서 있던 지배인 강경준이 보았다. 슬그머니 다가온 경준이 조철봉의 뒤쪽에 서더니 상반신을 앞쪽으로 기울였다. 무언가 지시를 받겠다는 몸짓이다. 조철봉이 경준에게로 머리를 돌렸다.

"내가 나가라고 했는데."

놀란 듯 눈을 크게 뜬 경준에게 조철봉이 낮게 말했다.

"네가 가서 모른 척하고 무슨 일인가를 물어라. 그러고는 다시 돌아가 분위기를 맞춰야 한다고 야단을 쳐."

"알겠습니다, 사장님."

"그런 식으로 일할 바에는 돌아가는 것이 낫겠다고 해."

"그렇게 하겠습니다, 사장님."

"시치미 떼고 내 옆에 앉으면 내가 쫓아내지는 않을 것이라고 해. 물론 내가 그랬다고는 하지 말고."

"염려하지 마십시오, 사장님."

경준이 소리 없이 물러났을 때 조철봉은 술병을 들고 일어나 손님들의 좌석을 돌아다니며 한 잔씩을 따랐다. 넓은 방을 돌아 다시 자리에 돌아왔을 때 예상했던 대로 영희는 돌아와 앉아 있었다. 자리에 앉은 조철봉이 영희의 잔에 술을 채웠다.

"자, 한 잔 마셔."

잔을 든 영희가 이번에는 한 모금에 술을 삼키고는 딸꾹질을 했다. 방안의 분위기는 더욱 고조되어서 노랫소리에 왁자한 웃음소리까지 섞여 있었다.

"왜 돌아온 거야?"

조철봉이 영희에게로 상체를 기울이며 물었다.

"생각이 바뀐 건가?"

"잘못했어요."

눈을 치켜뜬 영희가 조철봉을 똑바로 보면서 말했다.

"선생님이 가게 주인인 줄 몰랐어요."

조철봉이 쓴 웃음을 지었다.

"가게 주인이 아니었다면 잘못했다는 말을 하지 않을 수도 있겠군, 그렇지?"

"아닙니다."

서둘러 머리를 저은 영희가 시선을 내렸다.

"거절하는 방법이 잘못되었습니다. 매상을 핑계로 대고 손님의 자존심을 다치게 하지 말았어야 했습니다."

"어쨌든 좋아."

조철봉이 정색하고 주위를 둘러보았다. 방안의 분위기는 더욱 고조되어서 이쪽에 신경을 쓰는 사람은 없다.

"이것도 경험이야. 앞으로 더 지독한 일도 당할지 모르니까 마음을 단단히 먹어야 돼."

차분하게 말해준 조철봉은 다시 접대에 신경을 썼다. 근로자 사천삼백여 명의 공장을 중국 땅에 개업하게 되었으니 조철봉으로서는 사업의 일대 전환기가 되었다고 볼 수 있었다. 거기에다 K-TV 다섯 개 업소는 충분한 인력공급과 서울식의 현대적 서비스로 현지인들의 대단한 호응을 받고 있는 중이다. 공사대금을 떼먹고 도망친 오만철을 잡으려고 중국 땅에 발을 디뎠다가 새로운 기회를 잡게 되었다. 개업파티가 끝나고 호텔방에 돌아왔을 때는 새벽 한 시가 되어갈 무렵이었다. 샤워를 마친 조철봉이 가운으로 갈아입고 막 소파에 앉았을 때 문의 벨이 울렸다. 자리에서 일어선 조철봉이 문을 열었을 때 예상했던 대로 영희가 서 있었다. 시선이 마주치자 영희가 긴장한 표정으로 말했다.

"제가 자진해서 왔습니다."

조철봉이 잠자코 비켜섰을 때 영희는 방으로 들어섰다. 영희는 베이지색 투피스 차림이었는데 옷차림이 세련되었고 몸매의 윤곽이 다 드러났다. 미끈한 다리와 단단한 엉덩이는 하반신 모델감으로도 손색이 없을 정도였다.

방 복판에 엉거주춤 선 영희가 조철봉을 보았다. 이 어색함을 없애기 위해서는 아무 짓이나 하겠다는 표정으로 보였다.

"샤워를 하고 와."

조철봉이 무표정한 얼굴로 말했다. 이 상황에서 부드러운 말로 분위기를 조성하려고 한다면 영희는 물론이고 자신까지 소름이 돋아날 것이었다.

"화장실 안에 가운이 있어, 벗고 가운만 걸치고 나와."

말없이 몸을 돌린 영희가 화장실로 들어섰을 때 조철봉은 다시 소파에 앉았다. 그때 저절로 길게 숨이 뱉어졌고 숨과 함께 기력이 빠져 나가는 것처럼 느껴졌다. 언제부터인가 여자는 믿지 않겠다고 마음을 먹었던 조철봉이다. 남녀의 관계도 분명히 주고받는 관계이며 내놓을 것도 없으면서 바라기만 하는 연놈은 분명 불행해진다고 믿어왔다. 감정은 수시로 변한다. 철석같이 믿고 죽자고 사랑했던 사이였다가도 순식간에 증오와 적개심에 싸여 돈 더 내놓으라고 아귀다툼을 하는 꼴도 여러 번 보아왔다. 상처를 받지 않으려면 조금 멀찍이 떨어져 있는 편이 낫다. 속을 다 털어놓고, 있는 것 다 내놓았다가는 마음도 주머니도 다 털린 거지가 되는 지름길이다. 다소 부족하고 약간 허전하더라도 끝까지 남겨 놓는 것이 이롭다. 그때 화장실 문이 열리더니 영희가 나왔다. 지시한 대로 영희는 가운만 걸쳤고 안은 알몸인 것이 드러났다. 다리의 맨살은 윤기가 흘렀으며 더운 물에 덥힌 얼굴은 약간 익었다. 정색한 조철봉이 영희를 정면으로 보았다.

"가운을 벗어."

주춤 멈춰 선 영희가 시선을 내린 채로 입술을 굳게 다물더니 삼 초쯤 가만있었다. 그러더니 허리띠를 풀고는 가운을 아래로 떨어뜨렸다. 눈부신 나신이다.

4. 대야망

　중국에 대규모 섬유공장을 포함한 사업체들을 설립하고 조철봉이 귀국한 것은 한 달 반 만이었다. 그동안 한국에서는 노인 복지시설 공사가 거의 끝나가는 중이었으나 자동차 판매업은 겨우 현상유지를 하고 있는 상황이었다.

　사무실에 출근한 첫날 회의를 마친 조철봉은 유혜진에게 맡겨놓은 투자금액이 얼마나 남아 있는가를 체크했다. 그동안 혜진은 조철봉의 투자 자문역을 맡아 투자금액을 삼십 퍼센트나 늘려 주었지만 현재의 잔고는 일백억 정도였다. 중국의 사업장과 실버타운 공사에 막대한 자금이 투자되었기 때문이다.

　조철봉은 잔고를 확인하며 쓴웃음을 지었다. 대부분 강탈하거나 사기 행각으로 모은 자금이었지만 투자는 건전하게 해왔다는 생각이 들었기 때문이다. 더러운 돈을 빼앗아 깨끗하게 환원시켜 놓은 것이다. 더구나 중국 땅에 국위를 선양할 만한 사업장을 여럿 설립했으니 애국까지 한 셈이다. 문에서 노크 소리가 울리더니 유진경이 들어섰을 때 조철봉의 기분은 흐뭇했다. 그래서 긴장한 듯 얼굴을 굳히고 들어선 진경도 조철봉의 표정을 읽더니 어깨를 늘어뜨리는 것이 보였다.

"드릴 말씀이 있습니다."

책상 앞에 선 진경이 조철봉을 보았다.

진경에게 거머리처럼 붙어 있던 전태성은 지금도 정신요양원에 갇혀 실제로 정신병자가 되어 가고 있을 것이다.

"베트남과 라오스, 미얀마에서 중고차 주문이 늘어나고 있는데 중고차 사업을 더 확장했으면 합니다."

진경이 서류를 책상 앞에 내려놓았다. 중고차 사업 부분을 대폭 확장하는 사업계획이었는데 조철봉이 중국에 가 있는 동안 진경은 회사로 돌아와 꾸준한 실적을 올렸다. 자동차 사업에서 진경의 중고차 수출 부분만이 신장한 것이다.

서류를 훑어본 조철봉이 머리를 끄덕였다. 이미 중국에서도 매일 한국의 사업 보고를 받은 터라 결심하고 있었던 것이다.

"오늘 나하고 저녁이나 같이 먹지."

조철봉이 말하자 진경은 퍼뜩 시선을 들었다가 내렸다.

"네, 알겠습니다."

"일식집 같은 곳은 싫고."

정색한 조철봉이 진경을 보았다.

"내가 저녁에 집으로 찾아갈까?"

다시 시선을 들었던 진경의 눈 밑이 조금 붉어졌다.

"네, 준비할게요."

진경이 낮게 말했지만 시선은 내리지 않았다. 조철봉이 희미하게 웃었다. 감색 투피스 차림의 진경은 쭉 뻗은 몸매에 얼굴에는 옅게 화장을 했다. 남자의 몸을 아는 완숙한 여인의 분위기였다.

"지금도 나한테 섹스 파트너가 돼 줄 의향이 있어?"

"있어요."

진경의 얼굴은 더 상기되었지만 한사코 시선은 내리지 않았다. 진경은 지금 윤성희가 살았던 곳에서 지내고 있는 것이다. 머리를 끄덕인 조철봉이 진경의 몸을 노골적으로 훑어보았다. 전에는 회사 안에서 이러지 않았다. 회사 여직원과는 꼭 필요한 경우를 제외하고는 관계를 맺지 않았던 조철봉이다.

"좋아. 그럼 여덟 시에 갈 테니까."

조철봉이 말하자 진경은 머리를 숙여 보이더니 방을 나갔다. 거처까지 마련해 준 진경을 찾아가지 않는다면 그것은 부담만 주는 셈이 될 것이었다. 그리고 진경은 이제 회사에 꼭 필요한 존재가 되어 있었다. 회사일을 마친 조철봉이 진경의 아파트에 들어섰을 때는 저녁 8시 10분이었다. 이미 일찍 퇴근했던 진경이 수줍은 얼굴로 조철봉을 맞았다. 마치 남편을 맞는 아내 같은 분위기였다.

"씻고 옷 갈아입으세요."

조철봉의 저고리를 받아든 진경이 시선을 돌린 채 말했다.

"집에 오는 길에 갈아입으실 옷을 사왔어요."

"내복도 사놨어?"

웃음 띤 얼굴로 조철봉이 물었으나 진경은 정색하고 대답했다.

"양말도 사 놓았습니다."

"역시 순발력이 있군."

조철봉의 얼굴에 저절로 웃음이 떠올랐다. 겉으로는 차갑게 보이고 내숭을 떠는 것 같았지만 진경의 솔직하고 직선적인 성품에 호감이 간 것이다. 그런데다 여린 구석이 있어서 전태성에게 볼모로 잡혀 비참한 생활을 해왔었다. 샤워를 하고 난 조철봉은 진경이 사온 셔츠와 바지로 갈아입고 식탁에 앉았다. 진경은 솜씨를 부려 매운탕에다 고기까지 구웠는데 찬도 슈퍼에서 사온 것이 아니었다.

"음식 솜씨가 좋구나."

찬과 국을 하나씩 맛본 조철봉이 감탄했다. 사람의 입맛은 제각각이라지만 진경의 솜씨는 그 누구도 좋아할 만큼 맛깔스러웠던 것이다.

"입맛에 맞으세요?"

앞에 앉은 진경은 칭찬이 좋았던지 얼굴을 펴고 물었다. 머리를 뒤로 올려 묶어서 산뜻하게 보였고 화장을 지운 얼굴은 씻은 과일처럼 싱싱했다.

"음식 솜씨가 좋은 여자는 이혼 확률이 적지."

"정말이에요?"

"내 생각이다."

"그럼 자주 저녁 드시러 오세요."

"아침까지 먹고 가야겠군."

"그럼 제가 더 편하고요."

밥을 떠 넣던 조철봉이 시선을 들었다가 삼키고 나서 물었다.

"편하다니, 뭐가?"

"그냥 이렇게 지내기가 너무 부담이 되어서 그래요."

"하긴 부담 갖지 말라고 한다면 억지소리가 되겠지."

"가끔이라도 들러서 쉬고 가셔야 제가 편해진단 말이에요."

"솔직해서 좋다."

"딴 데서 바람 피워도 강짜 부리지 않을 테니까 걱정 마세요."

"그럼 너도 가끔 간식 먹겠다는 거야?"

"그럼 당장 절 쫓아내세요."

정색하고 말한 진경이 눈까지 흘겼다.

"사람이 양심이 있지 어떻게 그렇게 하겠어요?"

"돈이 좋긴 좋구나."

"돈만 있다고 다 그렇게 꼬이는 건 아니에요."

다시 눈을 흘긴 진경이 일어나더니 냉장고로 다가가 소주병을 꺼냈다.

"반주로 한잔 하실 거죠?"

"반주로 마셔 온 것처럼 묻는데."

"저녁 반주로 몇 잔 마시면 섹스에 좋대요."

"정말이냐?"

"내 생각이에요."

쓴웃음을 지은 조철봉은 문득 통통 튀는 분위기를 어느덧 자신도 즐기고 있다는 것을 느꼈다. 진경의 새로운 모습이다. 반주로 소주를 한 병쯤 나눠 마셨을 때 진경의 눈가가 발그레해졌다.

"그런데 뭐라고 불러요?"

조철봉의 잔에 술을 따르던 진경이 생각났다는 듯이 물었다.

"집에서도 사장님이라고 부르기는 어색하고."

"오빠라고 해."

"알았어요, 오빠."

얼굴을 펴고 웃던 진경이 금방 정색했다.

"하지만 조심할게요. 건방지게 굴지도 않겠어요. 그러니까 걱정 마세요."

마무리가 깨끗한 성격이다. 조철봉은 불끈 성욕이 치솟았다.

저녁 반주가 섹스에 좋다고 한 것은 물론 진경이 지어낸 말이었다. 그러나 저녁을 마친 조철봉이 양치질을 하고 나왔을 때 진경은 식탁 위의 그릇에 신문지만 덮어놓고는 안방에서 침대 시트를 정리하고 있었다. 그리고는 조철봉과 시선이 마주치자 맑고 크게 말했다.

"먼저 침대에 들어가 계세요, 오빠. 나도 금방 씻고 올게요."

"뭐하게?"

뻔했지만 조철봉은 그렇게 묻지 않을 수가 없었다. 저녁을 먹은 지 10분도 되지 않았던 것이다. 그러나 진경이 눈웃음을 쳤다.

"한번 하게요."

"너 굶었냐?"

"오래됐어요."

다가선 진경이 이맛살을 찌푸리더니 계산하는 표정이 되었다.

"그놈한테 당한 것이 6월 25일이었으니까 거의 넉 달이 되었네."

"날짜도 기억하네."

"6·25 아녜요? 전쟁 일어난 날에 나도 당한 거죠. 그래서 기억이 나요."

"같이 살았으면서 꼭 당했다고 해야 돼?"

"좋아서 하는 것이 아니었으니까요."

"싫어도 육정이 드는 수가 있어."

"난 한 번도 절정에 올라보지 못했어요. 그냥 시늉만 한 것이지."

그러고는 진경이 화장실로 들어갔으므로 조철봉은 심호흡을 했다. 어느덧 몸이 뜨거워져 있었던 것이다.

의도적인지는 아직 알 수 없었으나 진경의 거침없는 표현이 성욕을 끓어오르게 하는 것은 사실이었다. 그래서 다른 여자 같으면 최소한 팬티만은 걸치고 침대에서 기다렸던 조철봉은 오늘은 알몸이 되었다.

침대에서 기다린 지 5분도 안 되어서 진경이 방으로 들어섰는데 그 순간 조철봉은 눈을 크게 떴다. 진경도 알몸이 되어 있었던 것이다.

"놀랐죠?"

문 앞에 멈춰선 진경이 알몸을 정면으로 보이면서 아랫입술을 깨물고 눈웃음을 쳤다. 미끈하고 탄력 있는 몸이었다. 가슴은 단단하게 솟아올랐으며 배에 힘을 주지 않고 자연스럽게 서 있어서 아랫배는 조금 볼록했다. 배꼽 밑의 짙은 삼각 숲이 다 드러났고 숲 복판의 샘도 선명하게 보였다.

"응, 몸매가 섹시하구나."

상반신을 일으켜 앉은 조철봉이 이글거리는 눈으로 진경을 보았다. 시선에 전혀 부담이 되지 않는 것은 물론 진경이 연출한 분위기 때문일 것이다.

"내 몸의 어디가 이뻐요?"

"허벅지 살이 단단한 것이 육감적이다."

"그 가운데는 어때요?"

"그건 먹어봐야 알지."

244

"조금 더 서 있어줘요?"

"이게 변태군."

조철봉이 웃었다.

"너, 그러면서 달아오르고 있지?"

"이런 공상을 많이 했거든요."

진경이 이제는 두 다리를 벌리고 섰으므로 샘이 파인 양쪽 골짜기까지 다 드러났다.

"좋아하는 사람한테는 내 몸을 다 보여주면서 시키는 대로 자세를 만드는 꿈."

"다리를 더 벌려봐."

"이렇게요?"

진경이 다가오더니 침대에 한쪽 다리를 얹고는 다리를 벌려 샘을 보였다. 샘은 조철봉의 눈앞에 떠 있었고 손이 충분히 닿을 수 있는 거리였다. 그때 진경이 조철봉의 하반신을 보더니 웃었다.

"오빠 버섯도 다 섰네."

그러자 조철봉이 하반신을 가린 시트를 젖혔으므로 천막의 지주만 우뚝 섰다.

"오빠, 내 샘이 넘쳐요. 봐요."

그때 진경이 눈으로 자신의 샘을 가리켰다.

조철봉은 진경의 샘에서 넘쳐 나오는 샘물을 보았다. 이런 경험은 처음이다. 방안의 불은 환했지만 진경은 조금도 부끄러운 기색을 보이지 않았다. 오히려 이런 분위기를 즐기고 있는 것이다. 산전수전 다 겪은 조철봉이었으나 진경이 연출하는 색다른 자극에 부딪히자 쾌락의 열망으로 온몸이 근질거렸다.

"으음, 넘친다."

눈을 치켜뜬 조철봉이 진경의 샘을 노려보며 신음처럼 말했다.

"흘러 떨어지는구나."

"핥아줘요, 오빠."

진경이 열에 뜬 얼굴로 말했다. 목소리의 억양이 분명치 않았으며 조철봉을 향한 시선도 초점이 잡혀있지 않았다. 조철봉은 입술을 가져가는 대신으로 손을 뻗쳐 진경의 샘 끝부분을 아주 섬세하게 건드렸다. 양쪽 골짜기를 잠깐 훑었던 손끝이 위쪽의 두레박에 닿았을 때 진경은 선채로 신음했다.

"오빠, 넣어줘요."

진경이 헛소리처럼 말했지만 조철봉은 이번에도 따르지 않았다. 이 절박한 상황에서도 승부욕이 발동한 것이다. 그것이 결국은 진경에게도 더 큰 즐거움을 주리라는 확신이 있기 때문이다. 조철봉은 샘 끝을 감질나게 건드리면서 다른 한 손으로는 진경의 허벅지 안쪽을 쓸었다. 성감대를 넓혀주는 것이다.

"아아, 미치겠어."

진경이 한쪽 다리를 침대 위에 올려놓은 그 자세로 선 채 상반신을 비틀었다. 두 손으로 가슴을 움켜쥐고는 혀로 입술을 자주 핥았다. 눈을 잔뜩 치켜뜨고 있었으나 열기 띤 눈동자는 아무것도 향하고 있지 않았으며 두 다리는 심하게 떨렸다.

"오빠, 넣어줘요."

마침내 진경이 비명처럼 소리쳤을 때 조철봉은 손가락을 한 마디만 샘에 넣어 주었다. 그랬어도 진경은 온몸을 오그리더니 갑자기 양쪽 골짜기도 합쳐졌다. 그리고 다음 순간 진경은 침대 위로 쓰러지더니 조철봉의 철봉을 두 손으로 움켜쥐었다.

"오빠, 입안에 넣을게."

진경이 허겁지겁 말했을 때 조철봉은 몸을 틀었다.

"내 건 안 해줘도 된다."

"그럼 어서 넣어줘요, 그만 괴롭히고."

벌렁 누워버린 진경이 조철봉의 어깨를 끌어당겼다.

"미칠 것 같으니까, 어서."

그러나 조철봉은 넣는 대신 진경의 가슴에 입술을 대었다. 유두를 입안에 넣고 굴리면서 이제는 더 편한 자세가 되어 진경의 샘에 손끝을 넣었다. 진경은 그것으로 일단 갈증이 풀렸다. 조철봉의 목을 두 팔로 감아 안은 진경은 손끝의 움직임에 따라 허리를 거칠게 들썩이기 시작했다. 샘은 흘러넘쳤고 신음은 더욱 격렬해졌다. 이윽고 진경은 조철봉의 손끝만으로도 절정에 이르렀다. 환성 같은 비명을 지르며 진경의 몸이 비틀렸을 때 조철봉은 만족했다. 진경은 온몸을 굳히더니 곧 경련을 일으켰다.

"아아, 오빠, 나 죽을 것 같아요."

조철봉은 진경의 여운이 끝나기를 기다렸다가 다시 시작했다. 이제는 입술이 아랫배를 지나 샘으로 내려갔고 늘어지기 시작했던 진경의 몸이 놀라 다시 탄력이 붙었다. 조철봉은 진경의 샘을 정성스럽게 마셨다. 빈틈없이 샘 전체를 핥아 마시면서 조철봉은 진경이 이런 경험은 처음일 것이라고 생각했다. 상상만 했던 자세를 처음 연출한 것이었고 그리고 아마 쾌락은 상상했던 이상일 것이었다. 진경이 허벅지로 조철봉의 머리를 끼고는 울기 시작했다.

둘의 몸이 떨어진 것은 진경이 절정에 네 번 오르고 난 후였다. 가끔 절정의 횟수에 크게 구애받을 필요가 없다면서 한 방으로 아주 죽이면 되지 않느냐고 큰소리를 치는 남자가 있다. 공기총 대여섯 발 쏘느니 대포 한 방이 낫다고도 떠든다. 그것은 물건 크다고 자랑하는 것이나 똑같다. 아주 유치하고 무식한 소치인 줄을 자각해야만 새천년을 살아나갈 수 있는 것이다. 공기총이나 155밀리 장거리포나 한 방 쏘는 것은 마찬가지라는 관점에서 연구를 해야만 한다. 샘은 포용력이 있어서 새총이나 대포나 비슷한 감각으로 받아들인다.

총신에 칫솔대를 붙인다든지 구슬 장식을 했다고 크게 성공한 남자는 드물다. 문제는 한 방을 쏘기 전에 얼마만큼 상대방을 행복하게 해주느냐에 달렸다. 그리고 그 조건은 사수의 의지와 희생을 전제로 한 테크닉이 필수적인 것이다. 따라서 한 방으로 아주 죽인다는 말은 진짜로 살인을 한다면 모를까 헛소리이다. 여자의 구조를 모르는 사춘기적 발상이다. 여자는 자주 죽기를 원한다. 칫솔대 장식을 한 155밀리 장거리포 사수에게 크게 한 방을 맞고 금방 씻으러 가는 것보다 새총 사수에게 여러 번 죽고 싶어 한다는 사실을 알아야 한다.

그런 면에서 조철봉은 조건을 갖추었다. 대포와 테크닉에 거기에다 분위기를 조성하는 교활함까지 몸에 배어서 진경은 난생 처음으로 무아지경을 떠돌며 네 번을 죽었다가 깨어난 것이다. 진경이 눈을 떴을 때 조철봉은 상반신을 세우고 담배를 피우는 중이었다.

"나, 좋았어요?"

몸이 침대에 착 가라앉은 채로 진경이 꺼져가는 목소리로 물었다. 알몸을 다 드러내고 있었지만 자연스러운 자세여서 어색해 보이지 않았다. 조철봉이 얼굴을 펴고 웃었다.

"네가 공상했던 대로 다 해보았어?"

"그 이상이었어요, 오빠."

진경도 누운 채 따라 웃었다.

"경험 부족인가 봐요."

"나도 네가 오르는 걸 보고 좋았다."

"그런 말이 어디 있어요?"

"난 그래. 대포 쏠 때만큼 여자가 오르는 걸 볼 때도 좋아."

"오빠는 소문대로."

말을 멈춘 진경이 눈웃음을 쳤으므로 조철봉은 담배 연기를 내뿜었다.

"소문이 어떤데?"

"여자한테 잘 한다고요."

"어떤 소문이건 상관없어."

정색한 조철봉이 진경을 보았다.

"네가 기안한 대로 중고차 사업을 확장할 예정이야. 네가 중고차 사업을 맡아."

진경이 긴장한 듯 눈을 크게 뜨더니 곧 시트로 하반신을 가렸다.

"제가 맡아요?"

"그래. 중고차 사업부문 사장이 되는 거지."

놀란 진경의 얼굴이 굳어졌다. 중고차 사업을 독립시킨다는 말인 것이다. 조철봉의 말이 이어졌다.

"직원도 늘리고 해외 지사도 설립해야 할 테니까 다시 사업계획을 작성해."

"알았어요."

"내가 경리부장에게 이야기를 할 테니까 같이 상의를 해."

"그럴게요."

이제는 시트로 상반신까지 가린 진경이 몸을 비틀더니 침대에서 내려왔다.

"씻고 올게요."

진경이 시트로 몸을 감고는 방을 나갔을 때 조철봉은 쓴웃음을 지었다. 다시 직장의 상하관계로 돌아간 것이다. 중고차 사업부문을 진경에게 맡긴 다음 경리부장 성일준이 보좌하도록 한다면 영업과 관리의 균형이 맞을 것이었다. 이만하면 진경을 믿을 만하게 되었다.

다음 날 오전 실버타운 공사현장에 나간 조철봉은 현장 사무실에서 최갑중을 만났다. 실버타운 공사는 80퍼센트까지 진행되었고 입주 신청을 받고 있는 상황이다. 사무실에 둘이 마주앉았을 때 갑중이 웃음 띤 얼굴로 말했다.

"다음 주면 계약이 다 끝날 것 같습니다. 실버타운 사업은 성공입니다, 형님."

입주자 신청이 밀려들고 있는 것이다. 부모를 모시기 거북해하는 가족이나 자식에게 부담을 주기 싫어하는 부모들의 욕구를 자연스럽게 충족시켜 주도록 만들어진 곳이 실버타운이다. 자식들은 노인들을 환경이 더 좋은 곳에다 모셨다고 둘러댈 수 있을 것이며, 부모들이 소외감을 느끼지 않도록 온갖 편의시설을 다 설치해놓았다. 그러나 이것은 경제사정이 좋은 노인들에게만 해당된다. 입주금이 평균 1실당 1억 가깝게 들기 때문이다. 따라서 조철봉은 실버타운 설립으로 현금 200억을 쥐게 되었다. 150억을 투자하여 350억을 벌어들였기 때문이다. 물론 고아원 증축비나 운영자금을 빼고 난 이익금이다. 조철봉이 머리를 끄덕였다.

"사기꾼이 만든 사업 치고는 괜찮은 사업이다."

"사기꾼이라니요?"

갑중이 정색했을 때 사무실 문이 열리더니 박희선이 들어섰다. 희선은 실버타운의 대표이사 사장이다.

"언제 오셨어요?"

희선이 반가운 듯 눈을 크게 떴다가 갑중의 눈치를 보았다. 갑중만 없었다면 더 환한 표정을 지었을 것이다.

"아, 30분쯤 전에."

조철봉이 주춤거리며 말했을 때 갑중이 자리에서 일어섰다.

"저는 현장에 가 있겠습니다."

자리를 피해주려는 것이다. 갑중이 방을 나가자 조철봉이 앞자리로 가려는 희선의 손을 잡아 옆에 앉혔다. 희선은 순순히 끌려 앉았지만 눈을 흘겼다.

"왜 이제야 오세요?"

"바빴어."

"밤에도 일이 있어요?"

"그럼, 사업 관계로 사람들 만나느라고."

만일 유진경이나 전처 서경윤이 이런 식으로 물었다면 짜증이 났을 것이다. 그러나 희선은 다르다. 고아들을 천사처럼 돌보아 왔던 순수한 성품이다. 조철봉이 팔을 들어 어깨를 당겨 안자 희선은 몸을 틀었지만 곧 품에 안겼다. 희선에게서 옅은 비누향이 났다.

"보고 싶었어."

희선의 볼에 입을 맞춘 조철봉이 말했다.

"희선이 생각이 많이 났어."

"거짓말 마세요."

그랬지만 희선의 얼굴은 상기되었다.

"주위에 여자가 많을 텐데 뭐."

"하느님께 맹세코 난 희선이밖에 없어."

정색하고 말한 조철봉이 이제는 희선의 입술을 빨았다. 이곳은 현장의 대표이사 임시 사무실이어서 갑중 외에는 아무도 함부로 들어오지 못한다. 조철봉은 희선의 입술을 열고는 혀를 빨아들였다. 달콤한 타액과 함께 말랑한 혀가 빨려 들어왔고 희선의 손이 저절로 조철봉의 목에 감겨왔다.

"여기서 한번 안아볼까?"

입술을 뗀 조철봉이 속삭이자 희선이 질색하고는 손을 뗐다. 눈까지 크게 떴다.

"안 돼요, 나중에."

"하고 싶어서 미치겠다."

"밤에 해요."

오늘 아침까지 유진경과 질탕한 시간을 보낸 터라 그냥 한 말이었지만 조철봉은 아쉬운 표정으로 몸을 뗐다. 실버타운은 희선에게 맡기면 안전할 것이었다.

"나다."

수화구에서 어머니의 목소리가 울렸을 때 조철봉은 정신이 번쩍 들었다. 그동안 어머니의 얼굴을 보지 못한 지 반년이 되어가고 있었던 것이다. 내려간다고 약속했다가 어긴 것은 셀 수가 없을 정도였으며 연락도 하지 않고 중국으로 떠난 바람에 어머니는 서울에 올라왔다가 허탕을 치고 돌아갔다고 했다.

물론 최소한 일주일에 한 번 정도 어머니와 통화는 했다. 그리고 통화내용은 모두 조철봉의 재혼에 관한 것으로 어머니는 서두르고 있었다. 시간이 지날수록 더 조급해져서 지난번 통화 때는 여자를 데리고 가겠다고 했다.

"어머니, 웬일입니까?"

마음은 불안했지만 느긋하게 물었을 때 어머니는 대뜸 말했다.

"나, 지금 네 회사 근처에 있다. 여기 강남호텔 커피숍이다."

"아니, 회사로 오시지 왜."

"네가 중국에서 왔을 때 내가 간다고 했지 않아?"

"아, 그러니까 회사로 오시면 될 걸 왜…."

"내가 그때 말했던 여자, 만나야 된다."

"어머니."

"한 시간 후에 이곳으로 오라고 할 테니까 너도 이쪽으로 와."

"어머니."

조철봉이 다급하게 불렀지만 어머니는 전화를 끊었다. 어머니가 말했던 여자는 31세의 처녀로 유아복 매장을 운영한다고 했다. 어머니 친구의 친구 되는 분의 딸로 여러 번 만나본 모양이었는데 이번에는 다른 때와 달랐다. 어머니 마음에 쏙 든 모양이었다. 전에 어머니가 선호하는 대상이 식당이나 하다못해 통닭집을 차린 여자거나 교직자였던 것에 비교하면 범위가 넓어지긴 했다. 한 시간 후인 오후 세 시경에 조철봉이 강남호텔 커피숍에 들어섰을 때 어머니와 여자는 이미 와 있었다. 여자는 그쪽 어머니로 보이는 중년여인과 나란히 앉아 있었다.

"어서 오너라."

반색한 어머니가 조철봉에게 여자 쪽을 손으로 가리켰다.

"인사해라. 어머니 되시는 분하고 같이 나왔다."

조철봉은 여자의 어머니에게 인사를 하고 나서 여자를 보았다. 첫인상은 부드러웠다. 날씬하게 큰 키에 연두색 투피스가 잘 어울렸고 머리를 숙여 보이는 행동도 자연스러웠다.

인사를 마친 조철봉은 여자의 앞자리에 앉았다. 여자는 짧은 머리에 동그스름한 얼굴형으로 귀염성 있게 보였다. 시선을 내렸지만 눈동자도 또렷했고 콧날도 제대로 섰다. 대개 이런 자리에서는 양쪽 보호자가 서로 주거니 받거니 하면서 분위기를 띄우는 법이다. 그리고 그동안 양쪽은 서로를 관찰한다. 조철봉은 어머니에게 지은 죄도 있는 데다 여자쪽 어머니가 하도 점잖았으므로 고분고분 묻는 말에만 대답했다. 그리고 이렇게 나오게 된 이상 대개 체면이라는 것이 부담으로 작용하게 된다. 어머니를 창피하게 만들면 안 되는 것이다. 순서대로 대충 물어본 양쪽 어머니가 자리를 피해준 것은 이십 분쯤 후였다. 그동안 조철봉은 여자가 밝은 성품이라는 것은 알았다. 어머니와 여러 번 만났기 때문인지 대답하면서 웃기까지 했다. 아마 어머니는 다 아는 사실을 조철봉이 들으라고 다시 물어보았을 것이다. 둘이 되었을 때 먼저 말을 꺼낸 것은 이효정이라는 여자였다.

"사업을 크게 하신다죠?"

눈을 동그랗게 뜬 여자의 얼굴에는 웃음기가 배어나 있었다. 여자는 서른한 살이 되도록 왜 결혼 안 했느냐고 어머니가 물었을 때 괜찮은 남자를 못 만났기 때문이라고 했다는 것이다.

조철봉은 여자를 지그시 보았다. 어머니란 다 그렇겠지만 이 여자에게 좋은 점만 말해 주었을 것이었다. 이혼한 이유도 순전히 서윤경 탓으로만 돌렸을 가능성이 많다.

"아직 조그마합니다."

겸손하게 대답한 조철봉이 얼굴을 펴고 웃었다. 이혼한 후로 다시 가정을 꾸려 보겠다는 생각은 꿈에서도 하지 않았다. 가끔 외롭다는 생각이 들었지만 그것을 벗어나기 위한 방편으로 결혼하고 싶지는 않았다. 다 채울 수는 없다. 조철봉은 언제부터인가 그렇게 마음먹고 있었다. 외롭게 죽을지는 모르지만 그것은 감수해야만 할 것이었다. 이것저것 다 기대했다가는 하나도 제대로 되지 않을 가능성이 많다.

"어머니 말씀은 중국에도 회사를 여러 개 세우셨다던데."

효정이 다시 말했을 때 조철봉은 생각에서 깨어났다. 내가 여자의 사랑과 헌신을 기대한다는 것은 어불성설이다. 준 만큼만 받거나 그 이상을 받게 되었을 때는 손해 안 보도록 얼른 내빼는 것이 상책인 것이다.

"아직 멀었습니다. 겨우 시작일 뿐이죠."

정색한 조철봉이 효정을 보았다. 이 여자가 계산기를 두드리지 않고 있다면 정신이 나간 여자일 것이었다. 효정이 궁금한 듯 눈을 크게 떴다.

"목표가 얼마나 되는데요?"

"남북한 합작으로 중국 땅에 거대한 기업군을 이룩하는 것입니다."

조철봉의 눈빛이 강해졌다.

"한국은 자본과 기술을 대고 북한은 인력을 대는 것이지요."

"그러세요?"

놀란 듯 효정이 긴장한 표정으로 조철봉을 보았지만 감동을 받은 것 같지는 않았다. 보통 여자들은 바로 눈에 보이는 것에만 반응을 하는 법이다. 예를 들면 고급차나 시계, 대형 아파트와 골프 회원권 같은 것들이다. 눈을 가늘게 뜬 조철봉이 효정을 보았다. 벽 쪽에 앉은 어머니가 이쪽을 흘긋거리고 있었지만 슬슬 부담감이 엷어지는 대신으로 승부욕이 채워지는 중이었다. 괜찮은 남자를 찾지 못해서 결혼하지 않았다고 당당하게 말했다는 효정이 아니꼽기도 했다.

"어머니가 내 이혼 이유를 뭐라고 하시던가요?"

불쑥 조철봉이 묻자 효정이 잠시 망설이는 것 같더니 입을 열었다.

"성격 차이라고 하셨어요."

"그게 아닙니다."

머리를 저은 조철봉이 효정을 똑바로 보았다.

"나하고 섹스가 맞지 않았기 때문이죠. 구체적으로 말하면 그 여자는 섹스를 싫어했습니다. 반면에 나는 매일 밤 그것을 원했고 말이지요."

효정의 얼굴이 굳어졌다. 난데없이 섹스 이야기가 튀어나왔기 때문에 대꾸할 말도 찾지 못했을 것이었다. 조철봉의 말이 이어졌다.

"사랑의 감정이 없었다든가 또는 내가 변태적인 행동을 했기 때문이 아니었습니다. 그저 섹스 혐오증이 있었기 때문이었단 말입니다."

"저는 그런."

"내가 혹시 이상한 것이 아닌가 하고 검사도 받았지요. 그랬더니 정상이었습니다. 그것이 이혼의 원인이지요."

서경윤이 들으면 실소를 할 일이었지만 조철봉은 심각했고 효정은 더 심각했다. 그때 조철봉이 말을 이었다.

"가슴만으로의 사랑은 말장난일 뿐이라는 것을 그때 깨달았습니다. 몸이 따라야 하고 조건이 받쳐 주어야지요. 특히 섹스는 마음보다 더 중요합니다."

"그럴까요?"

효정이 대답했지만 실감이 나지 않는 눈치였다. 전혀 예상하지 못했던 대화에 당황하기도 했을 것이다. 그러나 곧 정색한 효정이 입을 열었다.

"저도 어머니한테 끌려서 이곳에 왔어요. 내키지 않았단 말이죠. 그러니까 우리 좋은 분위기로 헤어졌으면 좋겠어요."

"그럼 어머님들을 먼저 가시도록 하십시다. 그러고 나서 다시 이야기합시다."

효정이 머리를 끄덕이며 동의했으므로 그들은 각자 자리에서 일어나 어머니한테로 다가갔다. 만족한 어머니들이 금방 커피숍을 나가준 것은 물론이다. 다시 자리로 돌아와 앉았을 때 조철봉이 불쑥 물었다.

"이상형 남편감은 어떤 남자입니까?"

"능력 있는 남자."

"바로 나로군."

"부드럽고 너그러운 남자."

"내 성격이 그래요."

"정직하고 순수한 남자."

"나를 염두에 두고 말하는 것 같군."

정색한 조철봉이 의자에 등을 붙이더니 효정을 보았다.

"그럼 나한테 이상형 여자를 물어봐요."

"물론 섹스가 잘 맞는 여자가 1순위겠죠, 그렇죠?"

"두 번째는 미모에 몸매가 잘 빠져야 하고. 유명인사나 머리가 꽉 찬 남자들이 그런 여자를 선호하는 것도 다 이유가 있는 겁니다. 아름다움은 주위를 정화시키는 효과도 있어요."

"저도 그 범위에 들어가요?"

눈을 가늘게 뜬 조철봉이 효정을 보았다. 서경윤보다는 조금 나았지만 요즈음 만나온 여자들보다는 아래였다. 유혜진, 유진경, 박희선, 거기에다 중국에 있는 이춘심이나 박영희도 이보다는 서너 단계 윗길이다. 조철봉이 천천히 머리를 끄덕였다.

"들어갑니다."

"그다음 조건도 있어요?"

"없어요."

그때 조철봉의 휴대전화가 울렸으므로 대화가 끊겼다. 조철봉이 전화기를 귀에 붙였을 때 최갑중의 목소리가 울렸다.

"형님, 칭다오에서 김갑수가 형님을 찾습니다. 언제 오시느냐고 묻는 데요."

"무슨 일 있는 거야?"

"그냥 상의 드릴 일이 있다고 합니다."

"그건 그렇고 차를 강남호텔로 보내라. 오늘 아무래도 술을 마셔야할 것 같다."

"무슨 일 있습니까?"

이번에는 갑중이 묻자 조철봉이 입맛을 다셨다.

"지금 선을 보고 있다."

그러자 수화구에서 갑중의 웃음소리가 울렸다. 웃음을 그친 갑중이 은근하게 말했다.

"알겠습니다. 차를 보내지요."

전화기를 내려놓은 조철봉이 효정을 보았다. 오늘 오후는 효정과 시간을 보내기로 마음을 먹은 것이다.

"나하고 교외로 드라이브나 가십시다."

통화를 앞에서 들은 터라 효정이 눈을 깜박였지만 이러쿵저러쿵 하지 않고 말머리를 돌렸다.

"바쁘신데 괜찮겠어요?"

"오랜만에 교외 공기를 마시고 싶어서 그럽니다. 효정 씨한테 관심도 있고."

조철봉이 다시 지그시 효정을 보았다. 오늘 안으로 효정이 섹스 파트너로 맞는지 어떤지를 확인해야 될 것이었다. 멀쩡한 서경윤을 불감증 환자로 만들어 놓은 것도 그 때문이다. 서른하나가 될 때까지 효정이 샘을 미개척지로 남겨 놓았을 리는 만무한 일일 테니 만일 자신에게 관심이 있다면 힘껏 허리를 돌려 호흡을 맞춰줄 것이었다. 조철봉은 심호흡을 했다. 미지의 샘은 언제나 신비롭다.

눈치 빠른 갑중은 호텔 현관앞 주차장에 벤츠600을 주차시켜 놓았다. 도어맨에게 다가간 조철봉이 차 번호를 말해 주었을 때 도어맨은 서둘러 달려가더니 차를 끌고 와 앞에 대령시켰다. 일부는 부정하고 반론을 제기하기도 하지만 호텔은 품격을 대단히 중요하게 생각한다. 그것은 다른 상점이나 음식점도 마찬가지겠으나 호텔은 그 이상이다. 만일에 1천 시시도 안 되는 소형차를 타고 와서는 벤츠나 포르쉐 등 고급차 손님은 잘 모시고 소형차는 차별한다고 대놓고 항의하는 사람이 있다면 그 사람은 공산당 공부도 잘못한 사람이다.

사회주의 원조인 러시아나 중국에서도 그런 사람이 없어진 세상이 된 것이다. 능력과 노력으로 좋은 차를 사고 그만큼 대접을 받도록 경쟁을 장려하는 사회다. 무조건 좋은 차 가진 사람을 비판하는 놈은 제 능력이 안 되는 걸 깨닫고 그냥 뒤집어엎고 싶은 심사를 가진 놈이 대부분이다. 호텔 도어맨을 가진 자의 주구쯤으로 생각하는 것도 잘못이다. 그들만큼 세상 사정에 통달하고 사리가 분명한 자들도 드물다. 하루에도 수백 명씩 온갖 사람을 다 겪어온 터라 소형차를 타고 왔더라도 한눈에 인품을 알아보고 모시는데 거의 실수가 없다.

그러나 특별한 경우가 아니면 현관 앞에 소형차는 주차시키지 않는다. 처음에 말한 호텔의 품격 때문이다. 내면이 어쩌고저쩌고 지랄하는 놈에게 극단적인 예로 배우자를 고르라고 하면 그 위선적 가면이 금방 벗겨질 것이다. 따라서 벤츠600이 떡 하고 앞에 주차되었을 때 효정은 굳어졌다. 부동자세로 서 있는 도어맨에게 만 원권 한 장을 팁으로 건네준 조철봉이 운전석에 앉더니 효정을 불렀다.

"타요, 어서."

오후 4시가 되어가고 있어서 호텔 현관에는 사람이 꽤 많았다. 효정이 꿈이 많은 편이라면 아마 지금 같은 경우도 한번쯤 공상했을 것이었다. 차가 호텔 정문을 미끄러지듯 빠져 나갔을 때 조철봉이 입을 열었다.

"지금은 차가 밀리지 않아서 동해안까지 3시간이면 도착할 겁니다."

조철봉이 힐끗 효정을 보았다. 싫다면 서울에서 30분 거리인 미사리에 가서 고인돌을 보고 올 작정이었다. 그때 효정이 앞쪽을 본 채 말했다.

"좋아요, 바다 구경하고 싶어요."

사람 심리는 백이면 백 다 마찬가지일 것이다. 그 순간부터 조철봉은 여유가 생겨났다. 가슴이 차분해지면서 오늘 밤 이후의 일까지를 예상하게 된 것이다. 효정을 동해안으로 끌어내게 된 가장 큰 동기는 큰 기업체를 경영하고 있다는 환경이었을 것이다. 벤츠600은 그것에 대한 명함 같은 역할을 했다. 그리고 용모와 말재간이 그다음으로 비중을 차지했다. 내면에 제 아무리 헤세 같은 감성과 미켈란젤로 같은 천재성을 갖고 있다고 하더라도 그것이 뒷받침되지 않는다면 이렇게 동해안행은 성사되지 않았을 것이다.

고속도로에 들어섰을 때 조철봉은 속력을 내었다. 탄력을 받은 벤츠는 총알같이 달려 나갔으며 다른 차들을 추월했다. 말초적이며 유치한 수작이었지만 이것으로도 대부분의 인간은 은근히 우월의식을 느끼게 되는 것이다. 400마력이 넘는 대형차를 소유한 이유가 안정성 때문이라고 옹색하게 변명하는 차주는 그 차에 탈 자격이 없다. 그리고 떳떳하지 못한 방법으로 치부했기 때문이라는 오해를 받을 만하다. 의자에 편하게 기대앉은 효정의 얼굴에는 만족한 기색이 희미하게 떠올라 있었다. 여자의 허영심만 채워주면 모든 일이 다 가능하다. 조철봉은 경험으로 그것을 알고 있었다.

강릉에 도착 했을 때는 오후 6시 40분이었다. 이미 어둠이 덮여 있어서 바다 구경을 할 수 없었지만 효정은 아무 말도 하지 않았다. 바다가 내려다보이는 호텔 특실을 예약해 놓은 터라 그들은 종업원의 정중한 안내를 받으며 방으로 안내되었다. 하룻밤 숙박비가 일반실의 열 배 가까운 방이었으니 응접실도 스무 평 아파트만 했고 침실에서도 바다를 볼 수 있도록 해 놓았으며 홈바까지 갖춰져 있었다. 효정은 호텔방에 남자하고 둘이 들어왔다는 긴장감이 방의 호화로움과 상충되어 잠시 혼돈 상태가 된 것 같았다. 그래서 방안을 둘러보다가 주춤거리며 조철봉을 힐끔거렸는데 적응력이 강한 모양으로 곧 창가로 다가가 섰다. 이제는 짙은 어둠에 덮여 보이지도 않는 바다를 보려는 시늉이다.

그동안 조철봉은 응접실의 소파 구석에 앉아 룸서비스와 호텔 안내서를 숙독했다. 조철봉의 경험에 의하면 어설픈 상대를 엉겁결에 호텔방으로 데리고 들어온 경우에는 그냥 뭉개는 편이 나은 것이다.

그래서 룸서비스로 저녁을 시키려는 것이었고 호텔 안내서는 호텔 지하층의 나이트클럽이나 바를 체크하기 위해서였다.

"바다 냄새를 맡아 보세요."

어느새 창문을 연 효정이 맑은 목소리로 말했을 때 조철봉은 안내서를 덮었다. 오늘 밤은 방에서만 보내기로 마음을 먹은 것이다. 효정의 뒤로 다가간 조철봉이 자연스럽게 뒤에서 허리를 감아 안았다.

"냄새가 좋군."

숨을 들이켜면서 조철봉이 말했다. 효정의 머리에서 풍기는 향내를 맡은 것이다. 효정은 조철봉이 감아 안은 팔에 저항하지 않았다. 조철봉의 턱이 어깨 위에 놓였어도 잠깐 목만 움츠렸을 뿐 가만있었다. 조철봉은 효정의 귀를 보았다. 귓불이 약간 도톰했고 잘생긴 귀였는데 귀고리는 하지 않았다.

"아름다워."

조철봉이 효정의 귀에 대고 속삭이듯 말했다. 더운 입김이 귀를 덮었으므로 효정은 머리를 비틀었으나 안겨 있는 몸이어서 피할 수는 없다. 곧 조철봉은 입술로 효정의 귀를 물었다.

"아름다운 밤이야."

귀를 입술로 물린 효정이 잔뜩 몸을 움츠렸다.

"그만요."

효정이 몸을 비틀며 말했을 때 조철봉은 손을 떼고 물러섰다. 그러고는 정색한 목소리로 물었다.

"저녁은 시켜 먹도록 합시다. 한식, 양식, 일식까지 다 있으니까 이곳에서 밤바다를 보면서 먹기로 하지."

효정은 뒷모습을 보인 채 아직 이쪽으로 몸을 돌리지 않았다. 어색했기 때문일 것이다. 그리고 달아올랐을 때 그만하라고 그냥 한 소리에 얼른 떨어져 나가면 허망해지는 법이다. 그래서 그 서운한 감정도 섞여 있었을 것이었다.

"효정 씨, 일식 정식을 할까? 이곳 바닷가에서 잡은 별미 회정식이 있는데."

조철봉이 물었다. 효정의 말 한 마디에 금방 떨어져 나간 것도 작전이다. 이미 방에 들어왔으니 같은 배를 탄 입장이고 오늘 밤의 행사는 지진이 일어나지 않는 한 불변이다. 그러나 선장의 말에 선원이 고분고분 따르도록 단련을 시켜야할 필요가 있는 것이다. 같은 배를 타기 전에는 마음 내키는 대로 말을 뱉어도 상관없었지만 지금은 다르다. 자신이 뱉은 말이 중요하다는 것을 깨달아야 한다. 그래서 그만하라고 해서 금방 떨어져 준 것이다. 따라서 다음번에 효정은 달아올랐을 때 버릇처럼 해오던 말도 조심하게 될 것이다. 조철봉은 여유 있는 표정으로 효정의 뒷모습을 보았다.

회정식은 주방장이 정성을 들인 데다 재료인 회가 싱싱해서 맛이 있었다. 베란다에 식탁을 갖다놓고 실내조명을 은근하게 켠 다음에 그들은 회에 곁들여 소주를 마셨다. 밤바람이 가끔 바다 냄새를 몰고 스쳐갔으며 방파제를 두드리는 파도소리가 운치를 돋우었다.

"이런 곳에서 살고 싶어요."

술잔을 든 효정이 분위기에 젖은 목소리로 말했을 때 조철봉은 부드럽게 머리만 끄덕였다. 이런 상황에서는 백 명을 데려다 놓으면 다 그렇게 말할 것이었다. 그렇게 나가지 않는 여자는 간첩이다. 그러나 그렇게 말하는 여자를 이곳에 사흘만 박아 놓는다면 나흘째 되는 날부터 나가려고 발광을 하리라는 것도 조철봉은 안다. 저녁을 마치고 룸서비스를 불러 식탁을 치우고 났을 때는 밤 10시 반이었다. 그때는 효정도 술기운이 올라있었는데 조철봉이 옷을 갈아입으라고 하자 잠자코 화장실로 들어갔다. 특실은 화장실이 둘이었다. 다른 화장실로 들어간 조철봉이 샤워를 하고 나서 가운으로 갈아입고 나왔을 때에도 효정은 나오지 않았다. 여자들이 씻는 시간이 오래 걸리는 이유에 대하여는 남자들의 의견이 구구하다. 이런 경우가 아니더라도 목욕탕에서도 남자의 두 배 이상으로 시간이 걸리는 것이다. 머리를 감고 말리는 시간 때문이라는 둥 꼼꼼한 여자의 성품에다 본전을 뽑아야 하기 때문이라는 경제적인 의식구조까지 거론이 되지만 조철봉의 판단은 다르다. 여자들은 섹스하는 것처럼 목욕을 하는 것이다. 그것은 벗고 들어간다는 무의식적 관념이 그렇게 만들었다고 조철봉은 판단하고 있었다. 샤워는 전희처럼 아주 오래 즐기며 뜨거운 탕에서는 본격적인 행위처럼 또 길게 머무른다. 그리고 뒷가심도 아주 꼼꼼하게 마무리를 하는 것이다. 효정이 화장실을 나왔을 때는 그로부터 20분쯤이나 더 지난 후였는데 가운으로 갈아입어서 가운 속에는 브래지어와 팬티 차림이었다. 그때 조철봉은 침대에 상반신만 세우고 누워 있었으므로 효정이 갈 곳은 침대뿐이었다. 주춤 멈춰 선 효정이 조철봉을 보더니 정색했다.

"벌써 자려고요?"

조철봉은 잠자코 시선만 준 채 대답하지 않았다. 그렇게 묻는 효정의 뻔한 수작에 와락 짜증이 일어났기 때문이었다. 그런 분위기를 눈치챈 듯 효정이 한 걸음 다가와 섰다.

"우리, 이야기나 조금 더 해요."

"그놈의 말이 없었다면 말이야."

조철봉이 혼잣소리처럼 말했다.

"당신하고 나하고는 벌써 한 몸이 되었어."

그러자 효정이 침대 끝에 한쪽 엉덩이만 걸치고 앉았다. 여전히 정색한 얼굴이다.

"최소한 분위기라도 조성해 주셔야 하는 것 아녜요?"

"바로 침대로 들어오는 것이 자연스러웠어."

자극을 많이 겪고 나면 어지간한 분위기에서 초연해지는 이점도 있지만 감동이 사라져 건조해지는 결점도 있다. 그런데 효정이 잠자코 침대 위로 올라온 것을 보면 조철봉의 초연함에 기가 꺾였기 때문일 것이다. 이것도 다 기업체와 벤츠600, 그리고 호텔 특실에다 몇십만 원짜리 룸서비스 덕분이라고 조철봉은 생각했다. 조철봉은 옆으로 붙어온 효정의 어깨를 당겨 안았다. 그러고는 가운의 허리띠를 풀자 브래지어와 팬티 차림인 효정의 알몸이 드러났다. 상상했던 대로 미끈한 몸매인 데다 살결이 희었다. 마치 백자항아리처럼 희고 윤기가 흐르는 것이다.

"음, 훌륭하군."

조철봉이 처음으로 마음에서 우러난 감탄사를 뱉었다. 효정은 이제 순한 강아지처럼 가만히 누워만 있다.

조철봉의 경험에 의하면 여자는 백인백색이다.

백 명의 여자가 모두 다른 향기를 품고 있다는 뜻이다. 몸의 구조는 말할 것도 없고 분위기와 자세, 반응이 다른 것이다. 대개 비슷하다고 말하는 사람은 대포를 발사하는 것에만 집중했기 때문으로, 제대로 성생활을 해보지 않았다는 표시를 스스로 보이는 셈이다.

여자를 세밀하게 관찰할수록 그 차이는 더 드러난다. 따라서 여자의 반응에 맞춰 이쪽의 자세를 만들어야 인간다운 성생활이 영위될 수 있을 것이다. 조철봉이 상반신을 세웠을 때 효정은 자동적으로 두 다리를 벌렸는데 갑자기 두 손으로 얼굴을 가렸다. 부끄럽다는 시늉이었지만 그 순간 조철봉의 철봉에 찬 기운이 스치고 지나갔다. 다리를 벌린 것은 자연스러운 반응이었지만 손바닥으로 얼굴을 덮은 행위는 위선적으로 보였기 때문이다.

"그냥 넣어줄까?"

조철봉이 철봉을 효정의 허벅지 안쪽에 붙이고는 물었다. 다른 때 같으면 이러지 않았다.

효정의 몸이 땀으로 범벅이 되도록 애무를 해서 본격적인 행위 전에 극락을 맛보게 했을 것이다. 효정이 얼굴을 가린 채 가만있었으므로 조철봉이 다시 물었다.

"그냥 넣어줘?"

철봉이 효정의 안쪽 허벅지에 이리저리 부딪히고 있는 상황이었는데 그때마다 효정은 다리를 오므려 철봉을 잡으려는 시늉을 했다. 이것은 본능적인 행위일 것이다. 그 자세 그대로 몇 초가 지났을 때 마침내 효정이 얼굴을 덮은 손가락을 벌려 눈을 내놓았다. 그러고는 머리만 끄덕였다. 그 순간 조철봉의 철봉이 샘 안으로 진입했다. 샘은 어느덧 뜨거운 온수로 가득 차 있어서 철봉은 매끄럽게 바닥까지 닿았다.

"아아앗!"

효정이 비명을 지른 것은 그 순간이었다. 그러고는 허리를 들어 철봉을 더 깊게 받아들이려는 시늉을 하면서도 소리쳤다.

"아파요, 살살 해줘."

철봉은 뜨거운 샘의 적극적인 환영을 받아 희열에 들떠 있는데도, 효정의 목구멍에서는 엉뚱한 소리가 튀어나온 것이다. 조철봉은 입술을 비틀고 웃었다. 얼굴이 효정의 반대편으로 돌려져 있어서 효정은 조철봉의 얼굴을 보지 못했다. 조철봉은 오히려 더 거칠게 움직였다. 강약 조절이나 시간차 공격 따위도 무시하고 타이타닉 기관실의 피스톤처럼 크게 규칙적으로 반복운동만 했다.

"아아, 너무 아파. 그만, 그만!"

효정이 다시 소리쳤다. 목소리는 더 커졌고 마침내 얼굴을 덮은 두 손이 조철봉의 엉덩이를 싸쥐더니 반복운동을 도왔다.

효정의 얼굴은 붉게 상기되었지만 눈은 감았다. 눈동자를 보이지 않으려는 것이다.

"아, 너무해! 이제 그만요!"

효정이 다시 악을 쓰듯 소리쳤을 때였다. 그러나 말과는 반대로 효정의 두 손은 조철봉의 엉덩이를 필사적으로 쥐었고 허리는 잔뜩 당겨진 활처럼 추켜올려졌다가 내려가고 있었다. 그 순간 조철봉은 철봉을 빼내버렸다.

"아아앗!"

그만하라고 아우성을 쳤던 효정이 다시 비명을 지르더니 그때서야 눈을 떴는데 아직 초점이 잡히지 않았다.

"그래, 그만할게."

상반신을 세운 채 효정을 내려다보면서 조철봉이 말했다.

"너무 아픈 것 같아서 말이야. 나하고는 궁합이 맞지 않는 것 같다."

그러고는 조철봉이 옆쪽으로 갔다.

"미안해. 그럼 나 혼자서 해결할게."

한 마디로 조철봉의 지금 심정을 표현하라라면 '구역질'이었다. 지금까지 수백 명의 여자와 오만 가지 사연으로 얽혀 온갖 분위기로 별스러운 섹스를 다 해보았지만 이런 구역질나는 상황은 처음이었던 것이다. 샘은 뜨겁게 넘쳐났고 몸은 환희로 요동치고 있는데도 주둥이에서는 아프고 너무하고 그만하라는 날카로운 비명이 계속 터져 나오는 기현상이 연출되었다. 그것을 아무리 너그럽게 봐주려고 해도 인내에는 한계가 있는 법이다.

단적으로 말해서 효정은 거짓과 위선으로 물들어버린 잡종이었다. 그러나 조철봉이 누구인가? 안쓰러운 표정을 지은 조철봉이 침대 위에서 무릎을 세운 자세로 효정을 내려다보았다. 그때는 효정도 당혹감과 허전함 등이 범벅이 된 얼굴로 조철봉을 올려다보고 있었는데 아직 알몸을 가리지 않았다.

"그럼 아프다니까 내가 혼자 할게."

아직도 건들거리는 철봉을 손으로 움켜쥔 조철봉이 효정에게 말했다. 그리고 잔뜩 젖어있는 철봉을 손으로 힘차게 진퇴운동을 하기 시작했다. 철봉은 효정의 얼굴을 향해 있었으므로 놀란 효정이 눈과 입을 딱 벌렸다. 그러나 경황 중이어서 아직 말이 되어 나오지는 않았다. 조철봉이 진퇴운동을 계속하면서 신음같이 말했다.

"네 몸속에 들어가 있는 것처럼 상상하고 있는 거야."

효정은 시선을 조철봉의 철봉에 고정시킨 채 침을 삼켰다. 그러고는 무언가를 말하려는 듯 입을 벌렸다가 다시 닫았다. 조철봉은 벌려진 효정의 다리가 붙여지더니 하체가 꼬이는 것을 보았다. 그것도 색다른 경험이다.

"으으음, 좋구나."

허리를 비튼 효정이 마른 입술을 빨더니 뜬 눈으로 조철봉을 불렀다.

그 순간이었다. 이미 절제를 푼 대포는 언제든지 발사상태가 되어 있던 터라 포탄이 발사되었다.

침대에서 내려선 조철봉이 화장실로 다가가면서 말했다.

"나는 마음이 약해서 아프다는 사람한테는 못 해."

효정의 얼굴은 보지 않아도 뻔했다. 수치심과 알 수 없는 분노로 일그러져 있을 것이었다. 자신의 아프다는 거짓 비명에 조금 후회를 하고 있을 수도 있다. 그러나 이것으로 끝이다. 호텔비와 기타 비용 등이 아까운 생각도 조금 들었지만 색다른 경험도 했다.

샤워를 하면서 조철봉은 아직 밤이 남아 있다는 것을 깨달았다. 회개를 한 효정이 입을 꾹 다문 채 접근해올 가능성이 남아 있었기 때문이다. 자존심이 강한 성격이라면 푸르르 화를 내고 떠날 것이다. 그러고는 아프다고 비명을 질러도 그냥 넘어가는 상대를 만나 밤마다 아프다고 고함을 치다가 실제로 죽게 되었을 때 아무도 오지 않게 될지도 모른다. 양치기 여자처럼.

개운하게 샤워를 마친 조철봉이 화장실을 나왔을 때 효정은 그대로 누워 시트로 몸은 덮고 있었다. 아직 밤 11시 반밖에 되지 않아서 행사를 치르려면 얼마든지 시간이 있는 조건이었다.

"피곤할 텐데 먼저 자. 난 한잔 더 마시고 나중에 잘 테니까."

선반에서 위스키 병을 집어든 조철봉이 말했다. 효정과는 이미 만정이 떨어져서 누워 있는 얼굴도 보기 싫었기 때문에 외면한 채 말한 것이다. 기분 좋은 섹스를 마치고 나면 금방 다시 달아오를 수도 있는 조철봉이다. 그러나 지금은 억지로 포탄을 발사한 후여서 혼자 있고 싶어졌지만 쫓아낼 수는 없는 노릇이었다. 물 잔에 위스키를 따른 조철봉이 크게 한 모금을 마셨을 때 효정이 침대에서 상반신을 일으켰다.

"화났어요?"

"내가 왜?"

조철봉이 눈을 둥그렇게 떴다.

"그게 무슨 말이야? 오히려 아프게 해서 내가 미안한데."

"정말 화 안 났어요?"

시트를 젖힌 효정은 가운을 주워 입더니 조철봉의 앞에 앉았다. 조철봉은 밤이 길다는 것을 다시 한 번 실감했다. 밤이 길다고 느껴지는 이유는 딱 한 가지뿐이다. 옆의 상대가 지루하고 싫기 때문이다. 그때 효정이 빈 잔을 집더니 조철봉에게 내밀었다.

"나도 한 잔 주세요. 그렇게 마시고 싶어요."

"원한다면."

위스키를 물 잔에 따라주면서 조철봉이 외면하고 말했다.

"멋있는 섹스 후의 한잔은 맛이 근사한 법이지."

"철봉 씨는 섹스 잘해요?"

효정이 난데없이 물었으나 조철봉은 망설이지도 않고 대답했다.

"여자를 만족시키지 않은 적은 한 번도 없었으니까 잘하는 셈인가?"

"그래요?"

"하지만 샘물은 철철 흘러넘치는데도 그만하라고 소리치는 경우는 처음 당해 보았지. 아주 역겨웠어."

마침내 조철봉은 목구멍까지 걸려 있던 말을 내뱉고야 말았다. 두 번 다시 보지 않을 작정을 했다고 해도 이렇게 나간 경우가 없었던 조철봉이다. 그때 효정이 들고 있던 술잔을 내려놓더니 조철봉을 보았다. 얼굴이 하얗게 굳어 있다. 그러나 내친김이었다. 조철봉은 정색하고 효정을 보았다.

"아프고, 그만하라고 아우성을 치는 건 조선시대에 사용했던 레퍼토리야. 요즘은 그런 말을 들으면 철봉에 동상이 걸린다고."

"나, 가겠어요."

눈을 치켜뜬 효정이 말했을 때 조철봉은 대번에 머리를 끄덕였다. 이번에도 효정은 자신이 뱉은 말에 책임을 져야만 할 것이다. 옆에 놓인 전화기를 집어든 조철봉은 지배인을 불렀다. 지배인 대신으로 프런트가 나왔을 때 조철봉은 서울까지 콜택시를 부탁했다. 전화기를 내려놓은 조철봉은 표정 없는 얼굴로 효정을 보았다.

"10분 후에 콜택시가 올 테니까 준비해. 서울까지 편안하게 모셔다 줄 거야."

효정이 자리를 차고 일어섰을 때 조철봉의 말이 이어졌다.

"아프다는 말은 저절로 입에서 나온 말이라고 새삼스럽게 해명할 필요는 없어. 그건 이해할 수 있어."

술잔을 든 조철봉이 소파에 등을 붙였다.

"오늘 밤의 일을 경험 삼아서 앞으로 행사를 치를 적에 주의하라고. 몸과 입이 따로 놀아서야 어디 믿음이 가겠어?"

효정은 등을 보인 채 옷을 입으면서 대답하지 않았다.

콜택시가 도착했을 때 조철봉은 운전사를 방으로 불러 택시비를 지불했다. 그러고는 옷을 차려입고 소파에 앉아 있는 효정에게 말했다.

"그럼 잘 가."

아까부터 굳은 얼굴로 있던 효정이 자리에서 일어났을 때 조철봉은 옆에 놓인 전화기를 들었다.

효정과 운전사가 방을 나간 순간에 신호가 떨어졌다.

"여보세요?"

수화구에서 박희선의 맑은 목소리가 울렸다.

"응, 나야, 지금 뭐해?"

희망고아원은 실버타운 내에 현대식 건물로 건설 중이었는데 원생들은 곧 호텔 같은 생활을 하게 될 것이다. 그러나 희선은 아직 고아원 숙소에서 원생들과 함께 생활하고 있다. 조철봉이 가볍게 헛기침을 했다.

"여긴 강릉이야."

"거긴 웬일로 간 거예요?"

"사업관계로."

조철봉이 손목시계를 보았다. 11시 50분이다.

"여기 올 때부터 희선이 생각을 하고 있었는데 일이 이제야 끝났어."

"저도 오빠 생각을 하고 있었어요."

희선이 금방 나긋한 목소리로 대답하자 조철봉의 가슴이 편안해졌다.

"지금 옷 입고 콜택시를 타고 이리와, 내가 기다리고 있을 테니까."

"지금요?"

놀란 듯 희선이 다시 물었다.

"강릉이라면서요?"

"희선이하고 같이 있으려고 전망 좋은 방을 빌렸어. 아침에 바다 위로 해 뜨는 걸 볼 수 있을 거야."

"하지만 시간이."

"콜택시를 타면 세 시간이면 도착해. 내가 콜택시를 그곳으로 보낼테니까."

"여기서도 부를 수 있어요."

마침내 희선이 결심한 듯 말했다.

"그럼 지금 출발할게요."

"출발할 때 다시 연락해, 여긴 강릉 국제호텔이야."

전화기를 내려놓은 조철봉은 방안을 둘러보고는 다시 구내전화로 룸서비스를 불렀다. 특실이어서인지 룸서비스는 즉각 전화를 받았고 방안 정리를 부탁하자 3분도 되지 않았을 때 종업원 두 명이 들어섰다. 방안 정리를 부탁한 조철봉은 종업원들에게 다시 만 원권 한 장씩을 팁으로 주었다. 조철봉의 버릇 중 하나로 팁에 인색하지 않은 것을 꼽을 수 있었다. 호텔이나 접객업소에서는 팁에 관계없이 손님에게 친절하도록 종업원 교육을 시키지만 팁은 이제 생활화되어 있는 것이다.

택시비에서 거스름돈 몇백 원까지 받는 것은 서민의 교통수단으로 대중화되었기 때문에 당연하게 인식되어 있지만 호텔 같은 경우는 다르다. 요금에 서비스료가 부가되었기는 하나 조철봉은 팁을 꼭 챙겨서 그것도 후하게 먼저 주었다. 먼저 준다는 것은 팁을 받을지 못 받을지, 후할지 박할지 우려하는 종업원을 안심시키고 최선을 다하게 만드는 효과를 노렸기 때문이다.

예상했던 대로 종업원 두 명은 순식간에 넓은 방을 금방 티 한 점 없게 만들었다. 효정과 엉켰던 침대도 말끔하게 새 시트로 단장되었고 탁자 위나 화장실까지 모두 깨끗하게 정돈되었다. 종업원들과 서로 만족한 얼굴로 헤어지고 나서 조철봉이 다시 소파에 앉았을 때 휴대전화의 벨소리가 울렸다. 희선이다.

"저, 지금 콜택시 탔어요."

조금 들뜬 희선의 목소리가 수화구에서 울려나왔다.

"길이 잘 뚫리면 세 시간 안에 도착한다는군요."

"그래, 안 자고 기다릴게."

두 시간은 푹 잘 수 있을 것이다.

두 시간 반을 자고 일어난 조철봉의 기력은 다시 원상으로 회복되었다. 가볍게 샤워를 하고 다시 말끔한 모습이 되었을 때 때맞추어 희선의 전화가 왔다. 강릉 시내에 진입했고, 5분쯤 후에 호텔 앞에 도착할 예정이라는 것이다. 방을 나온 조철봉이 호텔 현관 앞에 섰을 때 마침 콜택시 한 대가 다가오고 있었다. 택시 뒷좌석에 탄 희선의 모습을 보면서 조철봉은 문득 효정을 떠올렸다.

지금쯤 효정도 집 앞에 도착했을 것이다. 오만 가지 생각으로 머리가 가득 차 있는 데다 심신이 엉망일 터였다.

"오래 기다렸어요?"

택시에서 내린 희선이 환한 얼굴로 다가서며 물었다. 운전사에게 요금에다 팁까지 얹어서 계산을 하고 난 조철봉이 희선의 허리를 감아 안고 호텔 현관으로 들어섰다.

"어제부터 꼬박 네 생각만 했어."

"그럼 전화하시지 않고, 일찍 올 수도 있었을 텐데."

"일이 언제 끝날지 알 수 없어서 말이야."

프런트 직원이 지나가는 조철봉에게 머리를 숙여 인사를 했다. 효정과 투숙할 때도 있었던 직원이다. 그러나 하룻밤에 여자가 두 번이 아니라 다섯 번이 바뀐다고 해도 나설 이유가 없는 터라 처음 볼 때와 같은 표정이었다. 방으로 들어섰을 때 희선이 눈을 동그랗게 뜨더니 조철봉의 몸에 바짝 붙었다.

"어머, 궁전 같아. 이렇게 좋은 방은 영화에서나 보았어요."

"널 불러낼 생각을 하니까 제일 좋은 방을 얻고 싶어졌어."

"전 오빠하고 같이 있으면 단칸방도 좋아요."

희선이 이 정도까지 발전된 것은 모두 몸과 마음이 같이 섞였기 때문이었다. 정신적 사랑으로만 무장된 사이로서는 아무리 노력해도 몸을 섞은 후에 쾌락의 극치에까지 닿아본 남녀의 은근하고 끈끈하게 주고받는 눈빛 같은 것을 만들어 낼 수가 없다. 지금 희선이 조철봉을 보는 시선이 그렇다. 경탄과 기쁨과 오늘 밤의 열락에 대한 기대로 번들거리고 있는 것이다.

"네가 올 때까지 참느라고 혼났어."

희선의 허리를 당겨 안으며 조철봉이 가볍게 입을 맞췄다.

"네 몸을 상상하면서 말이야."

"오빠도 참."

희선이 몸을 비틀었지만 하반신에 닿는 조철봉의 철봉에는 오히려 더 붙었다.

"오늘 밤 널 재우지 않을 거야."

조철봉이 입술로 희선의 귓불과 목을 애무하면서 말했다. 효정을 보내고 나서 꿈같은 잠을 두 시간 반이나 자고 났으니 더 이상 자지 않아도 된다.

"오빠, 씻고 올게요."

벌써 가쁜 숨을 뱉으며 희선이 서둘렀다. 씻어야 행위를 시작하는 것으로 희선은 잘못 교육되었다. 물론 선생은 조철봉이다.

"그냥 팬티만 내려."

조철봉이 희선의 스커트를 올리며 말했다.

"색다른 분위기로 해보자, 우리."

"아이, 오빠는."

희선은 잠자코 한쪽 다리를 들고 팬티가 벗겨지는 것을 도왔다. 조철봉은 희선을 밀어 침대 위에 그대로 눕히고는 자신도 바지만을 내렸다. 희선은 투피스 정장 차림에 그냥 스커트만 치켜 올려진 상황이다. 조철봉이 그대로 철봉을 삽입하자 희선은 탄성을 뱉었다. 희선의 샘은 이미 뜨겁게 젖어 있었던 것이다.

"어때? 좋니, 분위기가 말이야?"

조철봉이 거칠게 허리를 움직이며 묻자 희선이 탄성 같은 신음을 뱉었다.

"좋아요. 좋아 죽겠어."

조철봉이 다시 칭다오에 온 것은 김갑수의 연락을 받은 지 나흘 후였다. 공항에는 김갑수는 물론이고 고동수가 부하들을 이끌고 나와 있었으므로 주위 사람들은 한국에서 장관쯤의 인사가 입국한 것으로 알았을 것이다. 시내로 들어오는 차 안에서 김갑수가 입을 열었다.

"조 사장님이 한국에서 자동차 사업을 하고 계시지 않습니까?"

갑수의 시선을 받은 조철봉이 머리를 끄덕였다.

"조그만 판매회사를 갖고 있지요."

"중국에서 사업을 벌여 보시지요. 우리가 적극 지원해드리겠습니다."

"그게 무슨 말이오?"

앞쪽 자리에 앉아 있던 동수도 머리를 돌려 김갑수를 보았다. 그때 갑수가 말을 이었다.

"지금 중국에서 차가 잘 팔립니다. 우리가 협력해서 차 사업을 벌이면 가능성이 많다는 말입니다."

중국이 개방된 후로 경제가 급격히 성장하고 사유재산이 허가되면서 이제는 차량의 소비도 폭발적으로 늘어나는 상황이다. 그러나 중국에 자동차 생산라인을 세운 외국기업들만 판매량이 늘어날 뿐 수입관세가 비싼 터라 외국산 차량의 구매는 저조했다. 조철봉이 정색하고 갑수를 보았다.

"난 자동차 생산공장을 세울 만한 자본이 없어요."

"중고차를 들여오면 됩니다. 새 차도 관세를 안 내고 들여올 수가 있습니다."

"밀수를 하겠단 말이군."

"줄이 있습니다."

갑수가 목소리를 낮췄다.

"중국 정부의 고위급하고 협의가 다 되었습니다."

조철봉이 잠자코 머리만 끄덕였다. 말할 필요도 없이 중국과 북한은 동맹국 관계로 관리들과의 협의나 비밀협상도 가능한 일인 것이다. 대답을 기다리는 갑수의 시선을 받고 조철봉이 이윽고 입을 열었다.

"나는 이제까지 정도를 걸어온 사람이오. 남을 사기치거나 법에 어긋난 일을 해본 적이 없지."

갑수가 머리를 끄덕였고 조철봉의 말이 이어졌다.

"고위층과 이야기가 다 되었다지만 나로서는 불안하군. 일이 잘못되면 거덜이 나는 건 나일 테니까 말이야."

"먼저 고위층을 만나 보시지요."

정색한 갑수가 절실한 표정으로 조철봉을 보았다.

"그렇지 않아도 사장님이 오신다는 연락을 받고 내일 이곳에 도착하신다는 전갈이 왔습니다."

이미 갑수는 준비를 해놓고 기다리고 있었던 것이다. 자금과 기술이 부족한 터라 갑수는 나름대로 맹렬하게 아이디어를 짜내는 중이었다. 그러나 한국에서도 아이디어 하나만 갖고 승부를 걸던 수많은 벤처 사업가들이 도산해서 사라졌다. 일시에 일확천금을 얻기 위해서 아이디어가 편법과 불법으로 운용되기도 했던 것이다.

머리를 돌린 조철봉이 스쳐 지나는 중국 땅을 바라보았다. 사기를 치고, 등을 치고, 강도질까지 해서 자금을 모았지만 사업은 정당하게 하겠다는 것이 조철봉의 소신이었다. 중국 땅은 마치 80년대 초반기의 한국과 같아서 개발과 성장, 생산과 수출의 광풍이 불고 있는 중이었다.

그 당시, 한국에는 수많은 외국인 오퍼상과 에이전시가 상주하면서 수출의 견인차 역할도 했고 저가의 한국 상품을 후려쳐 사들이는 악덕

상인 노릇도 했다. 그중에는 인도나 파키스탄 에이전시까지 끼어 있었던 것이다. 그리고 지금 중국 땅의 한국인이 그것을 답습하고 있다.

시내에 위치한 사무실에서 일을 마친 조철봉이 호텔방으로 돌아왔을 때는 저녁 6시 반이었다. 칭다오의 사업장은 모두 궤도에 올라 흑자를 내는 중이었는데 종업원의 수준이 타 업소의 추종을 불허했기 때문이다. 거기에다 고동수의 사업장 관리가 탁월했으므로 전망이 밝았다.

사람은 자신이 좋아하고 적성에 맞는 일을 맡으면 잠재되어 있던 능력까지 발휘가 되는 법이다. 지금의 고동수가 그런 입장이었다. 7시 정각에 찾아온 고동수의 얼굴을 보아도 그것이 역력히 드러났다. 자신감과 자부심이 배어나오는 표정이었다. 자리에 앉은 동수가 입을 열었다,

"김갑수가 처음에는 고압적으로 행동했지만 지금은 믿을 만합니다, 사장님."

조철봉은 동수에게서 김갑수에 대한 평가를 들으려고 부른 것이다. 동수가 말을 이었다.

"금전관계가 깨끗하고 검소합니다. 숙소에 가봤더니 고물 TV하고 냉장고 한 대만 놓고 살던데요."

"네가 그렇게 판단한다면 믿겠다."

"저하고 친구가 되었습니다."

웃음 띤 얼굴로 동수가 조철봉을 보았다.

"갑수하고 저 사이만 같다면 남북이 갈라져 있을 이유도 없지요."

"지금은 모두 북으로 송금하나?"

"예. 생활비만 빼고 전액 송금하고 있습니다."

동수가 갖고 온 서류를 탁자 위에 놓았다.

"지난달부터 갑수는 북한에다 매월 10만 불 정도를 송금하고 있어서 곧 훈장을 받게 될 것이라고 하던데요."

"나도 너한테 훈장을 줘야겠다."

"아닙니다, 저는."

당황한 동수가 정색했을 때 조철봉이 옆에 놓인 봉투를 앞으로 밀었다.

"우리는 한국식으로 금일봉이다. 앞으로는 사업장 이익금의 5퍼센트를 계산해서 연말에 정산해줄 테니 네 사업처럼 노력해주기 바란다."

"사장님."

얼굴이 붉어진 동수가 조철봉을 보았다.

"저는 제가 좋아하는 사업을 하는 것이 행복하고 지금 월급도 과분합니다. 이건 받을 수가 없습니다."

"나는 10년 후, 20년 후를 계획하고 말하는 거야. 그래서 네가 앞으로도 의욕을 갖고 일하도록 이런 조건을 내놓는 거다."

조철봉이 정색했다.

"말하자면 너도 내 사업에 참여하는 주주가 되는 것이지. 그런 의미니까 받아라."

"그럼 받겠습니다."

아직도 얼굴이 굳어졌지만 동수가 결심한 듯 눈을 치켜뜨고는 봉투를 접었다.

"절대로 배신하지 않겠습니다, 사장님."

머리를 끄덕인 조철봉이 생각났다는 듯 다시 물었다.

"김갑수도 나에 대해서 꽤 조사를 한 것 같은데, 자동차 사업은 규모가 크고 위험성도 많아. 내일 북한의 고위층이 온다지만 그것도 불안하다."

"저도 차 안에서 그 말을 듣고 놀랐습니다. 매일 만나는 저한테도 갑수는 차 사업 이야기를 하지 않았거든요."

"잘못되면 중국의 사업장 전체가 위험해질 수가 있어."

"그렇습니다."

"욕심이 과하고 급하면 꼭 사고가 난다. 네가 정보원들을 풀어서 갑수 주변을 조사해봐. 특히 고위층과의 관계와 북한 측 상황을 알아보도록 해."

"알겠습니다, 사장님."

머리를 숙여 보인 동수가 손목시계를 내려다보는 시늉을 했다.

"사장님, 옌타이에서 박영희 씨가 와 있습니다. 몰래 빠져 나왔다고 해서 제가 이곳에다 방을 잡아 주었는데요."

박영희는 옌타이의 K-TV에서 마담으로 근무하고 있었는데 물론 북한에서 선발되어 온 정예요원 중에서도 간부급이다. 방으로 들어선 영희는 소파에 앉아서도 조철봉과 시선을 마주치지 않았다. 조철봉도 앞쪽에 앉은 영희를 홀린 듯이 본 채 입을 열지 않았다. 영희와 지난번에 섹스를 나눈 적이 있었지만 그때가 불과 한 달이 되지 않았는데도 먼 옛날같이 느껴졌다. 영희는 고분고분한 것 같으면서도 주관이 뚜렷한 성격이다. 짙고 긴 속눈썹을 마치 부챗살처럼 내린 채 아래쪽을 내려다보던 영희가 마침내 시선을 들었다. 맑은 흰자위에 박힌 검은 눈동자가 똑바로 조철봉을 향했다.

"저, 오신다는 소식을 어제 듣고 오늘 아침에 옌타이를 떠나 이곳에
왔어요."

"들었어."

조철봉이 지긋한 시선으로 영희를 보았다. 그동안 영희는 더 세련되
고 성적 매력이 더 강해졌다. 전에는 막 물에서 씻어 올린 싱싱한 채소
같은 분위기가 풍겼지만 지금은 아니다. 영희는 이제 무르익었다. 닿으
면 녹을 것 같이 농염한 모습이 되어 있는 것이다.

"무슨 일이야?"

조철봉이 물었을 때 영희가 닫혔던 입술을 열었다.

"저, 귀국명령을 받았어요."

"아니, 왜?"

놀란 조철봉의 목소리가 저도 모르게 높아졌다.

"무슨 문제가 있어?"

"제가 결혼을 해야 된다고 해서."

다시 시선을 내린 영희가 말을 이었다.

"결혼 상대자는 당 간부의 아들입니다."

"알고 지내던 사이야?"

"집안끼리 알고 지낸 사이입니다."

"그렇다면 내가 축하해줘야 하나?"

그렇게 물었을 때 영희는 대답하지 않았다. 축하 받으려고 영희가 이
곳까지 달려오지는 않았을 것이다. 그리고 고동수에게만 연락해서 조
철봉이 투숙할 예정인 호텔에 숨어 있을 리도 없었다. 조철봉이 다시 입
을 열었다.

"말을 해. 그래야 내가 도울 일이 있으면 도와줄 것 아닌가?"

"저, 결혼하기 싫습니다."

머리를 든 영희가 그늘진 얼굴로 조철봉을 보았다.

"돌아가기 싫어요."

"안 가면 안 되나?"

"명분이 없습니다."

조철봉이 머리를 끄덕였다.

"그럼 내가 어떻게 도와줘?"

"제가 필요하다고 상부에 말씀해 주세요. 먼저 김갑수 동무한테."

"그러지. 그러면 되나?"

간단하게 승낙했던 조철봉이 영희의 시선과 마주쳤을 때 퍼뜩 눈을 치켜떴다. 그렇다면 이쪽에서 댈 명분이 필요하다는 생각이 들었기 때문이다. 어지간한 이유로는 귀국명령이 내려진 영희를 잡아두지 못할 것이다. 조철봉과 시선이 마주쳤으나 이번에는 영희의 눈이 흔들리지 않았다.

"내가 어떻게 말해야 상부에서 납득할 것 같나?"

"애인이라고 해주세요."

그러고는 영희가 이를 꽉 물었는지 볼 근육이 팽팽해졌다.

"애인이라…."

조철봉이 희미하게 웃었다.

"그러면 납득을 할까?"

"사장님은 중요한 분이니까요."

"내 애인이 많은 줄 상부에서도 알 텐데."

영희가 대답하지 않았으므로 조철봉은 심호흡을 했다. 여자를 한두 명 겪은 조철봉이 아닌 것이다. 조철봉이 다시 입을 열었다.

"좋아, 그렇게 하지."

지난번에 영희는 다소곳한 자세로 조철봉의 몸을 받았지만 그것이 의식적인 행동은 아니었다.

조철봉쯤 되는 경륜으로는 제아무리 여자가 위장을 해도 몸과 어울리지 않는 분위기는 금방 알아챌 수가 있는 것이다. 남녀는 모두 나름대로 특성이 있다. 좋아하는 부분도 다르고 성감대도 똑같지 않은 것이다. 또한 행위도 제각각인 데다 구조도 다르다. 영희는 샘이 아래쪽에 치우쳐 있었는데 본인은 그것을 전혀 이상하게 생각하지 않았다. 말로만 호색가인 떠벌이들이 샘이 아래쪽 골짜기에 치우친 것과 숲이 없는 경우를 들어 이러쿵저러쿵 해대지만 다 허튼소리다. 영희가 자신의 샘 구조를 당연시 여기는 것은 그만큼 경험이 적다는 의미도 있을 것이다.

조철봉이 서로 편한 자세를 취하려고 영희의 몸을 뒤로 돌렸을 때 조금 어색해하는 것을 봐도 그렇다. 침대에 상반신을 비스듬히 엎드리게 한 다음에 철봉이 들어섰을 때 영희는 크게 신음했다. 절정에 오르려는 것이다. 조철봉이 두 손으로 영희의 허벅지 안쪽을 부드럽게 쓸자 신음소리는 더 높아졌다. 모든 것을 잊고 몰두하고 있는 것이다.

지난번에 조철봉은 정상위로만 영희를 두 번이나 절정으로 올려 주었는데 일부러 후배위는 채택하지 않았다. 그것은 조철봉에게 아주 드문 현상이었다. 침대 위쪽으로 뻗은 영희의 두 손은 시트를 잔뜩 움켜쥐었고 손등에 푸른 정맥이 돋아나 있었다. 조철봉의 움직임이 거칠어지자 영희의 신음은 숨이 끊어질 것처럼 굵고 짧아졌다. 방바닥을 받치고 선 두 다리에 힘이 풀린 듯 상체가 침대 위로 바짝 밀착되면서 엉덩이는 더 솟아올랐다. 절정에 오르는 영희의 쾌감 강도가 지난번보다 훨씬 높다는 것을 알 수 있었다.

섹스는 신이 인간에게 내린 몇 개 안 되는 특권 중의 하나인 것이다. 그리고 한 몸이 되어 절정에 올라가면서도 오만 가지 생각으로 두뇌를 혹사하는 동물은 만물 중에서 남자가 유일할 것이다.

영희가 시트에 볼을 비비면서 절정의 울음을 터뜨렸을 때 조철봉은 영희와의 미래를 생각하고 있었다. 영희의 애인으로 공식 발표를 하게 되는 것이나 마찬가지의 상황이 될 터인데 그렇게 되면 행동의 제약을 받게 될 것이었다. 영희의 위상도 바뀌어야 정상이다. 영희는 절정의 여운을 더 길게 느끼려는 듯 엉덩이를 밀착시킨 채 침대 위에 늘어져 있었다. 가쁜 숨과 함께 아직도 신음이 끊임없이 흘러나왔고 몸은 땀으로 젖어 끈적였다.

"좋았어."

조철봉은 아직 대포를 발사하지도 않았지만 긴 숨을 뱉으며 말했다. 지금 어떤 말을 해도 영희의 귀에 제대로 들어가지 않겠지만 부드러운 느낌은 전해질 것이었다. 영희의 숨이 가라앉을 때까지 조철봉은 가슴과 허벅지를 애무했다. 그러고는 아주 조심스럽게 몸을 떼었다. 대포를 쏘지 않았지만 영희의 반응을 느끼는 것만으로도 만족했고 그렇게 단련된 조철봉이다. 조철봉이 침대 위로 올라가 누웠을 때 영희가 몸을 끌어 가슴에 안겼다.

"사랑해요."

286

가슴에 볼을 붙인 영희가 속삭이듯 말했으므로 조철봉은 퍼뜩 눈을 크게 뜨고 천장을 보았다. 영희가 한쪽 팔과 다리로 조철봉의 몸을 감았다.

"제가 이렇게 사랑하게 될 줄은 몰랐어요."

"고맙다."

머릿속에 온갖 거짓말이 다 떠돌고 있었지만 조철봉은 그렇게 대답했다. 거짓말에 지쳤다기보다 오랜만에 신선한 느낌을 받았기 때문일 것이다. 마치 잊었던 옛날 노래를 들은 것 같았다.

"만나서 반갑습니다."

굵은 목소리로 말한 사내는 얼굴을 펴고 웃었다.

목청만큼 허우대도 크고 얼굴의 선도 굵은 사내였다. 목소리만 듣고 사람의 용모를 연상할 수는 없다. 굵은 목청의 사내가 연약한 체격에 여자 같은 용모일 경우도 있고 그 반대의 경우도 흔한 것이다. 따라서 사내는 목소리와 일치하는 면에서 우선 정직하다는 인상을 주었다. 인사를 나누고 마주앉았을 때 사내가 똑바로 조철봉을 보았다. 사내의 명함에는 천리마무역상사의 대표라고 찍혀 있었는데 이름은 김성산이다. 나이는 50대 중반쯤 되었을까? 눈 밑의 주름이 굵었지만 혈색이 좋고 눈빛도 맑다. 갑수가 말한 거물이다.

"김 소좌가 조 사장님 칭찬을 많이 했습니다. 그래서 초면 같지가 않습니다."

"과분한 말씀이십니다."

조철봉의 시선이 김성산의 옆에 앉은 김갑수를 스치고 지나갔다. 갑수가 잔뜩 위축되어 있는 것과 김성산의 지위가 비례한다고 봐도 될 것이다. 오후 1시였으나 옌타이의 황성호텔 라운지에는 손님이 그들 일행뿐이었다. 성산이 입을 열었다.

"김 소좌한테서 대충 들으셨을 테니 본론으로 들어가십시다. 우리는 지금 합작사업을 할 한국의 동지를 찾고 있는 중이오. 그래서 조 사장님을 만나자고 한 겁니다."

"어떤 사업입니까?"

"업종에 구애받지 않습니다. 이득이 되는 사업이면 가리지 않을 작정이오."

"사업장은 중국이 됩니까?"

"우선은."

자르듯 말한 성산이 조철봉의 시선과 부딪쳤을 때 빙긋 웃었다.

"시기와 조건이 되었을 때 중국에서 조국으로 옮겨가게 되겠지요."

"그렇다면 어떤 조건입니까? 예를 들면 김 대표님과 저의 합작 조건 말씀입니다."

조철봉이 정색하고 성산을 보았다. 북한이 인력이나 댄다고 한다면 단칼로 자르듯이 거절할 작정이었다. 인력은 중국 땅에 13억이나 있는 것이다. 그때 다시 성산이 빙그레 웃었다.

"자금도 절반씩 투자하십시다. 조 사장님과 나는 공동대표를 맡는 것입니다. 그리고 경영 전략에 대한 권한은 조 사장님께 드리겠소. 예를 들어서 동방산업 인수건과 같은 일 말입니다."

조철봉이 머리를 끄덕였다. 성산은 동방산업 인수에 자극을 받은 것이 분명했다. 동방산업은 인수 후 두 달째부터 정상 궤도에 올라 흑자를 내기 시작한 것이다.

"자금력은 얼마나 되십니까?"

이번에는 조철봉이 먼저 물었으므로 성산이 정색했다.

"각각 1천만 달러씩 투자하는 것이 어떻겠습니까?"

그러고는 성산이 서둘러 덧붙였다.

"물론 기본자금으로 말입니다. 상황에 따라서는 늘릴 수가 있지요."

"1억 달러 정도는 되어야 한다고 생각하지만."

조철봉이 눈을 가늘게 뜨고 성산을 보았다. 자신은 느끼지 못하고 있었으나 사기를 칠 때의 버릇이다. 성산의 표정을 살핀 조철봉이 말을 이었다.

"생각해보고 곧 말씀을 드리지요."

"알겠습니다."

성산의 얼굴이 다시 펴지는 것을 보면서 조철봉은 심호흡을 했다. 사업은 둘째로 치고 사기술에 있어서는 한국에서 귀신 뺨을 치고 돌아다닌 조철봉이다. 성산이 뱃심 좋게 접근해 왔지만 목소리만 굵고 체격만 컸지 순진무구해서 이런 밥이 없는 것이다. 조철봉이 입을 열었다.

"그럼 이삼 일 후에 다시 뵙기로 하지요."

1천만 달러면 120억 원이었고 북한 공금을 사기치는 1번 타자가 될지도 모른다.

김성산을 배웅하고 돌아온 김갑수가 다시 자리에 앉더니 궁금한 듯 물었다.

"무슨 일입니까."

조철봉은 갑수에게 할 이야기가 있다고 부른 것이다. 갑수의 시선을 받은 조철봉이 입을 열었다.

"옌타이의 5번 K-TV에 3번 마담으로 박영희라는 여자가 있어요."

"예."

갑수가 다시 묻지 않는 것은 알고 있다는 표시로 봐도 될 것이다. 조철봉이 말을 이었다.

"이번에 결혼을 하게 되었다고 소환명령이 내려졌는데 보내지 않았으면 해서."

정색한 조철봉이 갑수를 똑바로 보았다.

"박영희는 내가 함께 있고 싶어서 그러는 거요."

"본인도 그것을 원합니까?"

"그러니까 내가 알게 되었지 않겠소?"

"알겠습니다."

갑수가 머리를 끄덕였다.

"사장님이 그렇게 원하신다면 제가 본국에 연락을 하지요. 걱정하지 않으셔도 될 겁니다."

"고맙군."

"하지만."

금방 얼굴을 굳힌 갑수가 조철봉을 보았다.

"박영희는 K-TV에 나가지 못하게 되지 않겠습니까?"

"그렇게 되겠지."

"어떻게 하실 계획입니까?"

"칭다오나 옌타이에 집을 하나 마련해서 살도록 해야겠는데."

"옌타이에 좋은 주택들이 많습니다. 그리고 동방산업도 이곳에 있으니까 이쪽에 자리를 잡으시지요."

"그럴까?"

"사장님께서도 이제 안착을 하셔야지요."

갑수가 웃음 띤 얼굴로 조철봉을 보았다.

"이곳에서 앞으로 상주하셔야 될 텐데 호텔방 생활만 하실 수는 없지 않겠습니까?"

머리를 끄덕이면서 조철봉은 이것으로 박영희와 갑수로 이어지는 고리를 발견한 느낌이 들었다. 그러나 조철봉의 입에서는 다른 말이 나왔다.

"부끄럽소, 이런 부탁을 해서."

"아닙니다."

눈을 크게 뜬 갑수가 손까지 저었다.

"오히려 박영희 씨한테도 잘된 일이 될 것입니다."

어느덧 박영희의 이름 뒤에 씨까지 붙여져 있는 것이다. 그날 밤 10시 반이 되었을 때 일을 마친 조철봉은 호텔방으로 돌아왔다. 오늘은 동방산업의 관리자들과 저녁만 먹고 헤어진 것이다. 가운으로 갈아입은 그가 TV를 켰을 때 문에서 벨소리가 울렸다. 문을 열자 예상했던 대로 박영희가 서 있었다.

"연락도 안 하고 와서 놀라셨어요?"

들어오지도 못 하고 문 앞에서 주춤대며 영희가 그렇게 물었지만 눈은 반짝였고 표정이 환했다. 지금은 K-TV가 가장 바쁜 시간인 것이다.

"들어와."

조철봉이 비켜서자 영희는 향내를 풍기며 안으로 들어섰다. 오늘은 진청색 투피스 차림이었는데 잘 어울렸다. 특히 드러난 다리와 목이 육감적이다.

"이야기를 들었구나."

다시 리모컨으로 TV 채널을 바꾸면서 조철봉이 말했을 때 영희가 옆에 앉았다.

"네, 들었어요."

바짝 붙어 앉은 영희가 약간 상기된 얼굴로 조철봉을 보았다.

붉고 윤기 나는 입술이 반쯤 벌어졌고 이 끝이 조금 드러났다. 마치 벌어진 석류 알 같고 다 익은 복숭아 같기도 했다. 조철봉은 심호흡을 했다. 누가 인질이 될지는 끝을 봐야 안다.

다음 날 오후, 황성호텔의 라운지에서 조철봉은 최갑중과 마주앉아 있었는데 공교롭게도 어제 그 자리였다. 김성산이 앉았던 자리를 갑중이 차지하고 있을 뿐이다. 갑중은 어젯밤 조철봉의 호출을 받고 날아온 참이었지만 아직 영문을 모른다. 조철봉이 어제 김성산과의 회동 내용을 전해 주었을 때 갑중이 정색했다.

"그렇다면 북한이 형님의 사업능력을 인정해주었다는 것 아닙니까? 이건 대단히."

"시끄러워."

갑중의 치사를 간단히 자른 조철봉이 주위를 둘러보았다. 라운지에는 손님이 두 테이블뿐으로 거리는 10미터도 더 떨어져 있다.

"그래서 내가 너를 부른 거다."

"말씀만 하십시오, 형님."

"재무구조가 나쁜 회사를 찾아라."

"부도 직전인 회사가 많습니다. 그건 얼마든지 찾을 수가 있습니다."

신바람이 난 듯 갑중의 목소리가 높아졌다.

"제가 듣기로는 정우자동차 옌타이 공장도 자금난에 빠졌다는 겁니다."

"서울에서 감리단을 불러."

"지난번 동방산업을 실사했던 감리단을 부르지요."

"아니."

조철봉이 정색하고 머리를 저었다.

"감리단이지만 우리 말을 잘 들을 사람들로 모아라."

"그게 무슨 말씀입니까?"

눈을 둥그렇게 뜬 갑중에게 조철봉이 목소리를 낮추고 말했다.

"실사 결과를 가짜로 만들어야 될 테니까 말이야."

"그, 그렇다면."

"적자나 부채를 대폭 늘려 잡아야 된단 말이야. 그래야 인수할 때 자금이 많이 들어가지 않겠어?"

놀란 갑중이 눈만 끔벅였을 때 조철봉이 말을 이었다.

"멍청한 놈 같으니. 아직 이해가 덜 간 모양이군. 예를 들어서 실제 부채가 5백만 달러로 인수할 때 5백만 달러를 넣어야 할 것을 1천만 달러로 늘려 잡으란 말이다. 그래서 우리하고 북한이 각각 5백만 달러씩 투자하는 것으로 하고 실제로는 북한 돈 5백만 달러만 넣고 회사를 우리가 먹잔 말이다. 알겠나?"

"알, 알겠습니다."

"서울에서 찾아보면 그런 회계 조작의 도사급이 수두룩할 것이다. 도사급으로 뽑아서 모셔와."

"그, 그러지요."

"북한 사람들이 그 경지까지 오르려면 30년은 있어야 될 테니까 걱정할 것 없어. 이런 때 사기를 치지 못하면 공자님도 비웃는다."

"알겠습니다, 형님."

정색한 갑중이 자리를 고쳐 앉더니 조철봉을 보았다.

"형님, 괜찮을까요? 이런 사기는 처음이어서 말입니다."

"이 자식이 간덩이는 좁쌀만 해서."

입맛을 다신 조철봉도 정색했다.

"회사 관리도 우리가 맡는단 말이다, 이 멍청아."

"그렇습니까?"

"서울에서 도사급을 데려다 자금부장을 시키면 된다. 한국사람 머리는 세계 제일이야."

"알겠습니다, 그럼."

겨우 기운을 얻은 듯 갑중이 어깨를 폈을 때 조철봉이 은근하게 말했다.

"나한테 감시자가 붙었다."

"누굽니까?"

"여자인데 곧 중국에서 같이 지내야 될 것 같아. 5번 K-TV의 3번 마담이야."

갑중이 숨을 죽였고 조철봉의 말이 이어졌다.

"그 여자 앞에서 그럴듯하게 연극을 하도록. 우리가 역이용을 하잔 말이다."

김성산은 연방 호쾌하게 웃었는데 웃음소리와 얼굴이 어울렸다. 웃음도 가지가지여서 입만 쫙 벌리고 소리를 내지 않는 사람이 있는가 하면 허덕허덕 끊어서 웃는 사람, 낮게 당겨서 웃는 사람, 소리는 큰데 얼굴이 전혀 아닌 사람 등 셀 수도 없지만 성산은 아주 정직하게 웃었다. 옌타이의 K-TV 제5호점 안이다. 합작사업 계약을 끝낸 조철봉과 성산은 각각 김갑수와 고동수를 대동하고 술좌석을 갖는 중이다.

"자, 다시 한 잔 합시다."

성산이 잔을 들고 소리치듯 말했다. 맥주잔에는 양주와 맥주가 절반 비율로 차 있고 이것이 성산이 제조한 폭탄주였다. 세 번째 폭탄주를 비우고 났을 때 성산이 조철봉에게 물었다.

"조 사장님은 어느 정도 사업에 성공하신 분이라고 볼 수 있는데 성공의 비결은 뭐라고 생각하시오?"

"그건 진심으로 부딪치는 것이지요."

정색한 조철봉이 가슴속에 진심이 담긴 것처럼 가슴을 펴고 말했다.

"그러면 목표가 보이고 승부가 빨리 납니다."

"어허, 진심이라."

성산이 감탄한 듯 눈을 가늘게 뜨고 조철봉을 보았다.

"진심을 보이면 승부가 빨리 난다. 나도 앞으로 노력하겠습니다."

"정직해야 합니다."

조철봉이 눈을 치켜뜨고 성산의 시선을 맞받았다.

"마음을 열고 부딪쳐야지 어설픈 거짓말이나 사기는 곧 들통이 나게 마련입니다."

"그렇지요."

성산이 크게 머리를 끄덕였다.

"우리 서로 마음을 열고 잘 해보도록 하십시다."

정직하고 마음을 열어 속을 보이라고 한 것은 성산에게 한 말이다. 사기에는 국경이 없으며 너 나도 없다. 우선 자신부터 철저히 속여 그 속에 흡수되어야 하는 것이다. 그러면 그것이 진심이 되고 마음을 열면 진심이 튀어 나오는 것처럼 느껴진다. 그래야 상대방이 믿는 것이다.

5번 K-TV였으나 3번 마담 박영희는 출근하지 않았으므로 조철봉의 옆에는 가늘가늘한 중국계 아가씨가 앉았다. 조선어를 배웠다는 대학 졸업생이었다.

"한국의 자본이 중국으로 쏟아집니다."

리에라는 이름의 아가씨 허리를 당겨 안으면서 조철봉이 말했다.

"한국이 중국에 투자한 금액만 북한으로 옮겼어도 동남아 경제 판도는 바뀌었을 것입니다."

"우리는 일찍 만났어야 했소."

"다 정치권 때문이지요."

핑계 댈 때 정치권만큼 요긴하게 써먹을 수 있는 대상은 없다. 정치권은 동네북처럼 어느 때라도 두드릴 수 있으며 또 잘 어울린다. 그러자 예상했던 대로 성산이 다시 크게 머리를 끄덕였다.

"그렇지요. 우리는 같은 민족인데 타의에 의해 너무 흔들려 왔소."

"그렇습니다."

일단 동의를 하고 난 조철봉은 화제를 돌려야겠다고 작정했다. 밤을

낯 삼아서 그리고 닥치는 대로 같은 민족을 상대로 사기를 쳐온 터라 어쩐지 얼굴이 근질거렸기 때문이다. 동네에도 피해자가 여럿인데 멀리 민족까지 굽어다볼 겨를은 없는 것이다.

"우리 앞으로 탁 터놓고 상의합시다."

다시 술잔을 든 성산이 정색하고 말했다.

"그리고 한민족의 우수성을 세계에 증명해 보십시다."

조철봉은 따라서 술잔을 들었다. 이제 사기칠 바탕은 굳건하게 조성되었다.

"일찍 오셨네요."

호텔방으로 들어섰을 때 박영희가 마치 아내처럼 조철봉을 맞았다. 밤 11시 반이었으니 보통 남편한테는 늦은 귀가 시간이었지만 룸살롱에 다녀온 작자한테는 일찍 왔다는 표현이 맞다.

"바닷가의 빌라를 얻으라고 했어."

뒤에서 저고리를 벗기는 영희에게 조철봉이 부드럽게 말했다.

"베란다에서 바다가 보인다는군. 이층집으로 방이 네 개에 욕실이 두 개, 앞에는 정원이 있어서 아이들이 놀기도 좋을 거야."

그 순간 바지 벗는 것을 돕던 영희가 주춤 움직임을 멈췄다가 다시 계속했다. 아이들이라는 단어 때문일 것이다. 가운으로 갈아입은 조철봉은 얼굴을 보이지 않은 채 욕실로 들어가 샤워를 하고 나왔다. 안팎으로 감시당하는 상황인 터라 긴장감이 쌓이면 짜증이 일어나는 법이다. 소파에 앉았을 때 영희가 조심스럽게 옆에 붙어 앉았다.

"피곤하세요?"

"책임감이 무거워서 그래."

소파에 등을 붙인 조철봉이 가라앉은 목소리로 말했다.

"합작사업을 성공시켜야 할 텐데 말이야."

"사장님 능력이면 성공해요."

영희가 팔을 뻗어 조철봉의 어깨를 주무르기 시작했다. 가운 차림이어서 옷깃 사이로 브래지어도 차지 않은 젖가슴이 드러났고 진홍빛 젖꼭지는 이미 발딱 서 있다. 핑크빛 가운 밑으로 영희는 알몸 상태인 것이다. 영희에게 어깨를 맡긴 채 조철봉은 시원한 듯 길게 숨을 뱉었다.

"영희가 기다리고 있다는 걸 생각하니 왠지 편안해지더구나."

조철봉이 혼잣소리처럼 말했을 때 영희의 주무르던 손이 잠깐 멈췄다가 계속되었다. 시선이 마주치지 않았지만 영희의 눈이 반짝였을 것이다.

"이것도 운명인 것 같아."

"저도 행복해요."

영희가 낮게 말했고 조철봉은 다시 숨을 뱉었다. 운명이라니 천만의 말씀이다. 김성산의 합작사업 제의와 영희의 평양행 통보가 거의 동시에 일어났고 계획대로 영희는 집 안에서, 성산은 밖에서 같이 있게 된 것이다. 소파에서 일어선 조철봉이 침대에 누웠을 때 영희는 방의 불을 끄고는 옆에 누웠다. 영희에게서 상큼한 비누향이 맡아졌으므로 조철봉은 손을 뻗쳐 어깨를 당겨 안았다. 집 안에서 뱉는 한 마디 한 마디가 보고될지도 모른다고 생각하자 조철봉은 입맛을 다셨다.

"저는 부모님과 오빠 하나하고 네 식구예요."

영희가 조철봉의 가슴에 볼을 붙이고 말했다.

"아버지는 조선소 기술자시고 오빠는 의사로 일하고 있어요."

"그래?"

조철봉이 영희의 어깨를 더 당겨 안았다. 영희가 신상 이야기를 처음 하는 것이다. 그만하면 영희는 북한에서 상류 계급은 될 것이었다. 영희가 말을 이었다.

"저는 대학에서 영어를 전공했기 때문에 통역 일을 하다가 이번 일에 자원했어요. 이것이 더 조국에 도움이 될 것 같아서."

"그렇군."

한국에서 방학 때 여대생들이 몇백만 원짜리 가방이나 옷을 사려고 룸살롱에 나간다는 기사를 읽은 적이 있다. 조철봉은 영희의 가운을 젖혔다.

"위로 올라와."

영희가 이제는 망설이지도 않고 조철봉의 몸 위로 앉더니 철봉을 조심스럽게 쥐었다.

"넣을까요?"

조철봉은 영희의 샘이 아직 젖지 않았다는 것을 알았지만 머리를 끄덕였다. 영희가 거짓말을 하는 것 같았으면 이러지 않았다.

서울로 돌아오는 비행기는 언제나 한국인들로 가득 차 있었는데 오늘도 예외가 아니었다. 조철봉의 옆 자리에는 30대 중반쯤의 여자가 앉아 있다가 힐끗 시선을 주더니 다시 창밖을 보았다. 눈빛이 강했고 일초의 몇 분의 일밖에 안 되는 짧은 순간이었지만 조철봉은 여자의 호기심을 읽을 수 있었다. 사람은 오감 외에 풍기는 분위기로도 느낌이 전달

되는 법이다. 따라서 서로 입을 꾹 다물고 딴전을 피우고 있다손 치더라도 느낌은 전달이 된다. 옆 좌석의 인간이 살의를 품고 있는데 절대로 따뜻한 느낌이 전달되지는 않는 것이다. 비행기가 이륙하고 5분쯤 지났을 때 조철봉은 여자에게서 전달되는 느낌을 더 생생하게 받았다. 이쪽에서 나오는 분위기에 스스로 취했을 가능성도 있지만 상대방의 반응을 두려워할 조철봉이라면 진작 이름을 바꿨을 것이다.

"공항에 마중 나온 사람이 있습니까?"

조철봉이 묻자 여자가 머리를 돌려 시선을 주었다. 반달형 눈이어서 눈매는 부드럽다. 코끝이 살짝 치켜 올라간 것도 귀엽다. 그러나 입술이 꽉 닫힌 것을 보면 주관은 분명하게 지닌 것 같았다.

"아뇨."

여자가 왜요? 하고 물었다면 조철봉은 금방 대화를 포기했을 것이다. 마음은 있는데 그렇게 되물었더라도 마찬가지다. 그것은 표정으로도 읽을 수 있는데 지난번 하다가 뺀 이효정과 같은 부류일 가능성이 높다.

"같이 식사나 합시다."

조철봉이 20센티쯤 앞쪽에 떠 있는 여자의 눈을 똑바로 보면서 말했다.

"바닷가재 요리를 잘 하는 데가 있어요."

바닷가재는 갈비보다 비싸다. 게다가 껍데기가 두껍고 파먹는 데 감질이 나서 조철봉은 거의 먹지 않았으나 갈비보다 조금 우아하게 들리는 장점이 있다. 그때 여자가 살짝 웃었는데 눈이 이제는 위로 솟은 초승달 모양이 되어서 더 귀여웠다.

"그러고요?"

여자도 똑바로 조철봉을 보았다.

"바닷가재 먹고 헤어져요?"

"느낌이 가는 대로."

조철봉이 부드럽게 말했다

"서늘한 느낌이 전해지면 밥 먹다가 일어서도 돼요. 물론 당신은 충분히 그럴만한 분 같고."

"지금 느낌은 어때요?"

"신비롭고 자극적입니다."

그러고는 조철봉이 빙긋 웃었다.

"나에 대한 느낌이 그 반만 되었으면 좋겠는데."

"익숙하신 분 같아요."

"정직합니다."

잠깐 정색했던 조철봉이 곧 웃었다.

"당신 같은 분을 만나서 행운입니다."

열 번 시도해서 두 번쯤 성공하면 그것도 운수가 대통한 셈이 될 것이다. 그 열 번도 적당한 여자가 옆자리에 앉았을 경우로 계산을 해야 할 테니 백 번에서 두 번쯤이라고 해야 맞다. 지금까지 조철봉은 고속버스는 물론이고 기차, 비행기 등 좌석배치가 되어 있는 경우에 만들어진 기회를 한 번도 놓치지 않고 시도를 해왔으니 오늘은 제대로 맞아 떨어진 셈이 되었다. 기회는 끈기 있게 기다린 사람에게 오는 것이며 운은 기회를 잡은 사람에게만 붙는 법이다. 서울까지 50분의 비행시간 동안 여자는 자주 웃었으며 조철봉의 농담에 주먹으로 어깨를 때리기까지 했다. 대화는 억지로 짜내면 오히려 더 어색해지고 막히게 된다. 조철봉이 솔직히 바닷가재는 별로라고 말하자 여자는 제주 똥돼지를 먹으러 가자면서 깔깔 웃었다. 조철봉은 다시 한 번 운수가 대통한 날임을 실감했다.

여자의 이름은 장명아, 나이는 물어보지 않았지만 20대 후반이나 30대 초반 정도, 직업은 의류 수출업, 한 달에 서너 번씩 중국에 다녀가며 고향이 서울이라고 했다. 조철봉이 동방산업 사장 명함을 건네주었더니 얼굴을 환하게 펴고 알은체를 했지만 부도가 났다가 인수한 사연은 모르고 있었다. 인천공항에 내렸을 때 마중나온 국산 최고급 승용차를 본 명아가 조철봉의 옆으로 바짝 다가섰다.

아무리 겸손해지려고 해도 이런 상황에서는 소형보다 중형이, 중형보다 대형이 점수를 많이 받는다는 사실을 어쩌란 말인가.

"논현동으로."

명아와 나란히 뒷좌석에 앉은 조철봉이 운전기사에게 말했다. 오후 4시였으니 오늘은 회사로 들어가지 않고 명아와 쉬기로 작정을 한 것이다. 새 여자를 만났을 때는 두 배는 에너지 수치가 상승된다. 기대감과 설렘은 인간을 젊고 활기차게 만드는 근원인 것이다. 그래서 혼자 사는 남녀가 계속 차이지 않는다면 결혼한 동년배보다 더 젊게 보이는지도 모른다. 논현동에는 꽤 비싼 한정식집들이 몇 군데 있다. 맛있는 집은 여자들이 귀신같이 잘 알아내서 소문이 나는데 조철봉은 그중 한 곳으로 명아를 모셨다.

비싼 만큼 맛이 있고 분위기까지 조용해서 밀회를 하기에도 적당한 곳이었다. 방에 둘이 앉아 이른 저녁을 반주와 함께 먹는 동안 명아는 두 통의 전화를 받았다. 한 곳은 피곤해서 내일 출근하겠다는 걸 보면 회사인 모양이었고 다른 한 곳에는 지금 일 때문에 나중에 전화하겠다면서 서둘러 전화를 끊었다. 남자인 것이 분명했다. 조철봉은 명아가 기혼인지 미혼인지 등의 남자관계는 묻지 않았다. 그것은 명아 또한 마찬가지였다.

그리고 조철봉은 말할 것도 없고 명아도 상대방이 그 문제는 언급하지 않고 있다는 것을 서로가 아는 터라 접근 속도는 빨라졌다. 술잔을 주고받으면서 건네는 눈빛이 지긋해졌고 심장박동이 높아졌으나 조철봉은 서두르지 않았다. 그래서 술이 다 비워졌을 때 조철봉의 묻는 듯한 시선을 받은 명아가 얼른 머리를 저었다. 두 볼이 술기운으로 달아올라 있었고 두 눈은 번들거렸다. 요염한 모습이다. 손목시계를 내려다본 조철봉이 머리를 들었다. 저녁 7시 반이다.

"조금 쉬고 갈까?"

"그래요."

명아가 선선히 대답했다. 이 순간이 공사 과정에서 가장 결정적이며 어렵다. 대충대충 일어나 설렁설렁 호텔 앞으로 여자를 데려갔다가는 죽을 쑤게 되는 경우가 많은 것이다. 여자는 모티브를 원한다. 즉 행동으로 옮기게 될 동기를 남자들이 만들어 주기를 원하는 것이다.

설령 속으로는 당장에 호텔방으로 뛰어 들어가 샘을 채우고 싶은 욕망으로 환장을 할 지경이 되어 있다고 하더라도 남자가 동기를 만들어 주기를 바라는 것이다. 그렇다고 해서 '야, 가서 뛰자' 한다든가, '하고 싶지?' 어쩌고 했다가는 귀싸대기를 맞을 가능성이 크다. 여자는 제아무리 몸이 끓고 있다손 치더라도 입과 손은 따로 놀 수가 있다는 것을 명심해야 한다.

따라서 조철봉의 조금 쉬다 가자는 표현은 가장 보편적이었고 무난했다. 서로 고조된 분위기에서는 그냥 무난한 표현이 낫다. 어렵고 멋진 문구를 찾아내려고 애쓰다가 분위기만 삭막해질 가능성이 많다. 식당에서 백 미터 반경 안에 호텔이 세 곳이나 있었으므로 조철봉은 그중 두 번째로 가까운 호텔로 명아를 이끌었다. 첫 번째 호텔을 지나친 것은 명아에게 조금 감질이 나게 하려는 것이었다.

호텔방까지 입장하는 것은 서로 눈이 맞은 경우에는 그럭저럭 넘기는 것이 보통이다. 주위의 시선이 부담스러운 여자 측에서 먼저 서두는 경우도 많기 때문이다. 그러나 방으로 입장하여 딱 단 둘만의 공간이 되었을 경우에 상황이 달라진다는 것을 유의할 필요가 있다. 다시 긴장해야만 한다. 이제는 다 되었다 하고 마음을 놓았다가 결국은 기진맥진하여 가장 중요한 때 철봉이 바람 빠진 풍선이 되는 경우도 발생하는 것이다. 방에 입장한 여자는 백 명이면 백 명 모두가 한 걸음 물러난다. 덮치면 피하고, 당기면 밀치며, 웃으면 찡그린다. 이것은 거의 본능에 가까운 행위라고 봐도 될 것이다.

샘은 이미 철철 넘쳐나고 있는데도 피하고 밀치며 찡그리는 이 오묘한 무의식적 행위가 남성을 더욱 달아오르게 하는 것이다. 그 반대의 경우를 생각하면 정답은 대번에 나온다. 둘이 되었다고 덮치면 엎히고, 당기면 끌리며, 웃으면 푼수같이 따라 웃는다면 여자 자신은 물론이고 남자의 분위기도 반감될 것이다. 따라서, 예외 없이 명아도 방에 들어서자마자 시치미를 뚝 뗀 얼굴로 창가로 다가가서 서더니 어둠이 덮인 창밖을 내다보는 시늉을 했다.

사물이 제대로 눈에 들어올 리 없지마는 그런대로 멋진 제스처였고 조철봉은 조철봉대로 만족했다. 이런 때 은근슬쩍 뒤로 다가가 허리를 감싸 안고 철봉의 존재를 확인시켜 주는 방법도 있었지만 조철봉은 부드럽게 말했다.

"내가 먼저 씻고 올게."

장명아가 먼저 씻겠다고 한 적도 없건마는 그렇다고 눈을 치켜뜨고 내가 언제 씻는다고 했어요? 하기에는 말도 길고 분위기도 어정쩡해서 대개 눈만 껌벅이다가 말게 되는 것이다. 조철봉은 딱 5분 만에 샤워를 마쳤다. 공사가 끝난 후에는 50분이 걸려도 상관없지만 이런 때는 5분쯤이 적당한 것이다. 샤워를 마치고 나온 조철봉이 소파에 앉았을 때 그때까지도 창가에 서 있던 명아가 머리를 돌리더니 입과 눈을 딱 벌렸다. 조철봉은 알몸이었던 것이다. 그리고 철봉이 천장을 향해 우뚝 솟은 채 건들거리는 중이다.

"어머나!"

놀란 듯, 책망하는 듯, 감탄한 듯, 여러 가지로 해석될 수가 있겠지만 명아가 어쨌든 외침 소리를 뱉더니 시선을 돌렸다. 그러나 입가에는 희미한 웃음기가 떠올라 있다.

"뭐해요?"

"그냥 서 있지 뭐해?"

소파에 등을 붙인 조철봉이 배에 힘을 넣자 철봉이 상하로 건들거렸다.

"이것 봐. 철봉을 회전시킬 수도 있어."

"나아 참."

명아가 이맛살을 찌푸렸지만 곁눈으로 그것을 다 보았다. 하지만 철봉 밑에 핸들이 달린 것도 아니고 회전시킨다는 말은 거짓말이다.

"이것 봐, 회전이 돼."

조철봉이 다시 주의를 끌었을 때 마침내 명아가 몸을 돌려 철봉을 정면으로 보았다. 여자의 호기심을 자극하면 세계 역사를 바꿀 수도 있을 것이다.

"이뻐요."

마침내 명아가 철봉에 집중했다. 화제도 철봉으로 옮아졌고 따라서 덮쳤다가 엎어지고 끌었다가 자빠지며 웃었다가 일그러질 필요도 없이 과정은 생략되었다. 조철봉이 배에 힘을 넣어 다시 철봉을 상하로 흔들어 보였다. 그것도 엉덩이까지 모르게 움직여야 했지만 눈이 뒤집힌 명아가 그것을 알 리가 없다.

"어떤 스타일을 좋아해?"

조철봉이 물었으나 명아는 마치 철봉이 물은 것처럼 그곳만 보았다.

이런 상황에서 가장 중요한 것은 상대의 수치심 또는 체면, 또는 가식을 벗겨주는 것으로서 그러기 위해서는 먼저 자신부터 시범을 보여야만 한다. 따라서 조철봉이 먼저 홀랑 벗고 철봉 운동의 시범을 보인 것도 그런 맥락으로 해석해도 될 것이다.

"만져도 돼요?"

명아가 갈라진 목소리로 물었을 때 조철봉은 명아가 슬슬 벗기 시작했다는 것을 알았다.

"지금 얼른 집으로 들어가고 싶다는 거야."

조철봉이 말했을 때 다가온 명아가 앞쪽에 쪼그리고 앉더니 철봉을 두 손으로 부드럽게 감싸 안았다. 그러고는 철봉의 끝을 입안에 넣더니 혀끝으로 애무했다. 조철봉의 철봉은 더욱 기세가 올랐고 핏줄까지 불거져 나왔으므로 명아는 두 손에 힘을 주어야 했다. 명아가 철봉 끝을 입에서 빼내었을 때는 이미 두 눈이 몽롱해진 상태였다.

"먼저 그냥 이대로 하고 싶어."

명아가 철봉을 쥔 채 억양 없는 목소리로 말했다.

"그냥 입은 채로."

조철봉은 경황 중에도 먼저라는 말에 유념했다. 먼저라는 말은 처음, 또는 입가심, 또는 리허설이라는 뜻이 함축되어 있다고 봐도 될 것이었다. 따라서 명아는 오늘 밤을 길게 지내고 싶다는 것이다.

"그래. 그럼 팬티만 벗어."

그냥 소파 위에 두 팔을 벌리고 앉은 채로 조철봉이 말했다.

"그리고 네가 위에서 해, 먼저."

조철봉도 먼저라는 말을 붙였다. 몸을 일으킨 명아가 팬티를 벗어 던진 것은 금방이었다. 그러고는 스커트를 두 손으로 올리더니 마치 재래식 변기 위에 올라앉는 것처럼 조철봉의 위에 앉았다. 얼굴이 바짝 붙여졌지만 조철봉은 아직 키스도 하지 않았다. 명아가 밑물을 하듯 손을 아래로 휘저어 철봉을 쥐더니 서둘러 샘에 대었다. 그러고는 몸을 바짝 붙였을 때 조철봉은 철봉이 가득 죄는 만족감으로 낮게 신음했다.

"아아아!"

이것은 명아가 폭발하듯 내뱉는 탄성이었다. 명아의 샘은 이미 넘쳐 나고 있었지만 탄력이 세었고 좁았다. 허리를 겨우 서너 번 움직이고 났을 때 명아는 자신의 샘이 벅찬 철봉을 받아 들였다는 것을 깨달은 듯 두 손으로 조철봉의 목을 감싸 안았다.

"너무 좋아."

신음과 함께 명아가 외치듯 말했다. 가쁜 숨 속에 쇳소리까지 섞여서 이제는 모든 것을 잊고 있다는 것을 알 수 있었다. 조철봉은 명아의 허리 운동에 맞추면서 만족감으로 이를 악물었다. 명아가 만족감으로 탄성이 더욱 높아지는 것과는 정반대의 행동이다. 급해진 명아는 좌우 운동 따위도 생략하고 그저 상하 운동만 하는데도 벌써 절정으로 치닫는 중이었다. 신음과 헛소리까지 겹친 명아의 얼굴은 땀으로 범벅이 되었고 옷은 다 구겨지고 있었지만 지금은 아무것도 아랑곳하지 않았다.

조철봉은 여전히 두 팔을 소파 위로 걸친 채 눈을 부릅떴다. 명아의 샘은 더욱 수축되면서 샘가의 근육이 미세하게 떨리는 것까지 감지되고 있었는데 곧 폭발할 것이었다. 조철봉은 벽을 노려보았다. 전에는 한국 정치를 생각하면 진정이 되었으나 그것은 이제 약효가 떨어졌다. 보다 강한 것이 필요한 것이다. 거의 필사적인 심정이 되어 대상을 찾던 조철봉의 머리에 문득 빈 라덴의 얼굴이 떠올랐다. 엄숙한 모습이었고 그 순간 명아가 아우성을 치며 폭발했다. 그러나 조철봉은 빈 라덴 덕분에 살았다.

<4권 계속>